और शाम ढल गई

रानू

डायमंड बुक्स

www.diamondbook.in

© प्रकाशकाधीन

प्रकाशक   : डायमंड पॉकेट बुक्स (प्रा.) लि.
             X-30 ओखला इंडस्ट्रियल एरिया, फेज-II
नई दिल्ली : 110020
फोन   : 011-40712200
ई-मेल   : ebooks@dpb.in
वेबसाइट   : www.diamondbook.in
मुद्रक   : रेप्रो इंडिया

और शाम ढल गई

लेखक: रानू

और शाम ढल गई

मसूरी की शाम ढल गई। सूर्य डूब गया, परन्तु बादलों के होंठों पर अब भी लालिमा थी। यह लालिमा घटते-घटते काली हो चली थी और वह अपने कमरे में खिड़की खोले, पट के समीप मेज पर कोहनी मोड़े, गालों को हथेली पर सहारा बनाए, दूर पश्चिम दिशा की ओर, घाटी में उगकर ऊपर आए बरगद के विशाल वृक्ष के उस पार बादलों को देख रहा था जो उसकी दृष्टि की सतह से भी नीचे थे और जो अपनी सुन्दरता, अपना आकर्षण खोने के बाद अब उदास हो चले थे, बिल्कुल उस दीपक के समान जिसकी ज्योति बुझ चुकी हो। इनकी यह उदासी उसे बहुत प्रिय थी। बादलों को उदास देखकर उसे एक शांति-सी प्रतीत होती थी, यद्यपि उसका दिल भर आता, परन्तु फिर भी वह हल्के से मुस्करा देता था। इस संसार में वह बिल्कुल अकेला था–उदास और दुःखी। इन बादलों को देखकर उसे ऐसा प्रतीत होता जैसे उन्होंने उसका दुःख बांट लिया है और यह शाम, यह ढलती शाम उसे इसीलिए प्यारी थी– अत्यधिक प्यारी।

सामने मेज पर कुछ पत्र बिखरे पड़े थे। जाने कहां-कहां से यह आए थे ? यह पत्र उसके प्रकाशक से 'री-डाइरेक्ट' होकर आए थे, क्योंकि उसने कभी भी अपने लेखों में, अपने उपन्यासों में अपना पता नहीं दिया था। वह एक लेखक था–लेखक दीप, परन्तु नाम उसका केवल दीपक मित्र ही था। पूरी सफलता तथा लोकप्रियता प्राप्त करने के लिए अभी उसे जीवन में बहुत कुछ करना शेष था। यह पत्र उसकी आत्मा थे, जीवन थे। इन पत्रों से उसे उत्साह मिला था। यह उसके लिए किसी भी प्रमाण पत्र के समान थे, उसका नया उपन्यास अभी हाल ही में निकला था, इसलिए यह पत्र इसी सम्बन्ध में थे। पाठकों ने उसकी भावनाओं को बहुत सराहा था, उसके विचारों का आदर किया था। उसे बधाई दी थी। अपनी शुभकामनाएं भेजी थीं। आज की डाक उसने एकत्रित कर ली थी, परन्तु अभी पढ़ भी नहीं सका था कि ढलती शाम के उदास वातावरण ने उसे अपनी ओर खींच लिया था।

अन्धकार पूरी तरह छा गया और शाम ही से जली ऊंची नीची सड़क के किनारे खम्भों से लगी बत्तियां सितारों के समान चमक उठीं और जब दूर तक बादलों के होंठों पर लालिमा का एक अंश भी नहीं बाकी रहा तो उसने अपना ध्यान कमरे के अन्दर खींचा। एक आह भरी और सिर को झुकाकर पत्रों के संसार में खो गया। जिन पत्रों का उसे जवाब देना था, उन्हें उसने एक ओर समेट लिया, परन्तु यह निश्चय था कि अपना पता वह किसी भी पाठक को नहीं देगा। वह एक गुमनामी का जीवन व्यतीत करना चाहता था और शहरों से दूर यहां के खामोश वातावरण से उसका जीवन बहुत सन्तुष्ट था।

पत्रों को वह उलट-पुलट ही रहा था कि सहसा एक विदेशी लिफाफा देखते ही वह चौंक पड़ा। अभी तो उसके केवल पांच उपन्यास ही निकले थे ! क्या इतनी जल्दी उसका नाम विदेशों तक पहुंच गया। मन में एक गुदगुदी-सी हुई। उसने पत्र खोला। पढ़ा और जब अन्त किया तो दृष्टि ठिठककर रह गई, दीप्ति ! मन को एक झटका-सा लगा। एक भूली-बिसरी याद उसकी आंखों के सामने घूम गई। दीप्ति ! वह मन ही मन बड़बड़ाया। पत्र को उसने फिर पढ़ा।

''प्रिय लेखक,

मेरी एक सहेली द्वारा मुझे आपका एक उपन्यास ''और चट्टान टल गई'' पढ़ने का अवसर मिला। भावनाओं को आपने जो रूप दिया है वह वास्तविकता से कम नहीं तथा प्रशंसनीय है, मेरी ओर से बधाई स्वीकार कीजिए। इस उपन्यास को पढ़ने के बाद जाने क्यों मेरा मन किसी काम में नहीं लगा। ऐसा प्रतीत होता है जैसे चट्टानों की जड़ में मेरी अपनी ही आत्मा बसी हुई थी, जिसे जमाने के थपेड़ों ने उखाड़ फेंका।

यदि हो सके तो अपने बाकी के उपन्यास भी मुझे भेजने का कष्ट कीजिए। मैं कीमत भेज दूंगी। पता लिफाफे पर लिखा है।

आपकी प्रशंसिका

दीप्ति।

दीप्ति—मन ही मन बड़बड़ाया वह। दीप्ति—उसके शरीर की नस-नस पुकार उठी। दीप्ति—उसके हृदय में एक कसक-सी उठी। कई बार उसने इस नाम को दोहराया, पत्र से उसे कोई रुचि नहीं थी। ऐसे पत्र पाना तो उसके लिए साधारण-सी बात थी। परन्तु यह नाम, यह असाधारण-सा नाम उसके जीवन में पहली बार आया था—पहली बार, कई वर्षों बाद। इस नाम से तो उसके जीवन का धागा बंधा है। परन्तु यह धागा कितना कच्चा था—किस कदर निर्बल—कि जमाने की एक हल्की-सी हवा का झोंका भी नहीं सहन कर सका। उसका विश्वास कितना मजबूत था। इस धागे के सहारे उसने अपने जीवन के सारे सपने बांध रखे थे। परन्तु सपने, केवल सपने थे। शायद इसीलिए पूरे नहीं हुए।

* * *

कलकत्ता से कई मील दूर, पश्चिम की ओर, कभी एक गांव था—रामगढ़ छोटा-सा यह इलाका ! गरीब होने के पश्चात भी अपने आपमें पूर्णतया सन्तुष्ट था, दूर-दूर तक धान के खेत, इनके समीप ही छोटे-बड़े फूस के मकान, कुछ अच्छी हैसियत के लोगों के पास खपरैल के मकान भी थे, कुछ दीवारें भी पक्की थीं, आंगन थे उनके पास और आंगन में दो-चार गाय, भैंस या बकरियां भी थीं। उसका बाप इस गांव का मुखिया था। सारे ही कमरे उस मकान के पक्के थे। बड़ा-सा आंगन, दो गाएं, दो भैंसें, दो बकरियां, एक बकरा सब ही कुछ उनके पास था, इसलिए पूरे गांव में उनके पूरे खानदान की बहुत इज्जत थी। गांव में एक ही प्राइमरी स्कूल था। स्कूल में वह बचपन ही से पढ़ने में सबसे आगे था। बच्चों के साथ उसके गुरुजी भी उसे बहुत चाहते थे। परन्तु सबसे अधिक उसको चाहने वाली थी दीप्ति। छोटी-सी, गोरी-सी, चिट्टी-सी लड़की, हाथों और पैरों में धूल समेटे, आंखों में कीचड़ लिए, बहती नाक को एक हाथ से पोंछती हुई उसके समीप आ खड़ी होती थी और तब वह उसे बहुत प्यारी लगती। इस धूल से लिपटे मुखड़े पर भी उसके कान के नीचे एक प्यारा-सा काला तिल कभी मद्धिम नहीं पड़ा था।

तब उसकी अपनी आयु बारह वर्ष की थी। दीप्ति तब शायद आठ-दस वर्ष की होगी।

''तू साफ कपड़े क्यों नहीं पहनती ?'' एक दिन दीप्ति को बहुत अधिक गन्दा देखकर उसने अपना गिला किया था।

''तू ही बड़ा साफ रहता है न ?'' दीप्ति उसकी बात सुनकर चिढ़-सी गई थी।

''कम से कम तेरी तरह मेरे हाथों में गोबर तो नहीं लगा रहता। इस प्रकार नाक तो नहीं बहती। आंख में कीचड़ तो नहीं भरा रहता।''

''बस-बस रहने भी दे, बड़ा आया है। आंख में कीचड़ तो नहीं भरे हैं।'' दीप्ति ने होंठ टेढ़ा करके उसकी नकल की, ''लड़की होता तो पता चलता।''

''क्या पता चलता ?''

''सुबह उठकर आंगन झाड़ना पड़ता, गोबर करना पड़ता, कण्डे बनाने पड़ते, गाय चरानी पड़ती और...''

''गाय तो मैं चरा लेता हूं–''

''और कुछ भी करता है या केवल बस गाय ही चरा लेता है ?''

''पढ़ता भी तो हूं।''

''पढ़ता है तो कौन-सा कमाल करता है ? पढ़ती तो मैं भी हूं।''

दीप्ति झगड़ती तो वह चुप हो जाता। दीप्ति के आगे ही क्या वह किसी और के आगे कभी अधिक मुंह खोलना ठीक नहीं समझता था। आरम्भ से ही बहुत चुप रहने की उसकी आदत थी। दीप्ति उसकी इस आदत से भली-भांति परिचित थी। उससे झगड़कर, उसे चुप कराकर वह धीरे से मुस्करा देती। बुद्धू कहीं का–सोचती वह ! लड़की से हार गया और मन ही मन खूब आनन्द उठाती वह।

दीप्ति के पिता मुकर्जी, दीपक के पिता के गहरे मित्र थे। इसलिए जब दीपक के जन्म के चार साल बाद उनके यहां एक पुत्री ने जन्म लिया तो दोनों मित्रों ने अपनी मित्रता की गांठ

मजबूत करने के लिए इस पुत्री का नाम दीप्ति रखकर दीपक से इसकी तुरन्त ही सगाई कर दी थी और इसलिए अब दीपक तथा दीप्ति खेलते-खेलते बहुत रात के बाद भी घर लौटते तो उन्हें कोई नहीं टोकता। वे जानते थे यह बच्चे हैं, नासमझ हैं, परन्तु इनका जन्म एक-दूसरे के लिए ही हुआ है और यदि कभी कोई अच्छी वस्तु किसी के घर में पकती तो उन्हें एक-दूसरे के लिए छिपाकर ले जाते हुए देखकर भी वे कुछ नहीं कहते, वरन् मुस्कुराकर रह जाते। नादान मुहब्बत में कितनी पवित्रता होती है ?

और एक दिन और इसी प्रकार शाम ढल चुकी थी, परन्तु अन्धकार छाने में अभी कुछ देर थी, जब दीपक ढेर सारे करौंदे लिए दीप्ति के समीप पहुंचा।

‘‘यह गमछे में क्या छिपा रखा है ?’’ दीप्ति ने अनुमान लगाते हुए पूछा।

‘‘वही, जो तू रोज ही खाती है ?’’

‘‘क्या ?’’ दीप्ति को आश्चर्य हुआ, ‘‘करौंदे हैं

यह ? इतने ढेर सारे ?’’

‘‘हां।’’ दीपक कुछ उदास-सा बोला, ‘‘तेरे दो दिन के लिए हैं ?’’

‘‘दो दिन के लिए, क्यों ?’’

‘‘मैं बाबा के साथ कल भोर में ही शहर जा रहा हूं।’’

‘‘क्यों ?’’

‘‘मुझे क्या पता ?’’ दीपक लाचारी से बोला, ‘‘बस वह मुझे अपने साथ ले जाना चाहते हैं, इसलिए जाना ही पड़ेगा। मगर तू घबरा मत, जब मैं आऊंगा न, तो तेरे लिए तेरी मनपसन्द सुर्ख चूड़ियां अवश्य ले आऊंगा। ला, उतार एक चूड़ी। अपना नाप तो मुझे दे दे।’’

दीप्ति ने झट अपनी चूड़ी उतारी। उतारते समय झटके से चूड़ी एक ओर से चिटक भी गई, परन्तु फिर भी दीपक ने इसे सम्भालकर रख लिया। उसे तो चूड़ी केवल नाप के लिए ही चाहिए थी।

प्रकाश अब भी था, इसलिए दीपक ने दीप्ति का हाथ पकड़ा और उसे गांव से कुछ आगे, खेत के किनारे बहती लम्बी चौड़ी झील के समीप ले गया। बरगद की छांव में खड़े होकर दीपक ने इसकी एक लहर थामी और लगभग लटक-सा गया। दीप्ति से उससे कुछ कहना चाहा था कि समीप ही कहीं से एक कोयल कूकी। दीपक के साथ दीप्ति ने भी चारों ओर दृष्टि फेर दी। बोली वह, ''कितनी मीठी आवाज है इसकी।''

''हां।'' दीपक ने बहुत प्यार से दीप्ति को देखा, ''बिल्कुल तेरे समान।''

''मेरे समान ?'' दीप्ति खिलखिला पड़ी।

''और क्या ?'' बोला दीपक, ''तेरी आवाज तो कोयल की कूक से भी कहीं मीठी है। तेरी सांसों में तो मीठे आम-सी सुगन्ध है। तू जब खिलखिलाती है न तो ऐसा लगता है जैसे किसी ने मेरी जबान पर मीठे आम का रस टपका दिया हो।''

''तू तो ऐसी बात करता है जैसे हमने बाइस्कोप में एक बार देखा था।'' दीप्ति और खिलखिला कर हंस पड़ी, ''याद है न ?''

''याद है, एक-एक बात याद है दीप्ति।'' दीपक ने कहा, ''और इसलिए उस नायक के समान मैं भी एक लेखक बनूंगा। फिर तू देखना, मैं उससे भी अधिक सुन्दरता के साथ तेरा रूप वर्णन करूंगा। इस कोयल का भी वर्णन करूंगा। यह बरगद, इसकी छांव में यह छोटा-सा हमारे हाथों बनाया हुआ मिट्टी का घर, यह झील और उस पर वे अटल चट्टानें। एक-एक वस्तु को मैं महत्व दूंगा।''

दीप्ति ने बरगद की छांव में एक छोटा-सा मिट्टी का घर देखा, बहुत प्यार से। फिर वह झील के उस पार निहारने लगी। सूर्य डूबे देर हो चली थी, बादलों पर भी धुंधलापन बढ़ रहा था फिर भी चट्टानों की चोटियों पर हल्की-हल्की लालिमा बाकी थीं। नदी में इसकी छाया हल्के-हल्के कांप रही थी जैसे दीप्ति के होंठ हिलकर उसके समीप आ जाना चाहते हों। सहसा बादल गरजा, कुछ इस धमाके से कि बरगद की डालियां कांप गयीं, पानी की खामोशी भंग हो गई, हवाओं का मोड़ अचानक ही तेज हो गया था।

‘‘ऐसा लगता है आज बहुत तेज वर्षा होगी।’’ दीप्ति ने सहमकर ऊपर देखा।

‘‘हां।’’ दीपक भी सहम गया और दीप्ति का हाथ थाम लिया। ‘‘शायद आंधी भी आए। ले, करौंदे रख ले। गमछा मैं बाद में ले लूंगा।’’

दीप्ति ने एक बार चारों ओर देखा। फिर बरगद की छांव में मिट्टी के घरौंदे के समीप आई। झुककर वह इसके समीप बैठी। समीप से पत्थर बटोरे और इसके चारों ओर सटा दिये।

‘‘अब इस आंधी में यह हरगिज नहीं गिरेगा।’’ खड़ी होती हुई बोली वह।

‘‘हां।’’ दीपक ने दीप्ति का हाथ फिर थामा–‘‘आ चल, घर पर हमारे तथा तेरे बाबा भी घबरा रहे होंगे।’’

सहसा बादल फिर गरजा, इस बार कुछ अधिक ही आवाज के साथ बिजली भी कड़की। दीप्ति सहमकर दीपक की छाती से चिपट गई। दीपक भी घबराकर दीप्ति की बांहों में आ गया। फिर अचानक ही जब वर्षा की मोटी-मोटी बूंदें उन पर छा गईं तो तुरन्त ही घर की ओर लपके। ऊबड़-खाबड़ रास्ते, झाड़दार पौधे, झंकाड़, चिकनी खेती की मुंडेर और खोई हुई पगडंडियां, फिर भी दीप्ति को सम्भालते हुए दीपक अपने गांव पहुंच ही गया। गांव के बीच पानी एकत्रित था। रास्ते कीचड़ से लथपथ थे, नीम और आम की जड़ों में लावारिस पशु छिप जाना चाहते थे, एक पेड़ के नीचे दीपक भी दीप्ति के साथ खड़ा हो गया।

‘‘अब घर जा–।’’ दीप्ति बोली, ‘‘जब तू शहर से वापस आयेगा तो फिर मिलेंगे।’’

‘‘अच्छा।’’ दीपक ने उसका हाथ दबाया, ‘‘परन्तु जाने क्यों मेरा मन बहुत घबरा रहा है।’’

‘‘तू हर बात को सोचता बहुत है ना, इसीलिए ऐसा होता है।’’ दीप्ति ने उसे तसल्ली दी और फिर उसका हाथ अलग करके जाने को तैयार हुई। अभी एक पग वह बढ़ी ही थी कि दूर किसी खाली झोंपड़ी के अन्दर, या शायद बाहर ही, अचानक कुछ कुत्तों के रोने की

आवाज सुनाई पड़ी। दीप्ति पलटकर दीपक के गले से लिपट गई। आंधी-सा यह वातावरण और भी भयानक हो चला था।

''चल, मैं तुझे पहुंचा दूं।'' दीपक ने स्वयं भी सहमकर कहा।

''नहीं, मैं चली जाऊंगी।'' दीप्ति ने फिर साहस बटोरा–''तू जा और हां, घर पहुंचते ही सिर को ठीक से पोंछ लेना, बहुत जल्दी बीमार पड़ जाता है।''

दीप्ति एक चमकती बिजली के समान अन्धेरे में गुम हो गई तो वह भी अपने घर की ओर चल पड़ा। आज वास्तव में उसका दिल अकारण ही नहीं घबरा रहा था।

और फिर उस रात खूब बिजली चमकी। तेज आंधी आई और घनी वर्षा हुई, रुकने का नाम ही नहीं लेती थी यह। उस रात दीपक एक पल नहीं सोया। रात भर उसे बादलों की गरज के साथ मकानों के ढहने की आवाजें सुनाई पड़ती रहीं। बिजली की कड़क के साथ वृक्षों के टूटने के शब्द सुनाई पड़ते रहे। कुत्तों के निरन्तर रोते रहने की आवाज से उसका दिल धड़क रहा था। आंगन में बंधी गाय-भैंस चीखती रहीं, बकरियां मिनमिनाती रहीं। करवट बदलकर बार-बार वह उठ बैठता था। दीप्ति का जाने क्या हाल हो ? सुबह होने से कुछ ही देर पहले दीप्ति के विचारों की चिन्ता जब उसकी पलकों पर बोझ बन गई तो वह सो गया। अजीब और भयानक-भयानक स्वप्न उसने उस रात नींद में देखा था।

सुबह जब वह उठा तो आंगन में उसके घुटनों-घुटनों पानी था। उसके बाबा ने रात ही रात सारा सामान इकट्ठा करके जाने की तैयारी कर ली थी। बाबा परेशान थे। मां की आंखों में सब्र के पश्चात भी आंसू थे।

''यह क्या हो गया मां ?'' चकित होकर पूछा था उसने।

''बाढ़ आ गई है बेटा।'' उसकी मां हिचकियों के बीच बोली थी–''चन्दनपुर का बांध टूट गया है इस वर्षा में।''

कुछ न बोला वह, केवल सोचता ही रह गया। दीप्ति की तस्वीर आंखों में खुद ही चली आई।

घुटनों-घुटनों पानी में वह धीमे से बाहर निकला। गांव पर एक दृष्टि की चादर बिछाई। धरती नाम मात्रा भी कहीं नहीं बची थी। दूर-दूर तक पानी था–गन्दा और छिछला पानी। कितने ही घर ढह गए थे। वृक्ष गिर पड़े थे। पगडण्डियां अदृश्य थीं। खेतों में बालें लेटी-लेटी थीं। खलिहान बिखरे पड़े थे। उसने देखा, अनगिनत नावें इधर-उधर भटक रही हैं। अपने बिछुड़े साथियों को तलाश कर रही हैं। वह आगे बढ़ा तो ढलान था। पानी अधिक होने के कारण वह तैरने लगा। पानी और गहरा होता गया और मकान डूबते-से प्रतीत हुए। झोंपड़ियों की छतें तैर रही थीं। दीवारें इस कदर गल गई थीं कि हवा का हल्का-सा झोंका ही इन्हें धकेलकर धड़ाम से गिरा दे रहा था। पशुओं की लाशें, पक्षियों की लाशें, मानव बुत की लाशें इधर-उधर तैर रही थीं और कौवे और गिद्ध इनके समीप मंडरा रहे थे। पानी की छाती पर जैसे एक भयानक छाया सांस ले रही थी। वातावरण इतना दर्दनाक था कि उसका कलेजा फट गया। फिर भी वह तैरता रहा। तैरते-तैरते वह गांव के दूसरे किनारे पर निकल गया। पानी की सतह ऊंची थी कि किनारे के मकानों की छतें ही केवल दिखाई पड़ती थीं। दीप्ति का घर भी मानो अन्तिम श्वास ले रहा था। उसका दिल कांप गया। वह इसके और करीब पहुंचा। सहसा उसने देखा, आस-पास लकड़ी के खिलौने पानी पर इधर-उधर तैर रहे हैं। खिलौने ? उसने वे गांव के मेले से ही खरीदकर दीप्ति को भेंट किए थे। आंखों में उसके आंसू झलक आए। उसने चाहा कि इन्हें समेट ले, उसने अपने हाथ-पैर भी चलाए कि आगे बढ़े, परन्तु तब ही दीप्ति के घर की दीवारें बैठ गईं। खपरैल की छत एक गड़बड़ाती आवाज के साथ पानी की तह में समा गई। कांपकर वह पीछे भागा। सारा गांव खाली हुआ जा रहा था। रात ही रात लगभग सभी लोग यह गांव छोड़कर जाने कहां चले गए थे। सरकार ने उन्हें बचाने का समय पर ही प्रबन्ध कर दिया था। जिनके मकान ढलान पर थे उन्हें अधिक खतरा था। इसलिए सरकार ने उनकी पहले सहायता की थी। ''फ्लाइंग- स्क्वाड'' दौड़-धूप में परेशान थीं। औरतें नाव में थीं, मर्द तैर रहे थे। पूरी हिफाजत करने के बाद भी कितनी जानों को हानि पहुंची थी। लोग गांव से विदा हो रहे थे। आंखों में खालीपन था और मुखड़े पर निराशा। रामू काका की पत्नी डूब गई थी। मंगरू का बाबा लापता था। बनवारी के बच्चे नहीं थे तो मंगल दादा के पोतों का पता नहीं था। हर तरफ कोलाहल था। हाहाकार मचा हुआ था।

दीपक ने दीप्ति को एक-एक स्थान पर ढूंढा। एक-एक गहराव पर उसने गहरी नजर डाली। एक-एक लहर से उसका पता पूछा, परन्तु वह कहीं नहीं मिली। अनगिनत लाशों को देखकर जब उसके मन ने विश्वास कर लिया कि दीप्ति भी इन्हीं के साथ इस जल की कब्र में सो गई है तो वह रो पड़ा। बच्चों के समान बिलख-बिलखकर रोने लगा जैसे उसकी सबसे प्यारी वस्तु खो गई है, जिसे वह कभी नहीं पा सकेगा। दिल फटा जा रहा था। मन करता था वह भी इसी में डूबकर मर जाए। अपनी जान दे दे। परन्तु तैरना जानने वाले डूबकर शायद ही कभी आत्महत्या कर पाते हैं। जब पहली डुबकी में उसके भी नथुनों में पानी ने प्रवेश किया तो वह छटपटाकर ऊपर सतह पर निकल आया। बच्चा था इसलिए मृत्यु बहुत कठिन प्रतीत हुई। अपने घर की ओर वह रोता, बिलखता लौट पड़ा। उसके बाबा बहुत चिंतित होकर उसकी प्रतीक्षा कर रहे थे।

****

आज उस गांव, उस रामगढ़ को छोड़े हुए उसे बारह वर्ष बीत चले थे। बारह वर्ष–एक युग–और सब कुछ बदल गया था इस युग में। जिस शहर में वह आया था वह भी बदल गया, जिस गांव को छोड़कर आया था वह भी बदल गया। अपने पैरों पर खड़ा होने के बाद, अभी कुछ साल पहले ही, जब दीपावली की छुट्टियां हुईं तो वह कलकत्ता गया था। रामगढ़ पहुंचकर उसने अपनी खोई हुई शान्ति को पाने की एक झूठी आशा कर ली थी। परन्तु वहां पहुंचकर उसने देखा था कि यह गांव अब गांव नहीं रहा। पक्की सड़कें, एक बहुत बड़ी फैक्ट्री, जहां उसका गांव बसा था, वहां फैक्ट्री के ''सर्वेन्ट क्वाटर्स'' बन गए थे। उसका अपना घर, दीप्ति का घर, कुछ भी नहीं बचा था। नदी की ओर आने वाली ऊबड़-खाबड़ पगडण्डी अब तारकोल की सुन्दर पतली सड़क बन चुकी थी। किनारे बरगद का विशाल वृक्ष उसी प्रकार था। परन्तु शायद इसकी घनी लताओं को कतर कर इसे और सुन्दर बनाने का प्रयत्न किया गया था। जहां छांव में कभी उसका मिट्टी का घरौंदा था वहां अब जड़ के नीचे बैठने के लिए चबूतरा उसकी इच्छाओं की कब्र समान बन चुका था। इसे देखकर उसकी आंखों में आंसू

आ गए थे। नदी का रूप निखर कर झील बन गया था, परन्तु लहरें उसी समान थीं। बाहर वर्ष पहले-सी। बहाव में नटखटी भी उसी समान थी। सरकार ने इसे एक ''पिकनिक स्पाट'' बना दिया था। समीप ही एक छोटी-सी कैन्टीन थी जिसके सामने कुर्सियां बिछाए अनगिनत लड़के- लड़कियां रंगीन वस्त्रों में बैठे कॉफी तथा कोका-कोला का आनन्द उठा रहे थे, झील के मध्य में तथा किनारे बहुत सारी रंगीन नावें कमल के समान इधर-उधर तैर रही थीं। इधर-उधर ट्रांजिस्टर तथा रेडियो-ग्राम की आवाज से वातावरण और भी अधिक संगीतमय हो गया था। उसका मन चाहा, वह भी इनमें सम्मिलित होकर अपनी सारी बीती भूल जाए। यहां कितनी अधिक बेफिक्री थी ? हर वस्तु बदली और अपरिचित सी थी। फिर वह क्यों अपने आपको स्वयं से अपरिचित प्रतीत करे ? परन्तु जाने क्यों तभी जब उसने झील के उस पार खड़ी पत्थर की चट्टानों को देखा तो कांप कर रह गया। वहां सब कुछ उसी प्रकार था– बिल्कुल उसी प्रकार जैसा उसने पहले इन्हें देखा था। अपने मन में बहकती भावनाओं पर वह लज्जित हुआ। मन ही मन उसने प्रण किया कि उसका प्यार, उसकी तपस्या इन्हीं चट्टानों के समान अटल रहेगी। दीप्ति का सपना उसके दिल में एक वास्तविकता बनकर छा चुका था। दीप्ति–उसके होंठों पर एक आह टपकी। उसने प्रतीत किया, जैसे इस सारे इलाके में दीप्ति की दीप्ति छाई हुई है–उसकी छाया के समीप, उसमें घुल-मिलकर।

और तब ही उसने सुना। कोई समीप ही किसी से कह रहा था, ''सुभाषनगर की सुन्दरता तो अब जल्द ही निखरने वाली है। जब सरकार उन चट्टानों को काटकर उनके बीच से एक बनावटी झरना उत्पन्न करते हुए इस झील में गिराएगी।''

उसके दिल को धक्का लगा। दीप्ति से उसने बचपन में कितनी गलत बात कही थी, वह चट्टानें अब कहां अटल रह गईं। मनुष्य अपने स्वार्थ के लिए प्रकृति के भेद को मटियामेट करने से भी नहीं चूकता। सिर झुकाए निराश होकर वह अपने शहर चला आया था। दीप्ति की विचार उसके मन में सुई की नोक के समान चुभने लगा था। रामगढ़ एक सपना बन गया था। इस गांव का नाम तक बदल कर अब सुभाषनगर रख दिया गया था।

इन बारह वर्षों ने उससे उसका सब कुछ छीन लिया। गरीबी आसानी से पीछा नहीं छोड़ती। घर की गाय, भैंस, बकरियां, बर्तन, सब कुछ बिक गया। फिर बीमारी ने मां पर भी असर किया तो बाबा भी चन्द दिन बाद उनके पीछे-पीछे चले गए। इस बड़े संसार में वह अकेला रह गया था। फिर भी उसने आशा का दामन नहीं छोड़ा था। बड़ी कठिनाई से उसे एक प्रकाशन में नौकरी मिली थी, इसलिए उसे पढ़ने का सुअवसर भी प्राप्त हुआ। उसने परिश्रम किया और मैट्रिक किया। इण्टर किया फिर प्राइवेटली बी० ए० भी कर लिया था। चपरासी से वह बाबू बन गया था। पैंतालीस रुपये से अब वह डेढ़ सौ रुपया माहवार कमाने लगा था।

और फिर उसी के प्रकाशन से निकली एक पत्रिका में उसका एक लेख भी निकला था, लेख प्रशंसनीय था। इसलिए पाठकों के दिल की गहराई को छू गया। उसके लेख की और मांग हुई–उसने और लिखा। फिर वह छोटी-छोटी कहानियां लिखने लगा। दर्द और आंसुओं से भरी उसकी कहानियों में एक वास्तविकता झलकती थी जिसे लिखने में वह पूर्णरूप से सफल उतरा और फिर एक दिन जब वह अपने गांव रामगढ़ से निराश लौटा था तो उसने एक अछूता उपन्यास भी लिखा: ''और चट्टानें टल गई''। रामगढ़ की सुन्दर यादों को बदले हुए इस वर्तमान युग में परिवर्तित करने के लिए उसने ऐसी भावनायें अंकित कीं कि पढ़ने वालों की आंखों में आंसू छलक आए। दो मासूम दिलों की कहानी को उसने ऐसी उपमाओं द्वारा प्रस्तुत किया कि पाठकों ने पढ़कर इसे अपने मन में सुरक्षित रख लिया। उपन्यास की मांग बढ़ी। उपन्यास फिर प्रकाशित हुआ। फिर मांग बढ़ी और फिर प्रकाशित हुआ और तीसरी बार प्रकाशित होते-होते उसका एक नया उपन्यास फिर बाजार में आया। वह एक लेखक बन गया। लेखक दीप। दीपक को दीप के नाम से पाठक जानने लगे थे।

उसने नौकरी छोड़ दी, उपन्यास लिखने के लिए समय की आवश्यकता थी और नौकरी वालों को समय कम ही मिलता है। प्रकाशन दफ्तर छोड़कर वह अपने शहर से दूर मसूरी चला आया। मसूरी की सुन्दर गहरी घाटियों से लेकर आकाश की ऊंचाई तक को उसने

अपनी भावनाओं में इस प्रकार सम्मिलित किया कि पाठकों में मसूरी देखने की चेतना जाग उठी। बिना चेतावनी दिये बादल वर्षा तथा ठंडा-ठंडा वातावरण उसकी लगभग सभी कहानियों का ध्येय बन गया। अपनी छोटी-छोटी कहानियों तक में उसने नये भाव, नई उपमाओं में इनका उपयोग किया।

***

सहसा हवा का एक तेज झोंका आया तो वह कांप गया। उसने देखा, बाहर झिमर-झिमर वर्षा हो रही है। सड़क की बत्तियां इसकी लपेट में फैल-फैल जाती थीं, प्रकाश मन को भला लग रहा था। पत्र को उसने मेज पर रखा। खड़े होकर खिड़की के पट बन्द किये और फिर पत्र पढ़ने बैठ गया। दीप्ति—कई बार वह जैसे स्वयं से ही बोला। जमाने की परिस्थितियों ने उसकी दीप्ति छीन ली थी वरना वह आज इस असाधारण से नाम की लड़की के दिल का राजा होता। काश ! उसकी दीप्ति जीवित होती ! तब वह उसे यह पत्र दिखाकर मजाक करता। प्यार से जलाता। फिर जब वह गुस्सा हो जाती तो गले लगाकर उसे मना भी लेता। उसके सुर्ख गालों को चूम लेता। कान के नीचे ऊपरी सिरे पर चमकते तिल के स्थान पर वह अपनी पलकें रख देता। उसके होंठों से एक आह टपकी। आंखें भीग गईं। पत्र के नाम को उसने फिर पढ़ा—कई बार पढ़ा और कई बार उसने इसको होंठों द्वारा दोहराया भी। कोई प्रश्न ही नहीं था जो वह यह सोचता कि दीप्ति उस दुर्घटना से भी बच सकी होगी। यदि जीवित भी होती तो अब तक जाने कहां उसका विवाह हो गया होता। आंगन में शायद दो छोटे बच्चे भी खेलते होते। गाय और भैंसों का वह स्वयं दूध दुहती होती। आंगन लीपती तथा गोबर पाथती होती और या फिर ससुराल में किसी नीम या बरगद की छांव में खटिया पर बैठी ननदों से सिर की जुएं निकलवाती होती। बाढ़ के बाद उसने अपने गांव के किसी भी आदमी को आज तक कहीं नहीं देखा था। ऐसा प्रतीत होता था मानो रामगढ़ अपने नाम तथा निवासियों सहित सदा-सदा के लिए ही उस घटना का शिकार हो गया है। दुर्भाग्य से केवल एक वही बच सका था और इसीलिए, दुःख और दर्द के संसार में डूबकर जब वह कहानियों में अपनी भावनायें प्रस्तुत करता तो अपने आपको भूलकर उन्हीं घटनाओं में खो जाता।

उसने बाकी पत्रों को यूं ही छोड़ दिया। एक कागज उठाया कलम संभाला और झुककर उस पर लिखने लगा—

''मेरी कहानियों की प्रशंसिका, दीप्ति जी, आपके दो वाक्यों वाले पत्र से मैं बहुत प्रभावित हुआ। ''और चट्टानें टल गईं,'' आपने पसन्द किया इसके लिए धन्यवाद !

आपकी मांग के अनुसार मेरे प्रकाशक महोदय शीघ्र ही आपको मेरे शेष उपन्यास भेज देंगे। मैं उन्हें लिख रहा हूं। आशा है आप इन्हें भी पसन्द कीजियेगा।

धन्यवाद !

आपका

दीपा।''

उसने पत्र समाप्त किया। लिफाफे में बन्द किया और पता लिखने लगा। सहसा उसका मन चाहा कि अपनी इस प्रशंसिका को वह कुछ और भी लिखे। मन जाने क्यों पिछली याद को ठुकराकर एक अनजान रास्ते पर बढ़ जाना चाहता था; परन्तु फिर कुछ सोचकर वह बहुत ही लज्जित हुआ। अपने कोट की ऊपर की पॉकेट से उसने एक चूड़ी निकाली–सुर्ख चूड़ी, एक ओर से चिटकी हुई, उसके दिल के समान, फिर भी वह आज तक कितना सम्भालकर इसे रखे हुए था। उसने इसे चूमा तो पलकें भीग गईं। दीप्ति, उसकी मंगेतर की बस यही एकमात्र याद उसके पास रह गई थी जिसे अपने पॉकेट में वह बहुत संभालते हुए कभी कपड़े में लपेटकर रख लेता था तो कभी कागज में ही। कभी-कभी यूं ही डाल लेता था। परन्तु इसका विचार उसे हरदम ही रहता था। दीप्ति की याद उसके मन में अमिट छाप के समान थी जिसे अमर बनाने के लिए वह बड़े से बड़ा यत्न करने से भी नहीं चूकता। दीप्ति के प्यार ने उसे प्यार दिया, उसकी जुदाई ने उसे लेखक बना दिया। उसकी याद के पीछे वह अपने आपको भी मिटाने को तत्पर था। चाहे इसके लिए उसे झूठे सहारों की आवश्यकता क्यों न पड़े, विदेश से आने वाले दीप्ति के पत्र ने उसके दिल के तारों को झिंझोड़ दिया था। उसकी सोई यादों को वर्तमान बना दिया था। परन्तु फिर भी उसने स्वयं पर काबू किया। ऐसे पत्र तो उसे कई बार मिले हैं। क्या हुआ, लन्दन से उसे वह पहला पत्र मिला है ? और क्या हुआ यदि इस पत्र की

लिखने वाली का नाम दीप्ति ही है ? यह तो संयोग है। वरना इस दीप्ति में ऐसी क्या विशेष बात हो सकती है ? चूड़ी को चूमकर उसने यूं प्रतीत किया मानो अपने आपको उसने भटकने से बचा लिया हो, अपने पवित्र प्यार की तपस्या भंग होने से उसने रोक ली हो उसके पवित्र विचारों, विचारों की इस पवित्र याद पर कीचड़ पड़ते-पड़ते रह गया हो।

जब बहुत रात बीतने पर वह पलंग पर लेटा तो जाने क्यों उसे आसानी से नींद नहीं आ सकी। लन्दन की दीप्ति मानो मन के चोर द्वार के अन्दर प्रवेश करके उसकी सारी शान्ति ही भंग कर डालना चाहती थी। विचारों की शांति यूं भंग हो गई थी—जैसे बारह वर्ष पहले रामगढ़ में एक बार बाढ़ आ गई थी। घबराकर उसने आंखें बन्द कर लीं। मसूरी की यह रात जैसे पहली बार उसके शरीर में चिंगारी उत्पन्न कर रही थी जिसे वह प्रतीत करने के पश्चात भी अधिक महत्व नहीं दे सका।

<h1 style="text-align:center">दो</h1>

सायरन हुआ। दीपा ने कक्षा छोड़ी और विशाल इमारत के बरामदे से होती हुई रजिस्ट्रार दफ्तर के समीप पत्र-बोर्ड के सामने पहुंची। सुबह ही उसकी एक सहेली द्वारा उसे पता चल गया था कि उसका पत्र आया है। भारतीय लिफाफा देखकर उसके मन में एक गुदगुदी-सी हुई। झट उसने इसे बाहर निकाला, पुस्तक के बीच रखा और लॉन की ओर बढ़ गई। एक सदाबहार के वृक्ष की आड़ लेकर वह वहीं पत्थर की एक बेंच पर बैठ गई और लिफाफा निकाला, खोला, पढ़ा। नजरों के साथ उसके गालों की रंगत में भी परिवर्तन आ गया। छोटा-सा पत्र अपनी पंक्तियों में कैसा सन्देश लेकर आया था कि उसे अपने मन की भावना ही छिपाना कठिन हो गया। पत्र लेखक दीप का था, उसके पत्र के उत्तर में, उसने तो इसकी आशा तक नहीं की थी। लेखकों के पास इतना समय ही कहां होता है जो हर एक के पत्रों का उत्तर देते फिरें ? पत्र समाप्त करते ही उसमें दीप के बाकी उपन्यासों को भी पढ़ने की इच्छा और बल बलवती हो उठी।

''क्या बात है दीपा–?'' सहसा पीछे चुपके से खड़ी उसकी एक सहेली ने दीपा के मुख के उतार-चढ़ाव पढ़कर पूछा।

दीपा चौंक पड़ी। पलटकर पीछे देखा और पत्र को किताब में रख लिया। ''कुछ नहीं, कुछ भी नहीं सूरज।'' घबराई-सी बोली वह।

''अरे बाबा, पत्र क्यों छिपा रही है ?'' सामने आकर उसके समीप ही बैठती हुई सूरज बोली, ''पत्र तो मैं पहले ही पढ़ चुकी हूं।''

दीपा ने उसे गौर से देखा।

''हां-हां–'' सूरज कहती गई–''किसी दीप ने लिखा है। नामों का जोड़ा तो बड़ा सुन्दर है–दीप्ति– दीपा।''

दीपा खिसिया-सी गई। उठकर उसने जाना चाहा तो सूरज ने उसका हाथ थाम लिया। बोली, ''मेरी जान, बुरा क्यों मानती हो ? मैं तो केवल मजाक कर रही थी। क्या मैं नहीं जानती कि प्रकाश से तुम्हारा सम्बन्ध कभी का तय हो चुका है।''

दीपा गम्भीर होकर बैठी रही।

''मेरी बात बुरी लग गई क्या ?'' सूरज ने इस बार मानो सहमकर पूछा।

और दीपा मुस्कुरा दी। उसकी मुस्कुराहट से आस-पास के फूलों की पंक्तियां हवा में छितर गईं।

''कौन है वह दीप ?'' सूरज ने भी मुस्कुराकर पूछा।

''लेखक।''

''लेखक ?'' सूरज चौंकी, ''वही, जिसका उपन्यास पढ़कर कल तू कह रही थी कि शायद लेखक ने तुझे देखकर ही कहानी की नायिका का वर्णन किया है ?''

‘‘हां सूरज !’’ दीपा गुम-सी बोली।

‘‘तूने उसे पत्र लिखा था ?’’

दीपा ने हां के इशारे में सिर हिला दिया।

‘‘क्या ?’’

‘‘कोई विशेष बात नहीं।’’ दीपा बोली, ‘‘केवल बाकी लिखी कहानियां मांगी थीं ?’’

‘‘तो ?’’

‘‘अपने प्रकाशक द्वारा भेज रहा है।’’ दीपा बोली, ‘‘अब देखना यह है कि उसके बाकी उपन्यासों की भावनाएं क्या हैं ? कितनी विचित्र बात है।’’

‘‘क्या ?’’

‘‘यही कि उसकी नायिका का वर्णन बिल्कुल मेरे ऊपर किया गया है। मेरी ही जैसी आंखें, रंग, बाल, बान के नीचे एक तिल, नाम भी दीप्ति ही दिया है उसने।’’

‘‘हां, है तो अवश्य ही विचित्र बात।’’ सूरज बोली, ‘‘परन्तु यह एक संयोग है दीपा। या फिर हो सकता है उसने तुझे कहीं देखा हो। तूने तो उसे कहीं नहीं

देखा ?’’

‘‘इस उपन्यास से पहले तो मैं उसका नाम तक नहीं जानती थी।’’ दीपा बोली, ‘‘परन्तु अब ऐसा प्रतीत होता है जैसे रामगढ़ गांव, वहां के खेत, बरगद के नीचे एक छोटा-सा मिट्टी का घरौंदा। नदी का किनारा, उस पार की चट्टानें, सब कुछ मेरी जानी पहचानी हैं। मालूम नहीं, मैंने इन्हें कभी सपनों में ही देखा हो या फिर शायद मेरा सम्बन्ध इन दृश्यों से पिछले जन्म का ही हो। कुछ समझ में नहीं आता।’’

सूरज मुस्कुरा दी। बोली कुछ भी नहीं। क्योंकि जानती थी कि उसकी बात से दीपा को चोट पहुंचेगी। वह विज्ञान की छात्रा थी। प्यार व मुहब्बत को दिल व दिमाग की कमजोरी से

अधिक कभी महत्व नहीं दे सकी। दिल तो उसके ज्ञान में मांस का एक वैसा ही लोथड़ा है जैसे दूसरे हैं। धड़कता इसलिए है कि रक्त की गर्दिश तेज हो जाती है या फिर सोचने की शक्ति कम हो जाती है।

सहसा सायरन फिर हुआ। ब्रेक समाप्त हुआ तो सूरज लैबोरेट्री चली गई। दीपा वहीं बैठी रही, क्योंकि उसका पीरियड खाली था। बहुत देर तक वह सोचती रही। दीपा की भावनाएं वास्तविकता पर आधारित थीं।

सूरज दीपा की ''रूम-मेट'' ही नहीं थी बल्कि एक प्रिय सहेली थी। यद्यपि दोनों के विचार बिल्कुल अलग थे। सूरज डाक्टरी पढ़ने के लिए भारत से आई थी और दीपा फिलासफी पर रिसर्च कर रही थी। दोनों के विचार में आकाश धरती का अन्तर था। दीपा पहाड़ों के बीच गिरी हुई झील के समान शान्त और गम्भीर थी। सूरज समुद्र के समान मौजें मारने वाली चंचल और तीव्र थी। दीपा किसी बात को सोचती तो सोचती ही जाती, परन्तु सूरज हर बात का तुरन्त ही फैसला कर लेने के पक्ष में थी। परन्तु फिर भी दोनों में खूब पटती। खूब निभती। शायद इसका विशेष कारण यही हो कि दोनों भारतीय थीं, ''रूम-मेट थीं तथा सुन्दर भी थीं। सारे कॉलेज में भारतीय सुन्दरी के नाम से दोनों ही प्रचलित थीं।

लगभग एक सप्ताह बीता होगा कि दीपा को एक पार्सल मिला। उसकी प्रसन्नता का ठिकाना ही नहीं रहा। बहुत बेचैनी से वह इसकी प्रतीक्षा कर रही थी। होस्टल में अपने कमरे में पहुंचते ही उसने इसे खोला। चार उपन्यास थे। उसने इन्हें उल्टा-पुल्टा। बीच-बीच में कई-कई पंक्तियां पढ़ी भी। सहसा एक पुस्तक के बीच में उसे एक लिफाफा मिला। तुरन्त ही खोलकर उसने देखा तो बड़ी निराश हुई। पत्र लेखक के बजाय प्रकाशक से आया था। पार्सल की प्राप्ति की रसीद उसने मांगी थी। शाम को कॉलेज का एक फंक्शन था इसलिए उसने उपन्यास संभालकर रख दिये। सहसा कमरे में सूरज ने प्रवेश किया।

''बड़ी खुश दिखाई पड़ रही हो।'' एक ओर अपनी कापियां पटकती हुई बोली वह, ''क्या बात है ?''

''मेरे लेखक ने उपन्यास भेजे हैं।'' मन की खुशी को दबाकर बोली वह।

''अच्छा।'' सूरज ने यूं कहा जैसे बड़ी साधारण-सी बात थी।

''हां।''

सूरज उसके समीप आई। उसके मुखड़े को अपनी एक उंगली द्वारा ऊपर उठाया। आंखों की चमक को परखा और धीरे से बोली, ''जरा सोच-समझकर पग बढ़ाना। किसी को बिना परखे, बिना जाने फैसला कर लेना अच्छा नहीं होता।''

''मैंने कौन-सा फैसला किया है।'' दीपा अनजान बनकर बोली, ''उसने उपन्यास भेज दिये तो मैं क्या करूं ?''

''अच्छा ! तो जैसे तूने तो उससे ये मांगे ही नहीं थे।'' सूरज ने उसके गाल पर हल्की-सी थपकी दी, ''शायद तेरी राइटिंग देखकर ही उसने उपन्यास भेजना आवश्यक समझ लिया हो।''

''ऊंह ?'' दीपा ने मुंह बनाया, ''तुझसे तो अच्छी ही है राइटिंग मेरी।''

''तो मैं कब इन्कार करती हूं।'' सूरज ने समीप से ही एक कापी उठाकर खोली और लिखाई को चूमते हुए कहा–''जब ही तो कॉलेज में प्रोफेसर्स तुझ पर इतने दयालु हैं।''

दीपा ने शर्म से सिर झुका लिया।

''अच्छा-अच्छा, अब जल्दी से तैयार हो जा।'' सूरज फिर बोली–''शो आरम्भ होने में समय कम ही रह गया है।''

चन्द मिनट बाद जब दोनों बाहर निकलीं तो सैकड़ों विदेशी आंखें उसके आगे बिछ गयीं। भारतीय वेश-भूषा में दो कन्यायें अजन्ता की कला के समान कॉलेज की सड़क पर थिरक रही थीं।

उत्सव लगभग नौ बजे समाप्त हुआ तो सीधा वे दूसरी लड़कियों के साथ ''मैस'' पहुंचीं। भोजन से छुट्टी पाने के बाद ज्यों ही वे अपने कमरे में पहुंचीं, दीपा तो वस्त्र बदलकर पलंग

पर गई और ''दीप'' के चारों ही उपन्यास सिरहाने घसीट लिये परन्तु सूरज को अपने ''कोर्स-बुक'' से ही फुर्सत नहीं थी, वह इन्हीं में खो गई। एक किनारे एक मेज पर रखे कागजों पर वह ''चार्ट'' बनाने में व्यस्त हो गई थी।

और रात बीतती रही–बीत गई–बहुत रात।

दीपा एक उपन्यास पढ़ने में बहुत लीन थी–''बरगद की छांव में।''–सहसा उपन्यास को उसने अपनी छाती पर रख लिया। दोनों हथेलियों को उस पर रखकर अपनी उंगलियां आपस में फंसा लीं और छत की सफेदी को घूरने लगी। अपने आप में जैसे खो गई थी वह। सहसा सामने बैठी सूरज का ध्यान उसकी ओर बंटा।

''क्या सोच रही हो दीपा ?'' पेंसिल को उल्टी ओर से अपने माथे पर रगड़ते हुए पूछा उसने।

परन्तु दीपा के विचार जाने कहां थे।

''दीपा।'' सूरज ने फिर आवाज दीं

''हां...हां–?'' दीपा जैसे सपने से जागी।

''क्या सोच रही हो ?''

''कुछ नहीं सूरज, कुछ नहीं। दीपा ने उसकी ओर करवट बदली, ''कुछ भी तो नहीं।''

''फिर भी।'' सूरज ने जोर दिया, ''यह खामोशी, यूं खोयापन...।''

''कुछ पंक्तियां इस उपन्यास की भी मेरे दिल को छू रही हैं।''

''यह तो लिखने वाले का कमाल समझो।'' सूरज ने कहा, ''कुछ लेखक तो ऐसे होते हैं कि मनुष्य के दिल के अतिरिक्त दिमाग को भी झिंझोड़कर रख देते हैं। जिसका मन जितना कमजोर हो, उस पर उतनी ही यह बातें प्रभावित होती हैं।''

''यह बात नहीं सूरज।'' दीपा ने लिहाफ को ऊपर तक खींचा–''इस उपन्यास में भी लेखक की भावनायें ऐसी ही हैं, जैसे मैं इन्हें जानती हूं। सारे दृश्य जाने- पहचाने से लगते हैं, जैसे इन्हें भी मैंने सपनों में देखा है–या शायद फिर इनसे मेरे पिछले जन्म का ही सम्बन्ध हो।''

सूरज दीपा के विचार पर मुस्कुरा दी। बोली–''तेरा भ्रम होगा।''

''नहीं सूरज, ऐसी बात नहीं।''

''तो फिर किसी और उपन्यास में तूने यह सब पढ़ा होगा।''

''कुछ याद नहीं आता।'' दीपा अपने आपसे परेशान होकर बोली और फिर उपन्यास को आंखों के सामने कर लिया।

सूरज ने एक पल सोचा और फिर वह अपने चार्ट में खो गई।

सुबह हुई तो कॉलेज जाने से पहले दीपा ने लेखक ''दीप'' को एक पत्र फिर लिखा:

''प्रिय लेखक,

आपकी ओर से भेजा हुआ पार्सल प्राप्त हुआ। धन्यवाद !

कल ही रात में आपका उपन्यास ''बरगद की छांव में'' समाप्त किया है और अभी कॉलेज जाने से पहले आपको बधाई देना आवश्यक समझती हूं। कृपया बधाई स्वीकार कीजिए। जाने क्यों आपके बारे में जानने की इच्छा मुझमें बढ़ती ही जा रही है। बल्कि यूं कहिए कि आपको मैं बहुत समीप से देखना चाहती हूं। सम्भव हो तो मुझे अपनी एक तस्वीर भेजने का कष्ट कीजिए। आभारी रहूंगी। आपका अगला उपन्यास क्या और कब निकल रहा है ?

आपकी प्रशंसिका

दीप्ति''

पत्र लिखने के बाद दीपा ने इसे कई बार पढ़ा। मन में अनेक प्रकार के विचार आए। दीप जाने क्या सोचेगा। बिन देखे और बिन पहचाने भला इस प्रकार किसी को पत्र लिखा जाता है ? परन्तु फिर उसने इसे लिफाफे में बन्द कर ही दिया, आंखों में एक प्यास थी। अपने प्रिय लेखक की एक तस्वीर उसने बनाने का प्रयत्न किया था, बिल्कुल उन्हीं भावनाओं के सहारे जिन पर उसकी अपनी तस्वीर उपन्यासों में उभरकर उत्पन्न हुई थी। इसे वह पुष्ट करना चाहती थी। पत्र को पोस्ट करने के लिए उसने संभालकर रख लिया।

***

दीपक को जब प्रकाशक से ''री-डायरेक्ट'' किया हुआ पत्र मिला तो लिफाफा देखते ही वह समझ गया कि यह दीप्ति का पत्र है। लिखाई भी जानी-पहचानी ही थी। खोलकर पढ़ा तो मन में एक विचित्र सही गुदगुदी-सी हुई। पत्र को उसने कई बार पढ़ा। दीप्ति की लिखी एक-एक पंक्ति उसके जीवन में रस घोलने को व्याकुल प्रतीत पड़ी। परन्तु फिर अचानक ही मुस्कुराते-मुस्कुराते वह उदास हो गया। होंठ का एक कोना ऊपर को उठ गया। आंखों की चमक मद्धिम पड़ गई। जेब में रखी चिटकी चूड़ी का एक कोना मानो उसकी छाती में चुभ रहा था। एक अनजाने भय से कांप गया वह और सोचने पर विवश हो गया कि क्या इस अनजानी दीप्ति में रुचि लेकर वह अपनी खोई दीप्ति के साथ न्याय कर रहा है ? क्या यही उसका प्यार है ? उसकी याद में डूबी क्या यही प्यार की तपस्या है ? अपनी दीप्ति के प्रति मन में बसे अमिट प्यार का यह अपमान नहीं है क्या ? मन के विश्वास को एक धक्का-सा लगा। प्यार की स्मृति की वह सारी इमारत इस एक पत्र की हवा से ही गिरती प्रतीत हुई जिसकी नींव में उसकी अपनी दीप्ति की आत्मा बसी हुई थी। एक-एक ईंट को रखते हुए उसने उसकी याद के सहारे ही यह सुन्दर इमारत बनाई थी। दीप्ति—यह नाम तो जाने कितनी लड़कियों का हो सकता है। फिर क्या इस नाम के सहारे वह सारी ही ''दीप्तियों'' पर निछावर होता रहे ? अपनी दीप्ति की याद, उसका जीवन भर का प्यार मिटा दे ? मन ही मन वह बहुत अधिक लज्जित हुआ। पत्र को मुट्ठी में उसने इस प्रकार भींचा कि चिमटकर रह गया वह। आंखों में

और शाम ढल गई 24

अकारण ही आंसू निकल आए। दिल में एक टीस-सी उठी। उसने प्रतीत किया मानों उसकी दीप्ति का हृदय जोर से दुखी हो। उसने कागज खींचा। कलम खोला और प्यार के जोश में लिखने लगा:

''प्रिय प्रशंसिका,

आपके समान मुझे पहले भी दूसरों से पत्र प्राप्त होते रहे हैं। परन्तु दूसरों की उत्तर न देने में ही मेरा मान रहा है। आपसे मुझे सहानुभूति है इसलिए कि मेरे उपन्यासों की नायिका का नाम सदा दीप्ति ही रहा है। आपको अपनी एक तस्वीर भेज रहा हूं जिसे देखने के बाद आप निश्चय ही मेरे बारे में गलत अनुमान नहीं लगा सकेंगी, परन्तु कृपया मेरे उपन्यासों से कभी घृणा नहीं कीजिएगा। गरीब लेखक की यही एक पूंजी होती है।

आपका शुभचिंतक

दीपा।''

उसने एक दराज खोली। एक मोटा लिफाफा निकाला। अन्दर से एक तस्वीर खींची। देखा और मुस्कुराया। उस पर एक चौड़ा हस्ताक्षर किया और दुबारा मुस्कुराया। तस्वीर एक बूढ़े खूसट की थी। सिर पर कांग्रेसी सी टोपी, आंखों पर एक मोटी ऐनक, होंठ पोपले, गाल धंसे हुए, मुखड़े पर रुई के समान झुर्रियां। इस तस्वीर की कापियां पुलिंदे के समान उसके पास थीं। यदि कोई लड़की कभी उसके उपन्यासों पर रीझकर उसकी तपस्या को भंग करने का प्रयत्न करती थी तो वह प्यार के बचाव में इसी हथियार का उपयोग किया करता था। तभी उसकी प्रसन्नता सुरक्षित थी। इसी हथियार के सहारे उसके मन को कभी कोई झुका नहीं सका था।

तस्वीर को पत्र के साथ लापरवाही से लपेटकर उसने लिफाफे में बन्द किया, चिपकाया, पता लिखा और पोस्ट करने को एक किनारे रख दिया। जेब से उसने चूड़ी निकाली, देखा, मुस्कुराया, इस प्रकार जैसे दीप्ति की स्मृति को मिटते-मिटते उसने एक बार फिर बचा लिया

हो। आंखों में ऐसी चमक थी जैसे उसने जीवन की सारी कठिनाइयां हल करके प्यार का एक संसार जीत लिया हो। उसने सामने देखा, खिड़की के बीच से, सामने बरगद की झूलती लताओं के बीच, उस पार पहाड़ियों के पीछे डूबते सूर्य की लाली में उसकी अपनी दीप्ति की मुस्कुराहट झिलमिला रही थी। खुशी से उसकी आंखों में आंसू झलक आए। प्यार की याद का यह विश्वास कितना ठोस था, विश्वास के दर्द में कितनी अधिक शांति, कितनी अधिक मिठास थी। दीप्ति—वह हल्के से बड़बड़ाया और फिर बहुत देर के लिए खामोश हो गया।

***

दीपा कॉलेज के ''पत्र-बोर्ड'' पर अपना पत्र देखते ही उछल पड़ी। पत्र तो और भी आए थे। परन्तु जिस पत्र के लिए दिल बहुत बेचैनी से धड़क रहा था उसका तो लिफाफा देखकर ही पहचान गईं। हाथ बढ़ाकर पत्र निकाला। किताब में रखा और मन में उठती गुदगुदी को दबाकर वह साथियों से अलग हुई। तभी सायरन बजा तो वह अपनी कक्षा में चली गई। आज ''असेम्बली'' थी इसीलिए सभी विषय के विद्यार्थी यहां एकत्र थे। दीप्ति सूरज के समीप जाकर बैठ गई। भाषण चालू हुआ तो उसने चुपके से लिफाफा बाहर निकाला। बिना आवाज किये धड़कते दिलों के साथ इसे खोला। पत्र खींचा तो साथ में तस्वीर भी चली आई। पत्र पढ़ने से पहले उसने तस्वीर देखी, परन्तु तभी अंगुलियों पर फालिज गिर पड़ा। आंखें पथरा गईं। होंठ खुले के खुले रह गये। मुखड़े पर निराशा का एक घोर अन्धकार छा गया। तस्वीर हाथ से फिसलकर फर्श पर गिर पड़ी।

समीप बैठी, भाषण पर ध्यानपूर्वक कान लगाए सूरज चौंक पड़ी। झुककर उसने तस्वीर उठाई। इसे देखा तो निराशा ने जैसे उसकी ही छाती पर एक घूंसा मारा। यह तस्वीर, यह रूप, जैसे भारत में किसी तेल की मिल का कोई पुराना खूसट मुनीम, उसने दीपा पर दृष्टि को तो घबरा गई। उसका मुखड़ा निराशा की चोट खाकर सफेद हो रहा था। आंखें हाथ में खुले पत्र पर जमी हुई थीं।

''क्या बात है, दीपा ?'' उसने सहानुभूति प्रगट की।

''हूं ?'' दीपा जैसे सपने से जागी। एक बेजान मुस्कुराहट उसके होंठों पर आई और गुम हो गई। पत्र को उसने उसकी ओर बढ़ा दिया, कांपते हाथों से।

सूरज ने पत्र थामा। पढ़ा, दीपा को देखा। फिर किसी बहाने उठकर पल भर को बाहर चली गई। पत्र और तस्वीर को फाड़कर 'डस्ट बिन'' में फेंक दिया और वापस अपनी सीट पर बैठ गई। हल्के-से यूं मुस्कुराई मानो अपनी बात की उसे याद दिला रही हो जो वह सदा कहा करती थी।

''अब क्या विचार है तेरा ?'' उसने चोटीले स्वर में पूछा।

''कैसा विचार ?''

''मेरा मतलब अब तो तू कभी उसे पत्र लिखेगी या नहीं ?''

''पत्र ?'' दीपा ने अपना क्रोध उतारने का प्रयत्न किया–''उसकी सारी पुस्तकें भी जला दूंगी।''

''परंतु तस्वीर से उसकी पुस्तक का क्या संबंध ?'' सूरज ने होंठ दबाकर मुस्कुराते हुए घाव पर नमक छिड़का।

''है, मेरे लिए सम्बन्ध है।'' दीपा बोली–''और चट्टानें टल गईं'' तथा ''बरगद की छांव में'' जैसे उपन्यास जब वह बिना देखे मेरे जाने-पहचाने जीवन-सा लिख सकता है तो क्यों नहीं उसका रूप भी मेरी आशा के अनुसार हुआ ?''

सूरज मुस्कुराकर रह गई। दीपा की जिद किस कदर छोटे बच्चों के समान थी ? शायद रो भी पड़ती, यदि वह उसे और छेड़ती। इसलिए वह चुप हो गई। क्या हुआ यदि उसका अपना हृदय दीपा जैसा कोमल नहीं ? फिर भी वह उसका दर्द तो समझती थी। यदि किसी और सहेली की ऐसी बात होती तो वह सारे कॉलेज में ही उसका एक अच्छा-खासा मजाक

बना डालती, संसार को बताती कि प्यार जैसी बकवास वस्तु का फल कितना भयानक होता है। फिर चीखकर वह ठहाके लगाती। अपना ध्यान भाषण की ओर खींचकर दीपा के दुखी दिल की शांति का कारण बन गई।

और जब साइरन हुआ, पीरियड समाप्त हुआ, तो बाहर निकलते हुए सूरज ने बहुत प्यार से दीपा का हाथ थामा। उसे समझाने के अन्दाज से बोली, ''यह दिल का चक्कर छोड़ और पढ़ाई में मन लगा पगली। इन बातों में कुछ नहीं रखा है... कभी तूने यह भी सोचा है कि यदि प्रकाश को यह सारी बातें मालूम हो गईं तो उस पर क्या बीतेगी। आखिर तेरी आशा के सहारे ही तो वह जर्मनी में इंजीनियरिंग कर रहा है। तेरा भविष्य किस कदर सुन्दर है ! आखिर प्रकाश में कमी ही क्या है ?'' सूरज गम्भीर हो गई, ''मुझे देख, मां का प्यार बचपन ही से नहीं मिला। पिता होते हुए भी पिताहीन हूं। पढ़ इसलिए रही हूं क्योंकि जानती हूं भारत पहुंचने के बाद भी मैं परदेशी ही रहूंगी। सौतेली मां तो कभी चाहती ही नहीं कि मैं घर में रह कर उनकी दौलत में हाथ बटाऊं। आखिर एक पुत्र उन्होंने क्यों उत्पन्न किया है ? डैडी तो सौतेली मम्मी के गुलाम होकर रह गए है। बेचारे डैडी।''

दीपा कुछ न बोली। सूरज की बातें सुनकर उसका हृदय भर आया। सूरज की स्थिति को वह आरम्भ से ही महसूस करती थी। उसे कभी भी किसी से प्यार नहीं मिला था, मां का न बाप का। भाई था तो वह भी शत्रु के समान। केवल दिखावे का प्यार करता था। शायद इसीलिए सूरज का मन नारी का होने के पश्चात भी पत्थर का बन चुका था। सूरज मजबूर थी, इसीलिए दीपा ने उसके विचारों को कभी दोष नहीं दिया। कैसे समझाती कि दिल में अकारण ही उठने वाली धड़कनों का स्वाद कभी-कभी बहुत स्वादिष्ट होता है।

''दीपा–।'' सूरज ने अपने हृदय पर से बेबसी का लबादा झटका और बोली, ''प्रकाश तो तुझे पसन्द है न ?''

''मेरे डैडी की भी इच्छा यही है।''

‘‘और तेरी इच्छा क्या है ?’’ सूरज ने उसकी आंखों में झांका।

‘‘वही, जो मेरे डैडी की इच्छा है।’’ दीपा जैसे लापरवाही से बोली—‘‘उनके निकटीय सम्बन्धी का बेटा है वह, जिसे वह बचपन से ही अपने खर्चे पर पढ़ा रहे हैं, केवल इसी आशा पर कि बड़ा होकर वह उनकी फैक्ट्री को संभालेगा, जायदाद देखेगा और मुझे भी खुश रखेगा।’’

‘‘तो फिर तूने इस लेखक के बच्चे में क्यों इतनी दिलचस्पी ली ?’’

‘‘मुझे स्वयं नहीं मालूम सूरज, मैं कुछ नहीं जानती,’’ दीपा जैसे सिसक कर पछताई, ‘‘जाने क्यों उसका उपन्यास पढ़कर मैं अपने आपको एक पल भी नहीं रोक सकी। तू ही सोच, क्या यह अद्भुत बात नहीं है कि उसकी नायिका का नाम दीप्ति है। मेरे ही समान उसने सारा रंग-रूप वर्णन किया है। यहां तक कि कान के नीचे का काला तिल भी नहीं छोड़ा। वैसी ही घटनाएं जो शायद मैंने कभी सपनों में देखी थीं या फिर मेरे पिछले जन्म...।’’

‘‘यह सब बेकार की बातें हैं दीपा।’’ सूरज बीच में उसकी बात काटती हुई बोली— ‘‘जहां तक तेरे रंग-रूप का प्रश्न है, उसने कहीं स्टूडियो आदि में तेरी फोटो देख ली होगी। रहा घटना का प्रश्न तो बहुत सम्भव है ऐसी ही घटनाओं वाला उपन्यास तूने कभी और पढ़ा होगा जिसकी याद इस उपन्यास में दोहराते ही अब तुझे नई प्रतीत होने के साथ तेरे जीवन से भी सम्बन्धित दिखाई पड़ रही है। मेरा विश्वास कर दीपा, यह सब तेरा वहम है। कुछ लेखक भावों को इतना डूबकर लिखते हैं कि पढ़ने वालों की नींदें हफ्तों खराब हो जाती हैं। देख दीपा, परीक्षा समीप है। पढ़ने में मन लगा वरना यदि हम विदेश में सफल नहीं हुए तो हमारे साथ हमारे खानदान, हमारे देश की बदनामी हो सकती है। अभी तो तुझे प्रकाश के लिए भी नहीं विचारना चाहिए। जब मंगनी हो जाएगी तब देखा जाएगा। अभी तो तू यहां केवल पढ़ने के लिए ही आई है।’’

दीपा उसकी ओर देखकर मुस्कुराई तो सूरज को विश्वास हुआ कि उसकी वैज्ञानिक बातें उसे समझ में आ गई हैं। उसका हाथ खींचते हुए वह उसे क्लास की ओर ले गई। ब्रेक का समय समाप्त हो रहा था।

तीन

मसूरी ! सितम्बर का समां ! आधी रात ! वर्षा झिमर-झिमर पड़ रही थी। बादल हल्के-हल्के गरज रहे थे। हवाएं ठंडी और झोंके तेज थे। सड़क के किनारे लगे खम्भों में बिजली का प्रकाश जगमगा रहा था। शहर की आबादी से थोड़ी दूर, रात के सन्नाटे में बल खाती टेढ़ी-मेढ़ी सड़क पर एक छाया मानो ठोकर खाती, लुढ़कती-संभलती चली जा रही थी। शायद कोई शराबी था वह जिसे अपनी सुध न रही हो। क्रमशः उसके कराहने की आवाज इस वर्षा की झिमर-झिमर में भी स्पष्ट सुनाई पड़ जाती थी। उसके शरीर पर साधारण वस्त्र थे–एक कमीज तथा पैंट। इसीलिए वर्फ-सी यह हवा उसके शरीर को छेद जाती थी ! चलते-चलते सहसा वह एक बंगले की ओर मुड़ा। लॉन का गेट बन्द था। इस पर अपने शरीर का पूरा बोझ देकर यह एक पल के लिए लटक-सा गया। बहुत कठिनाई से उसने अपनी दृष्टि ऊपर की। सड़क की रोशनी में पढ़ा। गेट के ऊपर लगे बोर्ड पर लिखा था–मीरा चिकित्सालय। जब अचानक ही जोर की बिजली चमकी तो उसने खम्भे पर दृष्टि की, संगमरमर की जड़ी प्लेट पर लिखा था–डॉक्टर सूरज कुमारी, बी॰ एस॰ सी॰ एम॰ बी॰ बी॰ एस॰, एम॰ एस॰ (लन्दन)। घर पर मिलने का समय...परन्तु फिर वह आगे नहीं पढ़ सका। आंखों के सामने अंधेरा छा गया था। बिजली दुबारा नहीं चमकी। बहुत कठिनाई से उसने अपना शरीर संभाला। साहस की डोर में बांधकर उसने इसे गेट की ओर खींचा। ऊपर हाथ बढ़ाकर उसने इसका ''हुक'' उठाया और धक्का देता हुआ अन्दर प्रवेश कर गया। आसपास क्यारियां थीं फूलों की सुगन्ध फैली हुई थी। इन्हें रौंदता हुआ, लड़खड़ाकर वह बरामदे की सीढ़ी पर चढ़ा। खम्भे पर लताएं छाई हुई थीं। वह आगे बढ़कर दरवाजे पर पहुंच गया। ''कॉलबैल'' के बटन पर उसने उंगली रखी–पूरे शरीर का बोझ देकर उसने इसे दबाया–और दबाता ही चला गया–

और शाम ढल गई   30

लगातार– बहुत देर तक, जब तक कि उसकी सांस नहीं उखड़ने लगी, शरीर में निर्बलता नहीं छा गई, आंखों के सामने घना अंधकार नहीं छा गया। फिर वह एक लाश के समान वहीं गिर पड़ा। अचानक बादल बहुत तेज गरजा, बिजली बहुत सख्ती के साथ कड़की। वर्षा का बहाव तेज हो चला था।

सहसा कमरे के अन्दर प्रकाश हुआ। दरवाजा खुला। एक जवान लड़की प्रकट हुई। ऊनी सफेद गाउन में उसका सफेद शरीर जैसे सफेद बादलों में उतरी किसी परी के समान ही प्रकट होता था। उसके साथ एक नौकर भी था। नौकर ने लपककर बरामदे की बत्ती जला दी।

''अरे !'' वह लड़की आश्चर्य से नीचे झुकी। गौर से उसने सामने पड़ी लाश को देखा। उसकी कलाई थामी, ''इसे तो सख्त बुखार है।''

नौकर कुछ न बोला। आज्ञा की प्रतीक्षा करता रहा।

''चौकीदार कहां चला गया ?'' इधर-उधर दृष्टि दौड़ाते हुए उस लड़की ने पूछा।

''होटल गया है।'' नौकर ने उत्तर दिया, ''भैयाजी को लेने।''

लड़की ने घड़ी देखी। रात का दूसरा पहर। एक गहरी श्वास ली उसने और बोली, ''अच्छा एक काम करो गोपाल, इसे उठाकर अन्दर ले चलो। इसे तुरन्त ही इन्जेक्शन देना होगा। इस वर्षा में यह जा भी कहां सकता है ? हालत बहुत नाजुक है।'' गोपाल ने तुरन्त आज्ञा का पालन किया। कमरे में ले जाकर उसे एक पलंग पर लेटा दिया। पलंग पर लेटते ही रोगी की आंख खुली। दर्द से तड़प कर बोला वह, ''डॉक्टर, मुझे बचा लो डॉक्टर, केवल कुछ दिन के लिए ही, वरना मेरी सारी मेहनत बेकार चली जाएगी। मुझ पर रहम करो डॉक्टर ! मुझे बचा लो...।'' और रोगी ने जोश में आकर डॉक्टर का हाथ थाम लिया।

डॉक्टर ने देखा–रोगी का मुखड़ा सूखा और धंसा-धंसा है फिर भी आंखों में एक असाधारण चमक है। रंग गोरा और बाल भीगकर उलझे होने के पश्चात भी बहुत आकर्षक हैं।

''क्या तकलीफ है तुम्हें ?'' डॉक्टर ने पूछा।

''मेरी छाती में दर्द उठ रहा है–बहुत सख्त। रोगी ने एक हाथ द्वारा अपनी छाती को दबाते हुए तड़पकर कहा, ''ऐसा दर्द मुझे क्रमशः उठता है। मैं शराबी हूं न डॉक्टर, परन्तु तुम विश्वास करो, आज मैंने बिल्कुल नहीं पी। पैसे ही नहीं थे। फिर भी यह दर्द...रोगी का दम फूलने लगा। उसने डॉक्टर का हाथ छोड़ा और करवट बदली। खांसने लगा। उसकी खांसी से कमरे में मानो टी॰ बी॰ के कीटाणु छाने लगे थे।

शराबी ? डॉक्टर ने अपनी नाक पर रुमाल रखना चाहा, परन्तु फिर कुछ सोचकर वह वहां से हटी। दूसरे कमरे से लपक कर एक इन्जेक्शन लाई और उसकी भीगी बांह में प्रविष्ट कर दिया।

''अब तुम सो जाओ–यहीं पर।'' डॉक्टर ने सिरिंज गोपाल को थमाते हुए कहा, ''यह मेरा घर है। अस्पताल इसके बगल में है। सुबह उठना तो वहीं पहुंच जाना। डॉक्टर वर्मा से कहकर मैं तुम्हारा निरीक्षण करवा दूंगी।''

''आप...'' रोगी ने कहना चाहा।

''मैं डॉक्टर सूर्य कुमारी हूं। अब तुम आराम करो। मुझे भी अब आराम चाहिए। सुबह अस्पताल संभालना है।'' और फिर डॉक्टर चली गई। जाते-जाते नौकर को आज्ञा दी कि इस कमरे में रहकर वह मरीज का ख्याल रखे।

***

सुबह तड़के ही डॉक्टर सूरज कुमारी की आंख खुली तो उसने खिड़की में जड़े शीशे के उस पार झांका। वर्षा थम चुकी थी परन्तु कोहरे में समां धुंधला रहा था। वह उठी। पैरों को पलंग के नीचे रखी चप्पलों में डालते हुए उसने अपनी बिखरी लटों पर हाथ फेरा और खड़ी हुई। गाउन पहना और रोगी के कमरे की ओर बढ़ी। परन्तु तभी वह चौंक पड़ी। रोगी गुम था और पलंग खाली। घबराकर उसने कमरे की सारी वस्तुओं पर दृष्टि की, हर वस्तु अपने स्थान

और शाम ढल गई 32

पर सुरक्षित थी। उसने नौकर को आवाज दी और टहलती हुई विस्मित-सी बरामदे में निकल आई। परन्तु तभी वह चौंक पड़ी। किनारे एक बेंच पर उसका रोगी निद्रा में मदहोश पड़ा था। वह उसके समीप आई। बहुत गौर से उसे देखा। अपने हाथ-पांव को समेटकर उसने ठण्ड से बचने का प्रयत्न किया था। डॉक्टर को उसे इस अवस्था में देखकर बहुत दया आई। उसने देखा, अच्छे भले घर का ही तो यह पुरुष दिखाई पड़ता है।

और तभी गोपाल वहां आ पहुंचा।

‘‘एक कम्बल ले आओ।’’ डॉक्टर बोली, ‘‘वही जो कल रात में यह ओढ़े थे।’’

नौकर आज्ञा सुनकर चला गया तो वह फिर अपने रोगी में खो गई। उसकी घूरती दृष्टि से निश्चिंत वह नींद में हल्के-हल्के ठिठुर रहा था। गोपाल जब कम्बल लाया तो डॉक्टर ने बहुत हल्के से इसे फैलाकर उसके शरीर पर डाल दिया, कुछ इस सावधानी के साथ कि कहीं उसकी नींद न टूट जाए। अस्पताल खुलने में अभी देर थी।

‘‘जाने क्यों यह मूर्ख बाहर आकर पड़ गया।’’ कुछ दूर हटकर डॉक्टर ने मानो स्वयं से ही कहा।

‘‘यह अपने आप थोड़े ही आए हैं मेमशाब,’’ पहाड़ी होने के कारण मेमसाहब का उच्चारण अपने ढंग से करते हुए गोपाल ने कहा, ‘‘इन्हें तो छोटे सरकार ने कमरे से बाहर निकाल दिया था।’’

‘‘क्या ?’’

‘‘जी हां मेमसाहब।’’ गोपाल बोला, ‘‘जब रात को ढाई बजे वह आए तो इन्हें अन्दर देखकर बहुत गुस्सा हुए। मुझको भी डांटा और इनको भी। बारिश इतनी तेज थी कि यह बाहर नहीं निकलना चाहते थे। जब शाब ने अंदर से दरवाजा बंद कर लिया तो वह बाहर जाने के बजाय यहीं लेट गए।’’

‘‘ओह !’’ डॉक्टर के माथे पर बल पड़ गए। बोली कुछ नहीं वह, परन्तु मन अपने भाई से झगड़ने पर तुल चुका था। दांत पीसती हुई वह अन्दर चली गई। सीधे वह ‘‘बेडरूम’’ पहुंची। उसका भाई अभी तक पड़ा सो रहा था। नथुनों में से उसके शराब की गंध अब तक आ रही थी। एक पल को वह ठहरी। उसे उठाना ठीक न समझा। माथे पर बल डाले वह बाथरूम चली गई। कुछ देर बाद उसने नाश्ता किया। फिर अस्पताल जाने को तत्पर हुई। बरामदे में पहुंची तो उसका रोगी जाग चुका था। बैठकर वह उंगलियों द्वारा अपने बालों को संवार रहा था। मुस्कुराहट की दवा पिलाती हुई वह उसके समीप पहुंची।

‘‘आप अस्पताल पहुंचिये–’’ बहुत नम्रता से उसने कहा, ‘‘मैं चल रही हूं। आप आते ही डॉक्टर वर्मा से मिल लीजिएगा। मैं कह दूंगी।’’

‘‘नहीं-नहीं डॉक्टर।’’ खड़े होकर बहुत कृतज्ञता से बोला वह, ‘‘मैं ठीक हूं–अब बिल्कुल ठीक हूं। आप चिन्ता न कीजिए।’’

‘‘नहीं-नहीं क्या !’’ डॉक्टर ने सहानुभूति के पर्दे में क्रोध प्रकट किया, ‘‘ठीक कैसे हैं ?’’ अपना पूरा इलाज कराइए, वरना बाद में पछताइगा। चलिए अस्पताल, हम डॉक्टर किसी रोगी को यूं आसानी से नहीं मरने देते।’’

वह कुछ न बोला। सिर झुकाए सोचता रहा।

‘‘अरे ! क्या हो गया ?’’ उसे उदास देखकर पूछा उसने।

‘‘कुछ नहीं–’’

‘‘कहां के रहने वाले हैं आप ?’’

‘‘यहीं मसूरी में ही रहता हूं–’’ बोला वह–‘‘वह मेरा घर है।’’ एक ओर ऊंचाई को चढ़ती हुई सड़क के किनारे छोटे से लकड़ी के मकान पर उसने इशारा किया।

‘‘कहां ? कहां !’’

''जी, मेरा मकान कितनी ऊंचाई पर है।'' अपनी गर्दन को तीखा करके उसने डॉक्टर की आंखों में झांका।

''हां है तो वास्तव में बहुत ऊंचाई पर है।'' अपनी गर्दन को तीखा करके डॉक्टर की आंखों में झांका।

''हां है तो वास्तव में बहुत ऊंचाई पर।'' डॉक्टर बोली और हल्के से मुस्कुरा दी—मानो किसी बच्चे का मन रखने को बहला रही हो। ''अच्छा अब आप अस्पताल पहुंचिए, मैं चल रही हूं।'' और फिर डॉक्टर आगे बढ़ गई।

अस्पताल पहुंचकर डॉक्टर अपने रोगियों में व्यस्त हो गई। इधर-उधर दौड़ धूप, इन्जेक्शन, एक्स-रे और जाने किन-किन कार्यों को उसे प्रतिदिन ही करना पड़ता था। आज भी जब ऐसा ही हुआ तो वह सब कुछ भूल गई। इस छोटे-से अस्पताल, इस छोटे-से संसार में उसकी सारी शान्ति सीमित थी। इसका स्तर स्थिर रखने के लिए उसने अपनी लगन, अपने प्रेम, अपने पैसे अपनी सारी इच्छाओं की बलि चढ़ाई थी। अस्पताल उसका अपना था जहां उसने उचित वेतन पर एक अच्छे अनुभवी वृद्धावस्था वाले मेल डॉक्टर के अतिरिक्त चार नर्सें और अनगिनत नौकर रख छोड़े थे। अपने घर से दूर, पिता के दुख और मां की सख्त बातों से स्वतंत्र वह यहां बहुत सुखी और सन्तुष्ट थी। अपने पिता की वह बहुत कृतज्ञ थी, जिन्होंने दूसरी शादी के बाद अपनी पत्नी की गुलामी स्वीकार करते हुए भी छिप-छिपकर निरन्तर उसकी सहायता की थी। अपनी सौतेली मां जैसी कट्टर नारी तो उसने अपने जीवन में कभी भी नहीं देखी थी। नारी न हुई चुड़ैल हो गई।

ऊंह ! पिता ने उसकी मजबूरी समझकर ही उसे पढ़ाया लिखाया था। डाक्टरी कराने लंदन भेजा था ताकि वह एम॰ एस॰ कर ले। फिर उसकी इच्छा पर मसूरी में ही एक अस्पताल भी खुलवा दिया था। अपनी प्यारी बेटी को अपने घर के जालिम वातावरण से सुदूर रखने में ही उन्हें भलाई दिखाई दी थी। दूसरी पत्नी की चीख-पुकार का भय इतना था कि अपनी बेटी

को देखने के लिए भी उन्हें आज्ञा लेनी पड़ती थी। डॉक्टर को इस बात का पूरा-पूरा एहसास था। अपने पिता की मजबूरी को वह भली-भांति समझती थी।

बारह बजे उसे अचानक ही याद आया कि आज उसका कोई विशेष रोगी आया है। काम छोड़कर वह डॉक्टर वर्मा के पास पहुंची। आंखों से चशमा उतारकर वह उसे रूमाल से पोंछने में व्यस्त थे। उसे देखते ही उन्होंने चशमा फिर आंखों पर चढ़ा लिया।

''कोई रोगी तो मुझे पूछने नहीं आया था ?'' पास पहुंचकर पूछा उसने।

''जाने कितने रोगी आए थे पूछने।'' अपने सन जैसे सफेद बालों पर हाथ फेरकर उन्होंने अपनी पीठ कुर्सी पर आराम से टिका ली।

''मेरा मतलब...।'' कहते-कहते वह एक पल को चुप हो गई। फिर बोली, ''मैं आपसे सुबह कहना भूल गई थी। क्या बताऊं एक रोगी की गम्भीरता में इस तरह फंस गई कि कुछ याद ही नहीं रहा।''

''क्या नाम था उसका ?'' डॉक्टर वर्मा ने पूछा।

''नाम ? ओह !'' और तब ही वह जैसे स्वयं से लजा गई।

डॉक्टर वर्मा ने चश्मे द्वारा उसे गौर से देखा। डॉक्टर सूरज कुमारी आज कुछ बदली-बदली प्रकट हुई। उन्हें आश्चर्य हुआ कि जिस लड़की को उसकी सुन्दरता तथा जवानी का वास्ता देकर वह शादी के लिए समझाते-समझाते थक चुके थे, आज वही इस प्रकार चिंतित थी मानो कुछ खो गया हो उसका। उनके समझाने पर हर बार उन्हें उत्तर में ऐसा ही प्रतीत हुआ था मानो डॉक्टर सूरज कुमारी नारी का दिल रखने के पश्चात् भी घर-गृहस्थी की बातों को बेकार समझती है। विवाह के नाम तक से चिढ़ है। प्यार शब्द से घृणा-सी है। केवल अस्पताल का संसार ही उसका सब कुछ है जहां वह एक मशीन बनी हुई है। उन्होंने दुबारा कुछ नहीं पूछा। केवल मुस्कुरा दिये, बहुत हल्के से अपने पोपले होंठों को दबाकर।

डॉक्टर सूरज कुमारी ने उन्हें देखा तो घबराई हिरणी के समान वहां से खिसक गई। अपने कमरे में आकर वह खो गई–जाने कैसे विचार थे जो बिना अधिकार ही मन का द्वार खोलकर अन्दर चले आ रहे थे ?

अस्पताल बन्द होने पर जब साढ़े बारह बजे वह घर पहुंची तो राकेश नहा रहा था। नौकर ने बताया कि छोटे सरकार अभी सोकर उठे हैं। उसने खाना लगाने की आज्ञा दी और कपड़े बदलने दूसरे कमरे में चली गई। मन में तड़पती एक आग थी जिसे बुझाने का विचार उसे बार-बार सता रहा था। हाथ-मुंह धोकर जब वह वापस आई तो राकेश भी तैयार था। नौकर ने खाना लगा दिया तो कुर्सी पर बैठकर उसने नैपकिन गोद में फैलाया और गौर से राकेश को देखा। शायद वह जल्दी में था इसलिए शीघ्रता से खाना निगल रहा था।

‘‘कहीं जाना है क्या ?’’ सहसा अपने भाई से पूछा उसने।

‘‘हां।’’ रोकेश बोला और कांटे-चम्मच हाथ में संभालकर बोला, ‘‘होटल में मेरी कोई प्रतीक्षा कर रहा है।’’

‘‘कौन ?’’

‘‘अभी दो दिन पहले वहां की पार्टी में मेरी भेंट एक ऐसे सज्जन आदमी से हुई जो बहुत जल्द ही मेरे दोस्त बन गए।’’

‘‘कौन है वह ?’’

‘‘है एक बहुत बड़ा व्यापारी। राजन नाम है उनका।’’ राकेश ने कहा।

‘‘तुम्हारी तरह पियक्कड़ होगा।’’ चिढ़कर बोली वह।

‘‘दीदी।’’ कौर मुंह में मानो अटक गया उसके। बोला वह, ‘‘मेरे मित्रों के बारे में ऐसा कहने का तुम्हें कोई अधिकार नहीं।’’

‘‘मुझे तुम्हारे मित्रों के बारे में कुछ भी कहने का अधिकार नहीं ?’’ डॉक्टर सूरज कुमारी बोली–‘‘और तुम्हें मेरे निर्णय पर अपना निर्णय देने का पूरा अधिकार है ?’’

''क्या मतलब ? राकेश चौंका तो कौर हलक में घुटक गया।

''मतलब यह कि जिस मेहमान को मैंने अपने घर में कल रात शरण दी थी उसे निकालने वाले तुम कौन होते थे ?''

''देखो दीदी...'' राकेश संभलकर बोला, ''तुम नहीं जानतीं आज का संसार कैसा है ? तुम एक पढ़ी-लिखी, मान-मर्यादा वाली डॉक्टर हो। यह तुम्हारा घर है, कोई धर्मशाला नहीं। रोगी था तो अस्पताल पहुंच जाता। आखिर यहां से दूर ही कितना है ? यह मुझे जरा भी पसन्द नहीं कि कोई यहां जब चाहे चला जाए। आखिर तुम मेरी बहन हो, मैं तुम्हारा भाई हूं।''

''ऊंह !'' सूरज ने घृणा से मुंह बनाया, ''आज मैं अपने पैरों पर खड़ी हो चुकी हूं तो तुम मेरे भाई हो, मैं तुम्हारी बहन बन गई ! इससे पहले भी कभी यह सम्बन्ध तुम लोगों ने निभाया था।''

''हम लोगों में हमारे डैडी भी हैं।'' राकेश ने कांटे-चम्मच प्लेट में रख दिए और नैपकिन से हाथ पोंछने लगा। बात उसने जारी रखी, ''और यह न भूलो कि मुझे नहीं मालूम कि डैडी ने कम्पनी से पैसे निकालकर आवश्यकता से अधिक ही तुम्हारी सहायता की है। यह बंगला, यह अस्पताल, सब उन्हीं की देन है। आखिर यह पैसे आये कहां से ? मेरी मम्मी के ही तो हैं। यानि उन्हें मालूम हो जाए कि डैडी अपनी पहली पत्नी की बेटी पर इतने पैसे खर्च कर रहे हैं तो जानती हो क्या होगा ?''

''जो होगा उसे अब वही समझें।'' सूरज की आंखें छलक आईं परन्तु इन्हें वह छिपा गई। ''जाने कैसी मनहूस घड़ी थी जो अपनी गरीबी को एक दौलतमन्द के हाथ नीलाम करने में उन्हें मेरी बेहतरी दिखाई पड़ गई। काश, उन्होंने दूसरी शादी नहीं की होती।'' सूरज ने एक आह भरी।

''दूसरी शादी नहीं की होती तो तुम सड़क पर भीख मांगती होती।'' राकेश ने खिसियाकर कहा, ''और आज वह भी भूख और प्यास का शिकार होकर कब के दूसरे लोक सिधार गए होते।''

''सड़क पर भीख मांग लेती और क्या ?'' सूरज खिसियाकर बोली, ''परन्तु पिता का प्यार तो नहीं खोती। इतने सुन्दर डैडी थे मेरे परन्तु तुम मां-बेटे ने उन्हें सदा के लिए मुझसे छीन लिया।'' सूरज ने झटके से प्लेट आगे सरकाई और खड़ी हो गई, ''अब तुम लोग जो चाहो कर लो, परन्तु मेरा कुछ नहीं बिगड़ने का। यह बंगला, यह अस्पताल, सब कुछ मेरा हो चुका है। इसकी रजिस्ट्री मैं पहले ही अपने नाम करवा चुकी हूं।'' और क्रोध में कांपती सूरज कमरे में चली गई। जाकर पलंग पर पड़ गई और हल्के-हल्के सिसकने लगी।

राकेश भी पैर पटकता बाहर निकल गया।

काफी देर बाद जब खामोशी से आंसू बहा चुकी तो मन को थोड़ी-सी शान्ति प्राप्त हुई। गुसलखाने जाकर उसने फिर मुंह धोया। शाल लपेटा और बिखरे वालों सहित लॉन में चली आई। आकाश स्वच्छ था और धूप शरीर पर अच्छी लग रही थी। लॉन में चेयर खींचकर वह वहीं फूलों के झुण्ड के पास बैठ गई। सामने छोटी-सी एक मेज थी। उसने इस पर पैर फैला लिए और एक मैगजीन पढ़ने का प्रयत्न करने लगी। परन्तु मन था कि बार-बार किसी दूसरे की ओर अपने आप ही भटक जाना चाहता था। आंखें अपने आप ही ऊपर को चढ़ाई पर पहुंची जा रही थीं। लकड़ी का वह छोटा-सा घर, एक खिड़की, खिड़की के ऊपर रोशनदान, कैसा पुराना और छोटा-सा घर है वह, फिर भी उसके बंगले से ऊंचा। रोगी की बात उसे याद आई तो वह हल्के से मुस्कुरा पड़ी। लॉन का पूरा वातावरण उसकी एक हल्की-सी मुस्कुराहट पाकर खिल उठा। उसने प्रतीत किया, लॉन में जैसे वर्षों बाद आज बहार आई है।

कुछ देर बाद उससे नहीं रहा गया तो वह उठी। अन्दर जाकर बाल संवारे और टहलती हुई फिर लॉन के बाहर निकल आई। सड़क शहर से दूर होने के कारण खाली-खाली-सी थी। वह चढ़ाई की ओर बढ़ गई। पल भर में ही वह अपने रोगी के घर के समीप थी। परन्तु यह क्या ? यह तो उसके घर का पिछला भाग था। अन्दर पहुंचने के लिए बंगले में एक पतली, कच्ची मिट्टी की ऊबड़-खाबड़ गली जाती थी। उसने झांककर देखा तो सामने कुछ कदमों पर एक लकड़ी की सीढ़ी ऊपर को जाती थी। पल भर के लिए वह सोच में पड़ गई। उसे

उससे मिलने जाना चाहिए या नहीं ? परन्तु फिर कुछ सोचकर वह वापस लौट आई। रास्ते भर सोचती रही कि आखिर कौन-सा ऐसा आवश्यक काम उसे पूरा करना था जिसके लिए चन्द दिन और वह जीने की भीख मांग रहा था ?

शाम को वह डॉक्टर वर्मा के यहां चली गई। इस सारी मसूरी में वही उसके सब कुछ थे, दोस्त, साथी और पिता भी। बहुत प्यार से उसके सिर पर हाथ रखकर वह उसे निरन्तर समझाते रहते थे। जमाने की ऊंच-नीच की बातें सिखाते रहते थे। आरम्भ में उसे कई बार शादी कर लेने की राय भी दी थी। परन्तु उन्होंने अनुभव किया कि सूरज पर इसका कोई प्रभाव नहीं पड़ता वरन् उसे दुख के साथ बुरा भी लगता है तो उन्होंने ऐसी बात करना ही छोड़ दिया था। सूरज तब भी उनका आदर करती थी और अब भी। उसके नए अस्पताल के लिए उनका अनुभव बहुत लाभदायक प्रमाणित हुआ था।

उस रात उनकी पत्नी के अनुग्रह करने पर उसे उन्हीं के यहां खाना खाना पड़ा। बातों में रात के दस बज गए और जब उसके बंगले के गेट तक डॉक्टर वर्मा और उसकी पत्नी उसे छोड़कर वापस चले गए तो अन्दर से गेट बन्द करते-करते अपने आप ही उसकी दृष्टि फिर ऊपर को उठ गई। लकड़ी के मकान के रोशनदान के गन्दे शीशे से धुंधला-धुंधला प्रकाश बाहर झांक रहा था। खिड़की बन्द थी परन्तु उसकी दरारों में भी प्रकाश की आड़ी-तिरछी रेखाएं उभर आई थीं। वह अपने कमरे में अब भी है। एक पल सोचा उसने सड़क पर उसने दृष्टि डाली। दूर-दूर तक सड़क के किनारे लगी बिजली की बत्तियां मसूरी के दामन में तारों के समान कढ़ गई थीं। वह इनकी गोद में उतर आई। अकेली ही टहलती हुई वह उसके मकान की चढ़ाई तक गई। फिर वापस चली आई। मन को जाने क्या शांति मिली। दिल गुदगुदाकर रहा गया था। गेट पर वापस पहुंचकर एक पल को वह खड़ी हुई। दृष्टि ऊपर को वापस फिर उठाई और हल्के से मुस्कुरा दी।

''बीबीजी !'' सहसा किसी ने पुकारा।

चौंक पड़ी वह, मानो उसकी चोरी पकड़ी गई हो। उसने सामने देखा तो माली खड़ा हुआ था–''क्या है ?'' उसने पूछा और गेट के अन्दर चली आई।

''यह आपका तार शाम को आया था।'' एक लिफाफा उसकी ओर बढ़ाते हुए बोला वह।

उसने हाथ बढ़ाकर लिफाफा थामा और धड़कते दिल के साथ कमरे के अंदर लपकी। प्रकाश में खोलकर पढ़ा तो आंखें चमक उठीं। मुखड़ा खिल गया और होंठ मुस्कुरा उठे। तार उसकी सहेली का था, प्रिय सहेली, दीपा का। 18 सितम्बर को वह पहुंच रही थी। उसने सामने कैलेण्डर पर दृष्टि की। आज सोलह तारीख है। परसों उसकी सहेली आ रही है–दिन की ट्रेन से खुशी से, नाच उठी वह।

कुछ देर बाद उसने कपड़े बदले। नौकर से कॉफी लाने को कहा और कुछेक ''मेडीकल बुक्स'' का निरीक्षण करने बैठ गई। इन पुस्तकों को तो उसे दिन ही में देख लेना था परन्तु भाई के झगड़े ने उसका मूड इतना खराब कर दिया था कि वह एक पल भी इस गम्भीर विषय पर ध्यान नहीं दे सकी। अब वह हर बात से निश्चिन्त-सी अपना सारा ध्यान इस ओर समेटकर बैठ गई। सुबह उसे इस पर निरीक्षण करना था। परामर्श करते-करते वह बिल्कुल खो-सी गई। बहुत देर तक और जब कहीं दूर घड़ियाल ने घंटा बजाया तो उसने अपनी घड़ी देखी। रात का एक बजा था। पुस्तकों को उसने एक किनारे सरका दिया और लेटने को पलंग की ओर बढ़ी। सहसा कहीं दूर बादल गरजे तो उसने खिड़की पर से पर्दा उठाकर बाहर झांका।

लॉन भीगा था। सड़क पर जलता प्रकाश धुला-धुला था और इसके प्रतिमुख खिली क्यारियों की पंक्तियों पर पानी की नन्हीं-नन्हीं बूंदें शबनम के समान चमक रही थीं। एक पल सोचकर वह बाहर निकल आई, बंगले के बरामदे में। उसने ऊपर देखा सामने चढ़ाव पर बने मकान के रौशनदान और खिड़की की दरारों से अब भी प्रकाश झांक रहा था। उसने दुबारा कलाई पर बंधी घड़ी देखी। सोचा, इतनी रात में जाग कर वह क्या कर रहा है ? कहीं...उसकी तबियत तो खराब नहीं है ? एक पल के लिए वह इस विचार से कांप गई। मन भर आया।

उसने अपने बंगले के बाहर का निरीक्षण किया। सड़क सुनसान थी-सन्नाटा छाया हुआ था। केवल बिजली का प्रकाश, सड़क के ऊपर तथा सड़क की चमक के नीचे भी। तारकोल की सड़क धुल कर इतनी स्वच्छ हो गई थी कि प्रकाश की छाया उस पर दर्पण के समान खिल रही थी। अपने ऊनी गाउन का कालर उसने खड़ा किया और सड़क पर निकल आई। मन मानों अपने वश में नहीं था और पग स्वयं ही उधर उठते जा रहे थे। पल भर में ही वह उसके मकान के समीप थी।

सड़क को छोड़कर उसने गली में प्रवेश किया। पथरीली पगडंडी पर उसके पग कई बार लड़खड़ा कर रह गए। वह एक ऊपर जाती लकड़ी की सीढ़ी के समीप पहुंची। एक गहरी सांस ली जैसे हांफ कर सुस्ताना चाहती हो। ऊपर दृष्टि की, फिर इस पर भी वह चढ़ती चली गई। लगभग एक गज रेलिंग पार करके वह एक दरवाजे पर जाकर रुक गई। पलड़े बन्द थे परन्तु इतने पुराने और दरारों से भरे थे कि अन्दर का वातावरण बहुत आसानी से देखा जा सकता था।

सांस रोककर उसने चुपके से अन्दर झांका। मलगजा प्रकाश-और उसका रोगी एक पलंग पर उसी को ओर सिर किए औंधा लेटा, गर्दन उठाए लिखने में व्यस्त है। पास में एक छोटी मेज थी, पलंग की सतह के बराबर जिसे पलंग से सटाए वह इस पर रखे कागज पर बहुत तेजी के साथ उंगलियां चला रहा था। समीप ही कुछ हटकर एक लोहे की कुर्सी भी है। इस पर भी कागज का एक जत्था-सा रखा है। वह देखती ही रह गई। कुछ समझ नहीं सकी। अनुमान लगाया कि वह शायद कोई ''थिसिस'' हो या फिर किसी विषय पर अपने अध्ययन का निचोड़ जमा कर रहा हो।

उसने कमरे के दूसरे भागों में भी देखा। स्थिति गरीबी की दुहाई दे रही थी। एक गहरी सांस ली। उसने सोचा, द्वार को खटखटाए-उसके समीप जाए, कुछेक बातें करे, उसे देखकर हृदय में जाने क्यों एक बहुत मीठी-सी गुदगुदी होने लगी थी, परन्तु फिर उसके व्यक्तित्व ने उसे झिंझोड़ा तो वह मन पर काबू पा गई। एक नारी होने के नाते उसे इस प्यार में आगे होकर

नहीं बढ़ना चाहिये। दबे कदमों वह सीढ़ी उतरी और घर की ओर वापस लौट पड़ी। ज्यों ही वह अपने बंगले के गेट पर पहुंची तो चौंक पड़ी। एक रिक्शा समीप आकर रुका। दो नवयुवक इसमें से बाहर उतरे।

''अरे दीदी ! तुम यहां, इस समय ?''

उसने देखा, सामने राकेश था। मन झल्लाकर रह गया। इस प्रकार प्यार दिखाकर बात करने का अवश्य ही कोई भेद होगा। परन्तु फिर दूसरे युवक को समीप देखकर उसे घर की लाज का पूरा-पूरा ही विचार रखना पड़ा। बोली वह, ''हां—एक रोगी को देखने चली गई थी।''

राकेश चुप हो गया। परन्तु दूसरे नवयुवक ने उसे यूं देखा कि वह लज्जित होकर रह गई। हाथ में स्टेथस्कोप व फर्स्ट एड किट, बाल-खुले और बिखरे हुए, मुखड़े पर कोई बनावट नहीं। शरीर पर नाइट गाउन। वह मुस्कुराया तो बल खाकर रह गई वह।

राकेश ने तुरन्त भेंट कराई, ''यह मेरे मित्र हैं मिस्टर राजन, मैं इन्हें अंकल मित्र कहता हूं—'' राकेश ने जैसे बड़े गर्व से कहा। ''और यह मेरी बहन—डॉक्टर सूरज कुमारी। यहीं हमारा अस्पताल और यहीं हमारा बंगला है, अगल-बगल।''

राजन ने बहुत सभ्यता के साथ नमस्ते किया तो सूरज ने उसके विरुद्ध मन में आई सारी भावनाएं मिटा दीं। बोली, ''आइये—कॉफी पीजिये।''

''अरे नहीं दीदी—''राकेश ने अपने झूमते शरीर को संभाल कर कहा, ''इस समय तो कॉफी इन्हें नुकसान कर जाएगी।''

''क्यों ?''

''तुम नहीं समझोगी।'' बोला वह–''यह तो बेचारे केवल मुझे ही यहां तक पहुंचाने आए थे। आधी रात में कॉफी पीना इनकी शान के विरुद्ध है।''

''ओह !'' सूरज ने बात की तह को समझा और नाक-भौं सिकोड़ ली। एक गंध उसने प्रतीत कर ली थी। गौर से उसने दुबारा राजन को देखा। गर्म कपड़ों तथा उठे काॅलर और अंधकार के कारण वह उसका रूप पहचान न सकी थी। यह तो अधेड़ है। छिः कितनी गन्दी आंखें हैं। होंठों की मुस्कुराहट में किस कदर लालसा टपक रही थी। बोली, ''अच्छा तो मैं चलूं–गुड नाइट–'' और फिर वह एक ही झटके में गेट खोलकर अन्दर चली गई।

उस रात वह अपने पलंग पर लेटी तो बहुत देर तक खामोशी से आंखें बन्द किये छत को निहारती रही। विचारों में इतनी लीन थी कि उसे पता ही नहीं चला कि कब राकेश आया और कब अपने पलंग पर लेट गया। बेडरूम के दूसरे ही कोने पर उसका पलंग था। वह भी पड़ा कुछ देर तक सोचता रहा। बैड-लाइट का सहारा लेकर वह सपनों का खाका खींच रहा था। सहसा सूरज ने करवट बदली तो उसने ज्ञान किया कि वह जाग रहा है।

''दीदी।'' बोला वह।

''हां।'' सूरज ने आंखें खोलीं।

''यह जो अंकल हैं न, बहुत ही अच्छे आदमी हैं।''

''होंगे।'' सूरज खिसियाई-सी बोली, ''मुझे इससे क्या है ?''

''तुम्हारे जाने के बाद अभी तुम्हारी बहुत प्रशंसा कर रहे थे।'' उसकी चिन्ता किये बिना वह फिर बोला, ''कह रहे थे कि तुम्हारी दीदी तो बहुत सुन्दर हैं।''

''राकेश !'' सूरज क्रोध से चीख-सी पड़ी, ''तुम्हें शर्म नहीं आई अपनी बहन के लिए ऐसी बातें सुनते हुए ?''

''ओह दीदी–''राकेश उठकर बैठ गया और लिहाफ सीने तक खींचकर बोला, ''तुम समझी नहीं। किसी का प्रशंसा करना कोई बुरी बात तो नहीं। तुम नहीं जानतीं दीदी, उसके पास तो स्वयं ही एक भांजी है–बड़ी सुन्दर है वह, उसकी भी तो बहुत प्रशंसा करते हैं। पूनम नाम है उसका। है भी सचमुच चांद के समान ही–पूनम का चांद।''

सूरज ने राकेश की बातों का भाव समझा तो एक अज्ञात भय से उसका दिल कांप गया। राकेश की सहानुभूति वास्तव में भेदपूर्ण थी।

''मैं उसे चाहने लगा हूं दीदी–'' राकेश सपना-सा देखकर बोला, ''परन्तु यह जो उसके अंकल हैं न, पहले तो मुझे बहुत उत्साह देते रहे परन्तु आज, बल्कि अभी से ही कुछ पाबन्दियां लगा दी हैं। कहने लगे कि क्यों न हम आपस में एक सौदा कर लें। पूनम को तुम ले जाओ और...''

''और ?'' सूरज ने सब कुछ समझकर भी पूछा।

''और कुछ नहीं–'' राकेश सूरज के तेवर देखकर चुप हो गया–''बाकी सौदा शायद मुझे ही पूरा करना पड़े।''

सूरज कांप गई। बात अधूरी छोड़कर जिस ढंग से उसने अपना विचार प्रकट किया वह और भयानक था। सूरज जानती थी राकेश बहुत जिद्दी है। अपना शौक पूरा करने के लिए वह खानदान के किसी भी सदस्य की बलि चढ़ा सकता है। बचपन ही से अपनी खुशियों की खातिर उसने कभी भी डैडी की परवाह नहीं की थी तो वह तो केवल एक बहन है उसकी– सौतेली बहन–रक्त का सम्बन्ध तो किसी ओर से भी नहीं होता। फिर भी उसने सोच लिया कि वह संभलकर रहेगी और अब तो संभलकर रहने के लिए भी उसे किसी साथी की आवश्यकता महसूस हो रही थी और यह साथी उसकी दृष्टि में उनके रोगी से अच्छा वास्तव में कोई नहीं था। अपने रोगी का विचार आते ही उसके परेशान मन को एक शांति-सी प्रतीत हुई। राकेश के चुप होने पर वह भी दूसरी ओर करवट लेकर सो गई।

सुबह जब उसकी आंख खुली तो राकेश पलंग पर नहीं था। उसका मन धड़का। दिन को दस बजे सोकर उठने वाला आलसी आज प्रकाश निकलने से पहले ही गुम है। अवश्य कोई भेद है। ऊंह, होगा कोई कारण। गया होगा अपने अंकल के पास। पूनम के चक्कर में इधर-उधर भटक रहा होगा। जब मुंह-हाथ धोकर वह नाश्ते पर बैठी तो मालूम हुआ कि छोटे

साहब घुड़सवारी पर निकले हैं। नौकर ने उन्हें किसी लड़की के साथ जाते हुए देखा था। कुछ न बोली वह। राकेश की बातों से उसे लेना भी क्या था ? अपने आपको देखे वह। प्यार तो वह भी अब करने लगी है। प्यार ? सूरज और प्यार करने लगी है ? अपने-आप स्वयं उसको विश्वास नहीं आ रहा था। कहां वह पत्थर दिल सूरज और कहां यह कोमल-सा बहता झरना, प्यार का एक अद्भुत परिवर्तन उसने अपने में पाया। प्यार को बुखार चढ़ने वाला एक रोग समझने वाली नारी अब स्वयं भी इसी रोग का शिकार थी। जितना अधिक उसने अपने रोगी के बारे में सोचा, उतना ही अधिक वह स्वयं उसके रोग का शिकार बनती चली गई। अस्पताल पहुंचने के बाद भी उसका मन अन्दर से उठती भावनाओं से वंचित नहीं रह सका। जाने क्यों आज भी उसने आशा रखी कि वह अवश्य ही अस्पताल आएगा। अभी उसकी तबियत ठीक ही कहां हुई होगी ?

दिन से शाम हो गई—शाम से रात, तो वह सुनसान सड़क पर अकेली ही निकल पड़ी। उसका मन करता था कि आज वह कुलरी जाए, माल रोड घूमे, क्वालिटी में बैठे, परन्तु वह अकेली थी। अकेले आनन्द पाने की आशा न कर सकी। अब हर पल उसे किसी साथी, किसी हमदर्द की आवश्यकता प्रतीत हो रही थी। वह सुनसान रास्ते पर हो ली। सोचने लगी कि कल उसकी सहेली दीपा आ जाएगी तो कुछ दिन आनन्दमय कट जाएंगे।

कुछ पल बाद जब बंगले पर वापस आई तो पता चला कि राकेश अभी-अभी आकर गया है। नौकर ने बताया कि छोटे सरकार आज रात में नहीं आएंगे—कल सुबह आएंगे, यह भी बताया कि मेससाहब से कह देना कि कल गाड़ी किसी को बुक न करें। उन्हें देहरादून जाना है। देहरादून ? खिसियाकर रह गई वह। देहरादून तो उसे भी जाना है। उसकी प्रिय सहेली जो आ रही है। फिर भला वह अपनी कार राकेश को क्यों देगी ? ऊंह ! बड़ा आया है। आज्ञा दी और चल दिए। मालूम पड़ता है जैसे वह अब भी उसकी मां के टुकड़ों पर पल रही है।

उसने खाना खाया, कुछ देर लॉन में फिर टहली। आकाश के धुंधले तारों को देखती रही या फिर सामने मकान की खिड़की की ओर रौशनदान का मलगजा प्रकाश। आज भी मन

बार-बार करता था कि उस ओर वह फिर निकल आए। उसके द्वार से झांककर देखे और फिर वापस चली आए। उसके विचार से वह अपने अन्दर एक विचित्र-सी मिठास का आभास करने लगी थी। परन्तु फिर मन पर काबू करके वह अपने कमरे में वापस चली आई।

अभी वह पलंग पर लेटी ही थी कि बिजली जोर से कड़की। उसने आंखें बन्द करते हुए सोचा। अच्छा ही हुआ जो वह उधर नहीं गई। उसके लौटने से पहले मालूम नहीं यह बिजली किसके दिल पर शोला बनकर गिरती या शबनम ! आंख लगते ही उसके मन के विचार विचित्र सपने बनकर उसके समक्ष आ गए। उसने देखा, वह दुल्हन बनी है–फूलों और सोने के चमकते गहनों से लदी है। होंठों पर सुर्खी, माथे पर बिन्दिया, सुर्ख साड़ी। उसका रोगी उसे अपने दामन से बांधे आग की लपटों के चारों ओर चक्कर काट रहा है। किस कदर सुन्दर है वह–कितना हंसमुख ! उनकी प्रसन्नता में राकेश भी सम्मिलित है और राजन भी। उसने देखा, राजन के हाथ में एक बन्दूक है–दो नली वाली विदेशी बन्दूक। खाली हवाई फायर करके वह पटाखों की कमी पूरी कर रही है। उत्सव शोरगुल से और भी शानदार हो चला था।

सहसा उसने देखा, राजन ने हवाई फायर चलाते-चलाते बन्दूक की नली उसके पति की ओर कर दी है, ट्रिगर पर अंगुली दब रही है। मन कांप गया। खाली नली होने का विश्वास एकदम ही समाप्त हो गया। इससे पहले कि आगे बढ़कर वह बन्दूक उसके हाथ से छीन ले, उसने देखा, ट्रिगर दब चुका था।

धड़ाम। एक आवाज उत्पन्न हुई। उसका सारा शरीर कांप गया। झटके से उसकी आंख खुल गई। उसने सुना, बाहर वर्षा के बीच तेज बिजली कड़क रही थी। अपने आपको उसने पसीने में तर पाया। लिहाफ नीचे सरका दिया और बिजली जलाकर पसीना पोंछने लगी। कहते हैं जिस प्रकार कच्चे मांस का सपना अच्छा नहीं होता, उसी प्रकार विवाह का भी तथा सोने-चांदी का सपना देखना भी अच्छा नहीं होता। कोई मुसीबत आती है शायद। परन्तु वह तो नए जमाने की एक डॉक्टर थी। वैज्ञानिक तौर पर ऐसे शब्दों की मानसिक परेशानी का कारण समझती थी। परन्तु आज वह प्रतीत कर रही थी कि दूसरों को समझाने वाली बातें और, स्वयं को समझाने वाली और।

यद्यपि वह सोने से पहले बहुत देर तक, बल्कि सारे दिन ही अपने रोगी का विचार करती रही और इस सपने को इसी का एक फल समझकर वास्तव में शांति प्राप्त कर सकती थी, परन्तु दिल का एक कोना, मांस के टुकड़े की एक छोटी-सी कंपन, इसे ग्रहण करने से इन्कार कर रही थी। वह परेशान हो उठी। उठकर उसने चप्पलें डालीं, गाउन पहना और बरामदे में आते-आते घड़ी देखी।

रात का एक बजा था। वर्षा रुकी थी। परन्तु बादल फिर भी घिरे थे। इनके पीछे चमकता बिजली का प्रकाश ही केवल झांककर दुबक जाया करता था। हवाएं सर्द और भीगी-भीगी थीं। उसने गाउन का बेल्ट कसते हुए ऊपर निगाह की। रोगी की खिड़की की दरारों तथा रोशनदान से अब तक प्रकाश की फुहार जारी थी। लॉन में उतरकर उसने गेट खोला और सड़क पर निकल आई। गली पार करके वह सीढ़ी चढ़ गई।

उसका दम फूल रहा था। आज की नींद के सपने ने उसके मन में एक अज्ञात ही भय उत्पन्न कर दिया था। दरवाजे पर पहुंचकर उसने एक गहरी सांस ली। फिर थोड़ी झुककर अन्दर झांका। कोई भी वहां नहीं दिखाई पड़ा। कमरा खाली था। केवल चारपाई–छोटी मेज, कुर्सी, कागजात। आश्चर्य से उसने अपने पीछे इधर-उधर देखा। कहीं कोई नहीं था। उसने दरवाजा खटखटाना चाहा, परन्तु हाथ लगते ही यह अन्दर को खुल गया। दबे पगों वह अन्दर चली गई।

कमरे का प्रकाश उसकी आंखों के लिए मलगजा और अपर्याप्त था। चारों ओर उसने दृष्टि की। पहली देखी वस्तुओं के अतिरिक्त एक ओर दो टिन के बक्स से थे। दीवार की खूंटी पर कुछेक वस्त्र लटक रहे थे। उसके बंगले की ओर वाली बन्द खिड़की के विमुख एक और खिड़की थी। इसके समीप एक मेज रखी थी। मेज पर लिखे हुए कागजों की तह। हर वस्तु को वह परखती ही रह गई बिल्कुल खोई-खोई सी। वह पलंग की ओर बढ़ी। मेज पर रखे कागजों को देखते-देखते झुक पड़ी वह– थोड़ा और–थोड़ा और उसने चाहा कि इन कागजों को उठाकर पढ़े, परन्तु तभी यह चौंक पड़ी। कोई बहुत ही खामोशी से कमरे में प्रवेश करके दरवाजा बन्द कर रहा था। उसने पलटकर देखा तो कांप गई। दिल जोर से धड़क उठा।

‘‘आप ? राजन बाबू–?’’ उसने घबराकर सम्भलना चाहा।

‘‘जी !’’ राजन ने कहा। दरवाजे में अन्दर से सिकड़ी नहीं थी इसलिए उसने पट खुले ही छोड़ दिए। उसकी ओर बढ़ते हुए वह बोला, ‘‘राकेश को पहुंचाने आया था कि दूर से ही देख लिया, आप अपने बंगले से निकलकर बाहर जा रही हैं। सोचा, क्यों न मैं भी आपके पीछे-पीछे टहल आऊं ?’’

‘‘क्या मतलब ?’’ सूरज ने बिफरकर माथा सिकोड़ा।

‘‘मतलब यह डॉक्टर सूरज कुमारी कि मैं भी कल रात से दिल का रोगी हो गया हूं।’’ अपने होंठों को चबाकर राजन ने कहा और उसके थोड़ा और समीप आया। ‘‘सोचा, जिस प्रकार कल रात में आप बिना स्टेथस्कोप या फर्स्ट-एड किट के किसी और रोगी का इलाज काफी रात में स्वयं जाकर कर सकती हैं तो मेरा इलाज इसी हालत में क्यों नहीं करेंगी जबकि मैं स्वयं चलकर यहां तक आया हूं ?’’ राजन उसके और समीप आया– बिल्कुल समीप। उसकी सांसों से कमरे का वातावरण शराबखाने जैसा हो गया था। वह कहता ही गया, ‘‘मैं इतना मूर्ख नहीं हूं जो तुम्हारी ऐसी उड़ी-उड़ी रंगत देखकर कुछ समझ न सकूं। यह नाइट गाउन, खुली-खुली लटें, उखड़ी-उखड़ी सांसें–’’राजन ने अपनी अंगुली द्वारा उसकी एक लट को उछालना चाहा। परन्तु सूरज सहमकर पीछे हट गई।

‘‘बेशर्म–कमीने–नीच।’’ सूरज ने तिलमिलाकर कहा, ‘‘मुझे नहीं मालूम था कि तुम इतने भयानक शैतान हो।’’

‘‘शी...’’राजन ने घूमकर होंठों पर अंगुली रखी और उसकी ओर बढ़ा। ‘‘किसी से कहना नहीं, राकेश आज पूनम के साथ घुड़सवारी पर निकला था। वहीं पिकनिक का प्रोग्राम बनाकर वे दिन भर गायब रहे। शाम को आया तो तुम्हारा भाई जिद् करने लगा कि पूनम को वह फिर ले जा रहा है। जानती हो वह उसे कहां ले गया है ? मेरे ही कमरे में और मुझे रात भर पार्टी में ही रहकर समय बिताना पड़ा। पूनम अभी तक बेहोश पड़ी है। मैं बिगड़ा तो उसने

झट सौदा कर लिया–तुम्हारा सौदा।'' राजन की आवाज शराब में डूबी गोल-गोल शब्दों के साथ निकल रही थी। वह हंसने लगा–''हा हा हा हा-हा हा हा हा हा–'' उसके ठहाके में शैतान सवार था। उसकी गन्दी आंखें अर्ध बन्द-सी हो गई। होंठ बुलडॉग के जबड़े बन गए और दांत इसके ऊपर हाथी के दांत समान बाहर निकलकर चमकने लगे।

सूरज ऊपर से नीचे तक कांप गई। अपने भाई की हरकत पर उसकी आंखों में आंसू छलक आए। बोली कुछ भी नहीं वह, चाहा कि कमरे से बाहर निकल जाए, परन्तु राजन ने लपककर अपने हाथों की माला उसके गले में पहना दी। सूरज इसके लिए तत्पर नहीं थी। उसके पसीने छूट गए। उसने उसकी पकड़ से निकल जाना चाहा, परन्तु राजन की पकड़ सख्त थी–और सख्त होती गई। सूरज एक पंछी के समान छटपटाती रही गई।

राजन सूरज के मुखड़े की ओर झुका। उसके होंठों को चूम लेने के लिए उसके लालसामय जबड़े पूर्णतया खुल गए। शराब की गन्ध से उसकी नाक फटी जा रही थी। वह छटपटाती रही। सहसा किसी ने पीछे से आकर राजन का कालर पकड़ा और जोर से अपनी ओर खींचा। एक भरपूर घूंसा उसके मुंह पर इस प्रकार मारा कि सूरज का शरीर उसके हाथों से छूट गया। वह लड़खड़ाया। छिटककर दीवार से इस प्रकार टकराया कि उसके मोटे-मोटे होंठ कट गए। रक्त बहने लगा।

''कौन हो तुम ?'' राजन ने उठकर बहुत क्रोध में पूछा।

''मैं पूछता हूं तुम कौन हो ?'' उत्तर में उसने स्वयं प्रश्न किया–''और किसकी आज्ञा से तुम मेरे घर में घुसे ? निकल जाओ यहां से वरना अभी इन पहाड़ियों को बुलाकर टुकड़े-टुकड़े करवा डालूंगा।''

राजन ने कांपकर इधर-उधर देखा। रात का मध्य–दूसरे का घर–शरीर चुराकर वह चुपके से बाहर निकल भागा।

''मैं दीपक हूं–।'' सूरज की ओर मुड़ते हुए उस नवयुवक ने अपने आप कहा–''इसी घर में रहता हूं। मगर आप, इस समय यहां ?'' उसे सख्त आश्चर्य था।

‘‘मैं...।’’ सूरज ने अपनी अवस्था सम्भाली और स्वयं को किसी दोष से मुक्त करती हुई बोली–‘‘मैं यूं ही जरा टहलने निकली थी कि सड़क पर अकेला देखकर उस राजन के बच्चे ने मुझे दौड़ा लिया। लपककर मैंने यहां पनाह लेनी चाही तो कोई अन्दर था ही नहीं।’’

‘‘आप जानती हैं उस बदमाश को ?’’

‘‘बस यूं ही राह चलते किसी ने उसकी भेंट मुझसे एक दिन करा दी थी।’’ सूरज ने कहा– ‘‘परन्तु आप इतनी रात में कहां गए थे ?’’

‘‘लिखते-लिखते थक गया तो सोचा थोड़ा बाहर बैठ लूं।’’ उसकी बिखरी लटों को देखकर बोला वह–‘‘वर्षा भी अभी थम चुकी थी इसलिए वातावरण और सुहाना हो गया था। वह जो उस ओर मुंडेर है न, मेरी गली के थोड़ा और आगे चलकर, बस वहीं जाकर कभी-कभी बैठ जाता हूं। देहरादून की सुन्दर घाटियां देखता रहता हूं।’’ उसने एक ओर इशारा किया।

‘‘परन्तु इस समय आपको वर्षा के बाद क्या दिखेगा ? वहां तो अन्धेरा ही अन्धेरा होगा।’’ सूरज आश्चर्य से बोली।

‘‘आप नहीं जानतीं डॉक्टर, जिस प्रकार दम टूटी लाश में आप लोग कभी-कभी जीवन की ज्योति ढूंढ लेती हैं, उसी प्रकार मैं भी अन्धकार में उजाला ढूंढ लेता हूं।’’ दीपक मुस्कुराया तो उसका होंठ एक ओर से ऊपर को उठ गया।

‘‘यह सब आप क्या लिखते रहते हैं ?’’ सूरज ने उसकी बातों को न समझते हुए दूसरा विषय छेड़ा।

‘‘उपन्यास।’’

‘‘उपन्यास !’’ सूरज ने पूछा–‘‘आप लेखक हैं क्या ?’’

‘‘जी नहीं–बल्कि बनने का प्रयत्न कर रहा हूं।’’

''अच्छा ! वैसे कुछ उपन्यास तो आपके छप ही चुके होंगे ?''

''जी हां।'' बोला वह–''केवल पांच। वैसे छोटी-छोटी कहानियां तो मेरी बहुत छप चुकी हैं। छपती रहती भी हैं।''

सूरज ने उसकी स्थिति पर गौर किया। खाली-खाली आंखें, आह भरते होंठ, बिखरे बाल, परेशान मुखड़ा। वास्तव में वह लेखक ही प्रकट हो रहा था। किस कदर बीमार-सा है। बोली वह–''परन्तु यह इस प्रकार दिन-रात लिखते रहने से तो आपका स्वास्थ्य और बिगड़ जाएगा।''

''यह उपन्यास मुझे एक महीने के अन्दर-अन्दर पूरा करके देना है, चाहे मेरी जान ही क्यों न चली जाए।''

''अरे ? ऐसी भी क्या बात हुई ?''

''है, ऐसी ही बात है डॉक्टर, जब ही न पिछली रात में मैंने आपसे कुछ दिन और अपने लिए जीवित रहने की भीख मांगी थी।'' दीपक ने कहा और बाहर चमकती बिजली को देखा–''जिसकी कि ''थीम'' एक बहुत बड़े प्रकाशक को पसन्द आ गई है। वह इसे हिन्दी, उर्दू तथा अंग्रेजी के अतिरिक्त और भी कई भाषाओं में छापने का विचार रखते हैं। आप नहीं जानतीं डॉक्टर, जब तक मैं पूरी तरह जनता में नहीं आ जाता, कभी सफल लेखक नहीं बन सकता। आज का लेखक तो केवल नाम पर ही चलता है–केवल नाम पर।''

''ईश्वर आपकी सहायता करे।'' सूरज ने एक गहरी दृष्टि उस पर डाली।

''आइए, मैं आपको आपके बंगले तक छोड़ दूं।'' दीपक ने कुछ देर बाद कहा।

सूरज पल भर खड़ी रही। फिर मुस्कुरा दी–अपनी नादानी पर–अपनी मूर्खता पर भी शायद। उसका विचार था कि वह बैठने को पूछेगा। परन्तु...फिर भी उसे सन्तोष था। दीपक से मिलने के लिए अब वह स्वतंत्र है। उसके दिल में उतरने के लिए उसने प्यार की पहली

सीढ़ी पकड़ ली है। अब उसे कोई चिन्ता नहीं। दीपक एक आदर्श पुरुष है–बिल्कुल सीधा-सादा, अपने काम से काम रखने वाला। वह दरवाजे की ओर बढ़ी, परन्तु तभी फिर मुस्कुरा पड़ी। मुस्कुराती ही दृष्टि से पूछा उसने–‘‘इस दरवाजे में अन्दर कुण्डी नहीं है ?’’

‘‘जी हां–आरम्भ से ही ऐसा है।’’ दीपक बोला– ‘‘परन्तु इसकी आवश्यकता नहीं पड़ती। जब बाहर जाता हूं तो बाहर से ताला लगा जाता हूं, जब अन्दर रहता हूं तो बन्द रखने की आवश्यकता नहीं पड़ती। हां, कभी-कभी आंखों पर गहरी निद्रा प्रतीत करता हूं तो अन्दर से कुर्सी लगा देता हूं। वैसे भी घर में रखा ही क्या है जो चोरी का डर हो ?’’

सूरज मुस्कुरा पड़ी। दरवाजे के बाहर निकली तो दीपक भी उसके पीछे हो लिया।

‘‘सम्भलकर चलिएगा।’’ दीपक बोला–‘‘सीढ़ियां पुरानी हैं, पानी में भीगकर चिकनी हो चुकी हैं। कहीं पैर न फिसल जाए।’’

‘‘जानती हूं।’’ सूरज ने पलटकर उसे देखा।

‘‘जी ?’’

‘‘जी हां, मेरा मतलब।’’ सूरज ने पल भर सोचा–‘‘जब चढ़ते समय ही इस फिसलन को मैं पार कर गई तो अब उतरते समय भला क्या डर रहेगा ?’’

दीपक होंठ दबाकर मुस्करा दिया।

गली पार करते समय ऊबड़-खाबड़ पत्थर पर सूरज के पग कई बार फिसले, कई बार लड़खड़ाई वह तो दीपक की बांहों ने अपने आप ही उसे पकड़ लिया। तब उसके शरीर में एक बिजली-सी कौंध गई। प्यार और मुहब्बत की कहानियां लिखकर दूसरों को प्यार और मुहब्बत सिखाने वाला लेखक आज नारी की समीपता पाकर एक अनूठा ही अनुभव कर रहा था– ऐसा अनुभव जिसके बारे में वह कभी वर्णन नहीं कर सका था, जिसके बारे में वह कभी सोच भी नहीं सका था। सूरज की समीपता से जैसे मसूरी का सारा वातावरण ही

सुगन्धित था। नारी क्या है ? अब उसे समझ में आया कि नारी को कभी कोई समझ नहीं सकता, उसने अपने उपन्यास में नारी को जितना भी महत्व दिया है वह बहुत कम है। नारी तो इससे आगे और भी जाने क्या-क्या है। कई रूप हैं इसके। नारी यदि मां है तो बेटी भी है— बहन है तो पत्नी भी है। नारी फूल है और कांटा भी–जहर है और अमृत भी। अपनी दीप्ति की याद को जीवन का एकमात्र सहारा बनाए वह बचपन ही से किसी और नारी की समीपता कभी ग्रहण नहीं कर सका था। कभी सोचा भी नहीं था उसने कि अपनी दीप्ति का विचार वह दिल से एक पल भी दूर कर सकेगा। दीप्ति तो उसकी आत्मा है, उसका जीवन–जब ही तो वह आत्मकथा को एक उपन्यास के रूप में इतनी मेहनत से लिख रहा है। इस उपन्यास से कितनी आशाएं सम्बन्धित हैं उसकी। अपने प्यार की इस तपस्या को वह कभी भी भंग नहीं होने देगा, कभी भी नहीं।

सड़क पर आकर सूरज, दीपक के और भी करीब चल रही थी–और शायद वह उसके और भी समीप आ जाना चाहती थी। ठण्डी-ठण्डी हवाओं का गालों पर तकिया रखकर वह आंखें बन्द कर लेना चाहती थी। बाल खुलकर उसके सफेद मुखड़े पर काले बादल बनते रहे और इन्हें जान-बूझकर भी वह नहीं हटा रही थी। चाहती थी कि दीपक उसकी ओर देखे– मुसकराए– अपनी उंगलियों द्वारा इन्हें झटककर पीछे फेंके। दीपक ने उसे कई बार देखा, उसकी मुस्कुराहट के उत्तर में मुस्कुराया भी, परन्तु इससे आगे नहीं बढ़ा। केवल खामोशी के साथ-साथ चलता रहा और यह खामोशी रात के सन्नाटे में सूरज को जाने क्यों कांटे के समान चुभने लगी ? लेकिन उसने इसे फूल बनाकर दिल की गहराई में छिपा लिया।

"दीपक बाबू !" आखिर नहीं रहा गया उससे तो उसने बात का प्रारम्भ ढूंढ ही निकाला–"पिछली सुबह आप अस्पताल क्यों नहीं आए ?"

"मुझे दुःख है आपसे भेंट नहीं हो सकी। वैसे गया तो मैं अवश्य ही था वहां।" दीपक ने उत्तर दिया–"वह डॉक्टर...क्या नाम है उनका...हां...डॉक्टर वर्मा–उन्होंने मुझे जांचा भी। दवा भी लिखकर दी।" दीपक ने मुस्कुराने का प्रयत्न किया।

''दवा लिखकर दे दी ?'' सूरज ने पूछा–''आपने मुझे नहीं पूछा उनसे ?''

''उन्होंने बताया कि आप ऑपरेशन थियेटर में हैं।''

''ओह !'' सूरज को चोट पहुंची, ''दवा ली आपने ?''

''डॉक्टर–।'' दीपक ने स्पष्ट शब्दों में बात करना उचित समझा, ''आप नहीं जानतीं कि मेरी गुजर केवल दो छोटे ट्यूशंस से ही हो रही है। कभी-कभी जब कहानियों के पैसे मिलते हैं तो खर्च भी पूरा कर लेता हूं। अब आप ही बताइए, भला दवा खरीदूं भी तो कहां से ?''

''परन्तु उस दिन तो आपने...?'' सूरज ने कहना चाहा।

''शराब पी रखी थी–और शराब के लिए पैसे कहां से आते हैं ?'' दीपक ने जैसे उसका मन पढ़ लिया हो।

सूरज मानो लजा-सी गई। उसकी ओर देखा–कुछ प्यार से, कुछ अपनों पर करने वाले क्रोध के भाव में।

''जब दिल में कभी-कभी बहुत सख्त दर्द उठता है डॉक्टर तो मजबूर हो जाता है कि केवल शराब से इसका इलाज करूं।'' दीपक ने ठंडी हवा का एक झोंका प्रतीत करके कालर उठाते हुए कहा–''आप नहीं जानतीं, कभी-कभी यह रात की खामोशी, यह अकेलापन मुझे इस प्रकार डंस लेना चाहता है कि आत्महत्या कर लूं–अपनी जान दे दूं। इन घाटियों में छलांग लगाकर सदा-सदा के लिए लुप्त हो जांऊ और फिर पीने को मुझे मिलता भी क्या है ? यही कच्ची शराब–पहाड़वासी इसे थरों में बनाते हैं और कौड़ी के मोल बेच देते हैं। इससे उनका भी भला होता है–तथा दूसरों का भी।''

''भला ?'' सूरज ने मुंह बनाया–''यह तो जहर होता है– विशेषकर आप जैसे रोगियों के लिए।''

''अमृत पीकर जीवन भर तड़पने से तो अच्छा है कि मनुष्य जहर ही पीकर जीवन का थोड़ा-सा सुख प्राप्त कर ले।''

''परन्तु यह बात गलत है दीपक बाबू–बिल्कुल गलत।'' सूरज बोली–''मनुष्य को जीवन बचाने का हर पल प्रयत्न करते रहना चाहिए। मनुष्य का शरीर तो प्रकृति की ओर से सबसे बड़ी और सुन्दर भेंट है। इसकी सुरक्षा में तो बड़े से बड़ा बलिदान भी छोटा है। स्वयं मनुष्य ने ही मनुष्य को इतना अधिकार दिया है कि इसे बचाने के लिए वह दूसरों के प्राण तक ले सकता है।''

''जीवित रहने का ही प्रयत्न तो कर रहा हूं डॉक्टर–।'' दीपक ने कहा–''और यदि अधिक दिन जीवित नहीं रह सकता तो कुछ ही दिन जीवित रह लूं–जब तक कि मेरा उपन्यास समाप्त न हो जाए। यह उपन्यास...इस उपन्यास की पंक्तियों में, पंक्तियों के एक-एक शब्द में मैंने अपनी आत्मा समा दी है। अपने रक्त से लिखा है मैंने इसको। यह उपन्यास संसार के साहित्य में एक नया इन्कलाब उत्पन्न कर देगा। लोग पढ़ेंगे–बार-बार पढ़ेंगे और फिर मुझे याद करेंगे। यही तो उसकी इच्छा थी।''

सहसा सूरज के बढ़ते पग थम गए। दिल की उठती मौंजें ठंडी पड़ गईं। बहुत निराश होकर पूछा उसने–''किसकी इच्छा थी ?''

''थी एक लड़की–।'' दीपक ने एक गहरी सांस ली–''बहुत ही सुन्दर, अत्यन्त प्यारी-सी।''

सूरज के मन में गहरी चोट पहुंची। उसे ऐसा लगा मानो किसी ने उसे चट्टान की चोटी पर ले जाकर घाटियों की तह में धकेल दिया है।

''बचपन में ही हमारी मंगनी हो गई थी, परन्तु...।'' दीपक ने स्वयं ही कहा। उसकी आंखें छलक आईं– ''प्रकृति ने उसे अधिक दिन जीने नहीं दिया। मृत्यु के पंजों ने उसे जवानी में पग रखने से पहले ही अपना शिकार बना लिया।''

सूरज के दिल में ठंडी हुई लहरों को एक पल के लिए शांति मिली।

''और आप अब तक उसके लिए रोते हैं ?'' पग बढ़ाते हुए पूछा उसने।

''बहुत चाहता हूं कि उसे भूल जाऊं, परन्तु जिन परिस्थितियों का शिकार होकर वह मुझसे बिछुड़ी है वह दिल में तस्वीर के समान चिपक चुकी है। इसीलिए उसके विचारों में डूबकर मैंने लगभग सभी उपन्यासों में उसका थोड़ा-बहुत अंश अवश्य प्रकट किया है।''

''यह तो एक स्वाभाविक बात है–।'' सूरज बोली– ''आप कुछ कर भी तो नहीं सकते जब तक कि आपकी चिन्ताओं में किसी और नारी का विचार न प्रवेश करे और आपको अपनी पत्नी की कमी न प्रतीत होने दे। भावनाएं तो दिल की गहराई से उठती हैं। उसे कागज पर उतरने में बुराई भी क्या है ? परन्तु...।'' सूरज ने जाने क्यों उसका हाथ पकड़ना चाहा, परन्तु फिर सम्भल गई, ''फिर भी आप उन्हें भूलने का प्रयत्न कीजिए। जीवन नाम है जीने का और मनुष्य का धर्म है कि जीवन को हर प्रकार के सुखों और खुशियों से गहनों के समान सजाकर रखे। आप प्रयत्न कीजिए– अवश्य–हर पग पर आपकी सहायता में मेरा गर्व बढ़ेगा।''

दीपक ने सूरज के मुखड़े पर दृष्टि की। आंखों में झांका। सड़क के किनारे लगे खम्भों के प्रकाश में उसकी आंखों द्वारा ऐसी करुणा टपकती प्रकट हुई जो उसके पेशे के साथ दिल की गहराई से भी सम्बन्धित थी। वह देखता ही रह गया। बड़ी-बड़ी आंखें, सूरज की किरणों समान लम्बी पलकें, बिखरी लटें, सफेद मुखड़ा। उसने आकाश की ओर देखा। काले बादलों की मोटी-मोटी परत को सरकाकर चन्द्रमा झांक रहा था।

उसके बाद सूरज भी खामोश हो गई। दिल में एक हलचल-सी मच गई थी। मन गुदगुदा रहा था और वह दिल खोलकर हंस लेना चाहती थी। रास्ता इतना शीघ्र तय हो जाएगा, सूरज को ज्ञात भी नहीं था। बंगला आ गया तो गेट खोलते हुए बोली वह–''कल अस्पताल अवश्य आइएगा–आपको मेरी सौगन्ध, आपकी प्रतीक्षा करूंगी–।'' एक पल खड़ी रहकर वह फिर बोली– ''आपसे एक आवश्यक काम भी है।''

उत्तर में दीपक हल्के से मुस्कुराया। फिर बोला– ''गुड-नाइट !''

''गुड नाइट...।'' सूरज की आवाज धीमे से लहराकर हवा की सरसराहट में खो गई। दीपक के जाते ही वह बच्चों के समान लपककर बरामदे में पहुंची। फिर वहीं से खड़े-खड़े दीपक की लुप्त होती छाया को देखती रही और जब वह गली के मोड़ पर गुम हो गया तो उसने ऊपर दृष्टि की। चन्द्रमा के मुखड़े को काली बदलियों ढंक रही थीं। वह मुस्कुराई। शोखी से उसने अपनी उलझी लटों को पूर्णतया बिखेरकर मुखड़े पर फैला लिया। फिर अन्दर भाग गई।

कमरे में पहुंचकर उसने बत्ती जलाई और दीवार पर घड़ी की ओर देखा। रात के तीन बज रहे थे। एक भरपूर अंगड़ाई ली उसने और दूसरे कमरे में जाने को बढ़ी ही थी कि सिगरेट की गंध प्रतीत की। पलटकर देखा तो चौंक पड़ी। राकेश बैठा मानो उसी की प्रतीक्षा कर रहा था।

''किसी रोगी को देखकर ही आ रही होंगी !'' तीखे स्वर में कहा उसने और खड़ा हो गया–''क्यों ?''

सूरज ने घृणित दृष्टि से उसे देखा और उसकी परवाह किए बिना ही दूसरे कमरे में चली गई। राकेश उठकर उसके पास चला आया।

''यह तुम किस आवारा के साथ रोज रात में जाती हो ?'' सख्ती से पूछा उसने।

सूरज तीखे होंठ करके मुस्कुराई। बोली कुछ भी नहीं और लिहाफ उठाकर पलंग पर लेट गई।

''शाम को आकर रात में न आने की सूचना मैंने इसलिए दी थी कि देखूं, राजन की कही बात सच है या नहीं। उसे तो कल ही तुम पर शक हो गया था कि

तुम...।'' उसके समीप आकर राकेश गरजा।

''वह कौन होता है मेरे निजी मामले में कुछ कहने वाला ?'' सूरज भी इस बार जोश में आकर बोली– ''और फिर मैं कहती हूं कि तुम भी कौन होते हो जो मेरी बातों में दखल दो

? यह घर मेरा है। मैं स्वतन्त्र हूं। और यदि तुम यह समझते हो कि यह बंगला, अस्पताल, मेरी डिग्री, सब कुछ तुम्हारी मां के पैसे से मिला है तो इसका उत्तर तुम अपने डैडी से पूछो–उस डैडी से जिसने तुम्हारा जन्म ग्रहण करके मुझ पर एक और जुल्म किया है।''

''सूरज !'' राकेश चीख-सा पड़ा। परन्तु फिर शांत होकर वह दूसरे कमरे में चला गया, उस रात वह दूसरे कमरे में ही सोया। सूरज भी सुबह तक परेशानी से करवट बदलती रही।

सुबह आठ बजे तो अस्पताल के कामों के साथ उसके मन में दीपक की प्रतीक्षा भी थी। सहसा डॉक्टर वर्मा उसके कमरे में आए। खड़ी होकर उसने उनका स्वागत किया।

''डॉक्टर–।'' बोले वह–''दिल्ली से मेडीकल डेलीगेशन आया है। ग्यारह बजे वे हमारे अस्पताल आएंगे। फिर शाम पांच बजे उन्होंने एक मीटिंग रखी है। यह हमारे लिए वास्तव में गर्व की बात होगी कि हम उनके द्वारा सरकार से कुछ सहायता प्राप्त कर सकें। यह आज के प्रोग्राम का कागज है। उन्होंने सुबह ही सुबह आज भेजा है।'' एक कागज को उसकी ओर बढ़ाते हुए बोले वह, ''तुम चाहो तो उन पर प्रभाव डालने के लिए आज शाम उन्हें खाने पर भी निमंत्रित कर सकती हो–घर–या फिर किसी होटल में ही।''

सूरज ने कागज हाथ में लिया। पढ़ा तो सोचती ही रह गई, ऐसी सहायता वह अपने अस्पताल की अच्छी रिपोर्ट देकर ही प्राप्त कर सकती थी और इसके लिए अभी जाने कितना समय लगता। यह तो उसका भाग्य है। उसके अस्पताल की किस्मत है कि समय से पहले ही इतनी बड़ी सहायता स्वयं चलकर उसके कदमों पर आ गई है। यह अवसर उसे कदापि नहीं खोना चाहिए परन्तु...? उसने घड़ी देखी। उसे तो दीपा को लेने जाना है। दीपा ? देहरादून उसकी ट्रेन डेढ़ बजे पहुंचेगी, मसूरी से उसे दस ही बजे निकल जाना चाहिए। अधिक से अधिक ग्यारह बजे तक। परन्तु...? ग्यारह बजे तो डेलीगेशन...अब ? विस्मित थी कि क्या करे। तभी एक रोगी आया तो डॉक्टर वर्मा चले गए, कहते गए कि अस्पताल में उनके स्वागत का पूरा प्रबन्ध कर दिया जाए।

सहसा कमरे में दीपक ने प्रवेश किया तो उसे समीप बैठाकर वह स्वयं भी बैठ गई। रोगियों को कुछ देर के लिए बाहर भेज दिया।

और शाम ढल गई 59

‘‘आपकी दवा और इन्जेक्शन सब तैयार हैं।’’ सूरज ने उसकी खाली आंखों में अपनी मुस्कुराहट बिखेरी, ‘‘डॉक्टर वर्मा आपका ब्लड आदि तो कल ले ही चुके हैं। अब आप जाकर उनसे यह दवाइयां भी ले लीजिए और इन्जेक्शन भी लगवा लीजिए। मैंने कह दिया है। और हां...।’’ घड़ी देखती हुई वह बोली–‘मैंने सोचा था कि आज आपको अपने साथ देहरादून ले चलूंगी परन्तु क्या बताऊं, आज अचानक ही एक मेडीकल डेलीगेशन हमारे अस्पताल का निरीक्षण करने ठीक ग्यारह बजे ही आ रहा है। फिर शाम को मीटिंग भी है। और उसके बाद शायद उन्हें किसी होटल में डिनर भी देना पड़े।’’ सूरज ने विवशता प्रकट की। वह कहती ही गई–‘दीपक बाबू–मेरा एक काम कर दीजिएगा ?’’

‘‘अरे ? यह भी कोई पूछने की बात है डॉक्टर।’’ दीपक ने उसकी सहायता से प्रभावित होकर कहा, ‘‘कहकर तो देखिए।’’

‘‘आज आप देहरादून चले जाइए।’’ सूरज बोली, ‘‘मेरी एक सहेली आ रही है–बहुत ही प्रिय सहेली है। प्लीज...उसको रिसीव करके यहां ले आइए ! कार उपस्थित है।’’

‘‘लेकिन...’’ दीपक ने एक पल सोचा, ‘‘लेकिन मैं उसे पहचानूंगा किस प्रकार ? कोई तस्वीर और फिर आपका पत्र भी तो साथ में होना चाहिए।’’

‘‘पत्र अभी लिख दे रही हूं,’’ सूरज ने पैड अपनी ओर खींचा, कलम भी लिखने को उठा लिया, ‘‘तस्वीर की कोई आवश्यकता नहीं। सारे स्टेशन पर जो लड़की सबसे सुन्दर दिखाई पड़े, बस समझ लीजिएगा कि वही मेरी सहेली है–दीपा।’’

दीपा ? दीपक ने सोचा। जाने क्यों इस अपरिचित नाम में भी जैसे कुछ एक जाने-पहचाने से शब्द थे। सूरज पत्र लिखने में व्यस्त हो गई। सहसा कमरे में राकेश ने प्रवेश किया। दीपक ने प्रतीत किया कि वह कोई डॉक्टर है। बैठा ही रहा वह। राकेश अब सूरज के पत्र समाप्त करने की प्रतीक्षा करता रहा। सहसा सूरज ने उसकी उपस्थिति प्रतीत करके आंखें ऊपर उठाईं।

‘मुझे कार चाहिए दीदी ?’’ राकेश ने नम्रता से कहा।

‘‘क्यों ?’’

‘‘मुझे देहरादून जाना है–बहुत आवश्यक काम है।’’

‘‘टैक्सी से क्यों नहीं चले जाते ?’’ सूरज ने पूछा, ‘‘मेरी एक सहेली आ रही है–दीपा, मैं इन्हें भेज रही हूं कि उसे मेरी कार में ले आयें।’’

राकेश ने दीपक की देखा। दीपक ने राकेश को।

‘‘यह राकेश है–मेरा भाई।’’ सूरज ने ‘‘मेरा भाई’’ शब्द पर जोर दिया और फिर राकेश की ओर मुड़ी, ‘‘यह दीपक बाबू हैं।’’ खड़े होकर दीपक ने हाथ बढ़ाया तो राकेश ने उसे कुछ विचित्र सी दृष्टि से देखा। कुछ तिरस्कृत मुस्कुराहट से उसने हाथ बढ़ाकर मिलाया।

‘‘दीदी–।’’ वह सूरज की ओर पलटा, ‘‘इन्हें भी यदि देहरादून पहुंचना है तो मैं इन्हें छोड़ दूंगा। क्यों मिस्टर दीपक ?’’

‘‘जी ? जी हां, जी हां–।’’ दीपक बौखला-सा गया।

सूरज ने एक पल सोचा। राकेश पर क्रोध भी आया परंतु यह अस्पताल था और फिर घर की बात घर ही रहे तो अच्छा है। वह खामोश हो गई। पत्र को उसने पूरा किया और दीपक को बताती हुई बोली, ‘‘दीप को जल्द से जल्द लाने का प्रयत्न कीजिएगा। मौसम आजकल अच्छा नहीं है।’’ वह राकेश की ओर मुड़ी, ‘‘तुम कार ले जा सकते हो। इन्हें पहचान लो। यह वही हैं जिन्होंने मेरे जीवन का मोड़ बदल दिया है। इन्हें कोई कष्ट न हो। जाते समय इन्हें अस्पताल से ले लेना। यह यहीं रहेंगे। और हां, यदि तुम इनके साथ जल्दी वापस नहीं आ सको तो कार भेज देना। हमारे यहां मेडीकल डेलीगेशन आया हुआ है। आवश्यकता पड़ेगी।’’

राकेश कुछ बोला नहीं, वहां से चला गया। एक बार कार मिल जायेगी तो फिर कौन जल्दी आता है ? दीपक को ही वह टैक्सी से वापस भेज देगा। स्वयं क्यों आए ? पूनम के साथ भला कहां-कहां अभी उसका प्रोग्राम है ! इतनी जल्दी कार लौटाकर उसकी सारी योजनायें ही बेकार हो जाएंगी। दीपक वहीं बैठा रह गया।

***

मसूरी की बल खाई तारकोल की सड़क पर उसकी कार हवा की गति के समान चली जा रही थी। मोड़ पर पहिए ब्रेक के थोड़ा-सा ही लगने से चीख-चीख पड़ते थे। राकेश कार ड्राइव कर रहा था और पूनम उसके बिल्कुल समीप चिपकी-सी बैठी थी। दीपक पीछे बैठा बाहर की तेज चलती-फिरती दुनिया को देख-देखकर घबरा रहा था। राकेश पर उसे क्रोध आ रहा था। शायद इसीलिए सूरज अपने भाई को कार नहीं दे रही थी। समीप ही उसकी नजरों के सामने बैठी पूनम की उपस्थिति उसकी दृष्टि को प्रायः अपनी ओर भी खींच ले रही थी। पूनम से भी उसे सूरज के समान जरा भी लगाव नहीं था। वह तो एक लेखक था–कलाकार था। पूनम को वह केवल कला की दृष्टि से ही देखता रहा। पूनम वास्तव में सुन्दर थी। उसका शरीर तराशे हुए बुत के समान सुडौल और चिकना था। कोई भी उसे पहली ही दृष्टि में देखकर प्रभावित हो सकता था। उसके बाल गर्दन तक कटे हुए थे। बालों का रंग कुछ सुनहरा था। आंखें नीली थीं और मुखड़ा दूध के समान सफेद। होंठों पर लिपस्टिक की आवश्यकता नहीं थी फिर भी उसने इसका उपयोग किया हुआ था। कटी आस्तीन का ब्लाऊज ऊपर से आधी पीठ तक खुला हुआ था। जब उसकी हरे रंग की साड़ी का पल्लू उसकी बाहों के ऊपर उठने से नीचे सरक जाता तो उसकी सफेद पीठ के साथ सुनहरे बालों वाला मुखड़ा भी हरी पंक्तियों में एक फूल के समान खिल उठता था। कार के शीशे चढ़े हुए थे इसलिए अन्दर का वातावरण गर्म था और इसीलिए उसने अपना कार्डिगन उतार रखा था। क्रमशः राकेश से बात करती-करती वह जब आपनी बांह फैलाकर उसके कंधे पर रखना चाहती तो दीपक की नजरें अपने आप ही उसकी साफ बगल पर पड़ जाती थीं। पूनम की नर्म बांहों पर हल्के-हल्के रोएं थे, चमकदार रोएं, उसने अपनी दाहिनी कलाई में ही एक खूबसूरत-सी घड़ी बांध रखी थी। परन्तु यह क्या ? दाहिनी कलाई में तो एक दाग था–अर्ध चांद-सा दाग। कितनी सुन्दरता से पूनम ने इस पर घड़ी का चौड़ा पट्टा लपेटकर कुछ सीमा तक इसे छिपाने का पूरा प्रयत्न किया था। पूनम की आदतें भी कुछ विचित्र ही थीं। राकेश की हर बात पर वह खिलखिला जाती थी। उसकी मुस्कुराती आवाज से मानो समीप की चट्टानें थिरक उठती थीं। परन्तु उसकी यह मुस्कुराहट वास्तविकता से अवश्य कुछ दूर थी। जिस प्रकार विदेशी सुन्दरता का लबादा

ओढ़कर वह नकली भारतीय थी बिल्कुल इसी प्रकार उसकी मुस्कुराहट भी थी। हर बात पर वह बैठे ही बैठे कंधा झटक देती थी। उसकी यह अदा भी नकली थी। जो बात दिल की गहराई से उत्पन्न होती है उसकी अदा ही निराली होती है। वह लेखक था और इन बातों को खूब समझता था। पूनम उसे पहली ही दृष्टि में सुन्दर लगने के पश्चात् भी अच्छी नहीं लगी। उसकी उपस्थिति में भी वह राकेश से जितना अधिक चिपक जाना चाहती थी, वह उसके चाल-चलन के लिए बहुत था।

सारे रास्ते राकेश उससे ही बात करता रहा। परन्तु जब उससे बातें करते-करते थक गया तो आखिर वह दीपक की ओर पलटा।

''दीपक बाबू।'' बोला वह, ''आप भी कुछ कहिए। यह खामोशी क्यों धारण किए हुए हैं ?''

''यह समय बात करने का आप लोगों के लिए है।'' आसपास के पहाड़ों को झांकते हुए दीपक ने कहा–''भला मेरी बातों का यहां क्या काम ?''

''एक बात पूछूं आपसे ?'' राकेश ने एकदम से प्रश्न किया।

''हां-हां, अवश्य पूछिए।'' दीपक सम्भलकर बैठ गया।

''आपने किसी से कभी प्यार किया है ?'' सामने आईने में उसने दीपक का मुखड़ा पढ़ा।

''जी हां।'' दीपक सन्तोष से बोला, ''संसार में शायद ही कोई ऐसा मनुष्य होगा जो इस देन से वंचित हो।''

''प्यार का अर्थ समझते हैं आप ?'' राकेश ने चोट की।

''आप शायद किसी विशेष बात तक आना चाहते हैं।'' दीपक ने उसकी बंधती भूमिका से खिसियाकर कहा।

''जी हां।'' राकेश ने भी तुरन्त कहा, ''प्यार में मनुष्य को अपना नहीं दूसरों का भला देखना चाहिए। दूसरों का भविष्य, दूसरे की खुशी देखनी चाहिए, चाहे इसके लिए बड़े-से-बड़ा त्याग ही क्यों न करना पड़े।''

''आप ठीक कहते हैं।'' दीपक ने कहा और पूनम की ओर देखा।

पूनम यूं सिटपिटाई मानो राकेश ने उसी पर इशारा किया था।

''तो फिर आपने किस प्रकार यह अनुमान कर लिया कि मेरी बहन आप जैसे मनुष्य के साथ भी कभी खुश रह सकती है ?''

''राकेश !'' दीपक चीख-सा पड़ा।

''क्या यह झूठ है कि मेरी बहन आधी-आधी रात को आपके पास आती है ?'' राकेश ने जोश में आकर कहा और कार धीमी कर दी उसने।

''केवल आज ही रात वह एक भेड़िए के पंजे से बचने के लिए मेरे घर की शरण में चली आई थीं।'' दीपक ने क्रोध को दबाकर कहा, ''इससे पहले की रातें वह कब बाहर गई हैं यह मैं नहीं जानता।''

''खूब।'' राकेश खिसियाकर बोला, ''काफी सुलझे हुए इंसान हैं आप।''

दीपक का मन चाहा वह कार से उतरकर टैक्सी पकड़ ले। या फिर किसी बस की प्रतीक्षा ही करे। राकेश की बातें सिवाय उसके स्वार्थ के और कुछ मायने नहीं रखती थीं।

''मेरी एक राय मानिए आप।'' राकेश ने फिर कहा, ''मेरी बहन का पीछा छोड़ दीजिए और यदि दिल ही लगाना है तो जो लड़की आ रही है उसी की ओर लगा दीजिए। आखिर लौटते समय एकान्त सफर का अवसर तो मिलेगा ही।''

''राकेश बाबू।'' दीपक ने धैर्य से काम लिया, ''जहां तक आपकी बहन का प्रश्न है, मैंने कभी उसके बारे में ऐसी बात सोची भी नहीं। मैं अपने ही संसार में खुश हूं। रही दीपा,

उनकी सहेली की बात, तो आप अपनी राय अपने ही पास रखिये। जिस लड़की से मैं प्यार करता हूं वह कोई और है। उसकी पूजा करता हूं मैं और उसकी आत्मा को मुझसे कोई जुदा नहीं कर सकता।''

''ओह !'' राकेश बोला, ''ऐसी बात थी तो मुझे क्षमा कीजिएगा। मैंने आपको गलत समझा। दरअसल मैं एक भाई के नाते दीदी के लिए यही चाहता हूं कि वह उससे शादी करे जिसके पास सब कुछ हो–रुपया– सम्पत्ति–सोसाइटी। इसीलिए तो मैंने उनके लिए एक खूबसूरत और पैसे वाला वर चुन रखा है। क्यों पूनम ?''

''कौन ? अंकल–ओह हां–।'' पूनम चहकी परन्तु फिर चहककर ही खामोश हो गई। जंगल में जैसे कोयल कूक कर चुप हो गई थी, बेवक्त–बिन मौसम ही।

कार देहरादून की सरहद में पहुंची तो गर्मी कुछ अधिक हो गई। परन्तु दीपक ने अपना कोट नहीं उतारा। राकेश ने अपना स्वेटर अलग किया और पूनम की गोद में डाल दिया। कार बराबर की सतह पर गई सड़क पर दौड़ने लगी। फिर शोरगुल में प्रवेश किया। बाजार पार किया और पल भर में ही स्टेशन पर जा पहुंची। कार को सड़क के किनारे लगाकर राकेश उसकी ओर पलटा।

''अब आप जाइए–।'' बोला वह, ''मैं कार ले जाऊंगा। दीदी को सहेली को आप टैक्सी द्वारा...।''

''लेकिन राकेश बाबू–।'' दीपक बीच में बोला– ''आज तो आपके अस्पताल में एक मेडीकल डेलीगेशन आया है। शाम को उसका डिनर भी है। आपकी दीदी ने चलते समय भी मुझे विशेष चेतावनी दी थी कि कार अवश्य लेते आना।''

''ओफ–ओह !'' राकेश खिसियाकर उतर गया। ''आओ चलो पूनम–।'' दूसरी ओर से कार का गेट खोलकर बोला वह, ''हम टैक्सी से चलते हैं। दीदी के लिए तो मेरी

आवश्यकता कुछ महत्व ही नहीं रखती। खैर–।'' दीपक को चाभी देता हुआ बोला वह, ''अब दीदी से कह देना कि मैं भी कल ही सुबह आऊंगा–आज रात नहीं आ सकता।''

राकेश चला गया तो दीपक ने घड़ी देखी। गाड़ी आने में अभी देर थी। कार को अन्दर से भली-भांति लॉक करके वह नीचे उतरा। सड़क पर यूं ही टहलने निकल पड़ा। जब एक बजा तो वह स्टेशन पहुंचा। पता चला कि गाड़ी दो घंटा लेट है। उसे सख्त क्रोध आया ! वह जल्द से जल्द मसूरी पहुंचकर इस झंझट से छुटकारा पा लेना चाहता था। किसी प्रकार उसने समय बिता ही दिया।

जब गाड़ी प्लेटफार्म पर आई तो वह बाहर जाने वाले गेट के पास खड़ा हो गया। उसका विचार था कि जब कोई बहुत ही सुन्दर लड़की इधर से निकलेगी तो वह स्वयं आगे होकर अपना परिचय देगा। परन्तु उसे सख्त निराशा मिली। लड़कियां बहुत-सी निकलीं, काली भी, और गोरी भी, सुन्दर और भद्दी भी, अकेली भी और दुकेली भी, परन्तु कोई ऐसी लड़की उसे नहीं दिखाई पड़ी जिस पर उसकी कलापूर्ण दृष्टि-टिककर रह जाती। प्लेटफार्म खाली हो चला था। निराश होकर उसने पूरे प्लेटफार्म का एक अन्तिम चक्कर लगाकर लौट जाना ही उचित समझा। वह एक ओर बढ़ गया। सहसा फर्स्ट क्लास के कम्पार्टमेंट के सामने पहुंचते ही वह ठिठक गया। एक लड़की सुर्ख रेशमी साड़ी में वस्त्रित दरवाजे पर खड़ी घबराई हिरनी के समान इधर-उधर टुकुर-टुकुर ताक रही थी। आंखों में निराशा झलक रही थी। समीप ही खड़े कुली उसकी आज्ञा की प्रतीक्षा कर रहे थे। दीपक आगे बढ़ा–और उसके कुछ समीप जाकर खड़ा हो गया। गौर से उसने उस लड़की को देखा। यह लड़की–इस कदर सादी, फिर भी इतनी सुन्दर। बालों को उसने साधारणतया खींचकर सवार रखा था। लम्बी-लम्बी पलकें–लम्बी ही आंखें । गोरा दमकता हुआ मुखड़ा, मानो वर्षा के बाद मसूरी की धूप चटक आई हो। मुखड़े पर यात्रा की थकावट के पश्चात् गुलाबी-सी ताजगी थी। और वह देखता ही रह गया। विस्मित-सा–जैसे उसने उसे कहीं देखा है। शायद जानता भी है। सम्भव है बहुत समीप रहने

का अवसर भी मिला हो। अरे हां, सहसा उसे याद आया–यह तो उसके उपन्यास की कल्पना है, हू-ब-हू वही–जिसे अपनी दीप्ति का अक्सर यौवन समझकर उसने प्यार की रेखाओं द्वारा खींचा था। अपनी कल्पना की वास्तविकता पर उसे विश्वास ही नहीं हुआ। भौंचक्का-सा वह उसे खड़ा निहारता ही रह गया।

सहसा उस लड़की की दृष्टि उसकी घूरती आंखों पर पड़ी तो उसके माथे पर सिलवटें उभर आईं। बहुत घृणा से उसने अपने होंठों का भींचा और दृष्टि दूसरी ओर फेर ली।

तभी दीपक को अपनी गलती का अहसास हुआ। लज्जित-सा होकर उसने आगे बढ़ जाना चाहा परन्तु तभी उसे कुछ याद आ गया। पॉकेट में हाथ डालकर उसने एक लिफाफा निकाला और उसके समीप जाकर खड़ा हो गया।

‘‘आप ही दीपा जी हैं क्या ?’’ डरते-डरते पूछा उसने।

‘‘जी हां।’’ बोली वह, ‘‘क्यों ?’’

‘‘यह पत्र डॉक्टर सूरज कुमारी ने दिया है।’’ उसकी ओर लिफाफा बढ़ाते हुए कहा उसने, ‘‘एक विशेष मीटिंग होने के कारण वह नहीं आ सकीं।’’

दीपा को सख्त क्रोध आया। पत्र को लेकर पढ़ा उसने तो क्रोध और बढ़ गया। जी चाहा तुरन्त ही दूसरी गाड़ी से वापस चली जाए, परन्तु फिर कुछ सोचकर वह चुप रह गई। भला यह भी कोई बात है कि नहीं आ सकी तो एक पराए मर्द को भेज दिया ? जब लखनऊ से वह यहां पहुंच सकती है तो क्या यहां से अकेले मसूरी तक नहीं जा सकती ? दीपक को उसने देखा–कुछ गौर से। उसकी नजरें लज्जित-सी झुकी हुई थीं। इस बार वह उसे कम ही आवारा प्रकट हुआ। कुछ विश्वास करने योग्य भी। सूरज ने उसे बेखटके उसके साथ चले आने को लिखा था।

‘‘सामान उठवाऊं आपका ?’’ दीपक ने कम्पार्टमेंट के अन्दर झांकते हुए पूछा।

और दीपा ने माथे पर पड़ी सिलवटें कम कर लीं।

शाम चार बजे थे और मसूरी की चढ़ती तारकोल की सर्प सी कुण्डली मारी सड़क पर एक कार चली जा रही थी। वातावरण साफ था और नीचे बादल शायद लालिमा को होंठों पर लगाने को व्याकुल दिखाई पड़ रहे थे। शाम थी और खूबसूरत शाम थी। सूर्य के आने वाले पलों में डूबने का भय नाममात्र भी नहीं था। दीपा कार ड्राइव कर रही थी और दीपक उसके बगल में बैठा चलते-फिरते वातावरण से मुग्ध था। दीपा ने स्वयं ही कार चलाने की इच्छा प्रकट की था। घूमती-फिरती, चढ़ती-उतरती तथा भयानक स्थानों पर ड्राइव करने का शायद उसका शौक था। उसकी सांसों से निकली सुगन्ध ने कार के अन्दर का सारा वातावरण ''ईवनिंग इन पैरिस'' समान महका दिया था। स्टेयरिंग पर हाथ रखे दरवाजे के कोने में बहुत सुन्दरता से पीठ लगाए बैठी, मानो वह अपनी तस्वीर खिंचवाने का कोई पोज प्रदर्शित कर रही थी और वह समीप ही बैठा बहुत गौर से उसकी नर्म गोरी कलाइयों को तथा उंगली में जड़ी हीरे की अंगूठी को निहारता रहा। चढ़ाई के किसी गहरे मोड़ पर ब्रेक लगाते समय वह अपने निचले होंठों को दबा लेती थी, आंखें थोड़ी बन्द-सी हो जाती थीं। माथे पर सिलवटें उभर आती थीं। कार चलाने में वह निपुण थी और दीपक उसके इस सुन्दर ढंग को बहुत ध्यान से अपने मन की पंक्तियों में उतारने पर विवश था। यह सफर, देहरादून से मसूरी तक का यह सफर कितना सुन्दर था जिसका वर्णन वह किसी भी कहानी में कर सकता था।

काफी देर बाद दीपा ने अपनी बिखरी लटों पर अंगुलियां फेरीं और कार की गति धीमी करके समीप से बीतते दृश्यों को देखने लगी। दीपक को यह खामोशी बहुत अधिक खटक रही थी।

''क्षमा कीजिएगा–''सहसा दीपक बोला–''इस लम्बे सफर को काटने के लिए क्यों न हम आपस में कुछ बातें ही करते चलें।''

''आप कहे जाइए–मैं सुन रही हूं।'' दीपा का मूड अब भी उसके लिए खराब था। उसे देखे बिना ही वह लापरवाही से बोली।

''जी ?'' एक बार वह सिटपिटाकर रह गया, फिर स्वयं ही चुप रहने में उसने अच्छाई समझी।

''मैं बहुत कम बातें करती हूं।'' दीपा ने गम्भीर होकर कहा।

दीपक ने उसे गौर से देखा। नारी–और बातें कम करे ? शायद यह नारी संसार का आठवां आश्चर्य है। चुपचाप ही रहा वह।

दीपा ने उसकी खामोशी में एक निर्बलता प्रतीत की तो मन ही मन मुसकुराकर रह गई। वह भी निश्चिन्त होकर खामोशी में कार चलाती रही। कार चलाने में उसे आनन्द मिल रहा था और दीपक उसकी ड्राइविंग को सराहते हुए कनखियों से उसे देखता रहा। वास्तव में वही रूप–बिल्कुल वही, उसके उपन्यास की जीती-जागती कल्पना–उसकी स्वर्गवासी दीप्ति का यौवन–सुन्दरता की एक अनुपम भेंट–कोई भी तो कमी नहीं थी उसमें। सहसा वह चौंक पड़ा। शरीर के रोएं-रोएं कांप उठे, उसने देखा दीप्ति के बाएं कान के नीचे उभरी हुई पतली-सी एक नीली नस पर एक काला तिल उसकी उड़ती हुई लटों को सरकाकर झांक रहा था। ठिठककर रह गया वह। आंखें मानो पथरा गई हों। दीपा ने उसकी चुभती हुई दृष्टि प्रतीत की तो माथे पर उसके फिर सिलवटें उभर आईं। इस बार दीपक ने अपनी आंखें दूसरी ओर नहीं फेरीं। देखता ही रहा वह–एक–टक–उस तिल को जो उसके मन पर एक दाग के समान छाया हुआ था।

''दीपाजी–'' कुछ देर बाद दीपक से जब नहीं रहा गया तो वह पूछ ही बैठा, ''आपकी यह आंखें–इनकी चमक–यह लम्बी पलकें–बालों की चमक–यह रूप–यह निखार–यह आवाज–ऐसा लगता है जैसे यह सब मेरे जाने पहचाने हैं। शायद कभी देखा है आपको। यहां तक कि कान के नीचे यह काला तिल भी...''

''मिस्टर दीपक !'' सहसा दीपा ने क्रोध में आकर उसे डांटा, ''मेरे अकेलेपन का आप नाजायज लाभ उठा रहे हैं। मैंने संसार देखा है और इस प्रकार की प्रशंसा का अर्थ भी समझती हूं। ऐसा न हो कि मुझसे ऐसी बातें करने के साहस में आपको जीवन भर पछताना पड़े।

''जी ?'' वह घबराकर चौंक पड़ा।

‘‘आपको शायद सूरज ने नहीं बताया कि मैं किस खानदान की लड़की हूं ?’’ दीपा ने फिर कहा–क्रोध को बढ़ाते हुए।

दीपक को पसीना छूट गया। अपनी बातों पर उसे खेद हुआ। कांपकर उसने दूसरी ओर मुख फेर लिया और खिड़की के बाहर देखने लगा। दूर, घाटियों के उस पार बादल उठकर शायद बरस जाना चाहते थे, परन्तु फिर भी आकाश स्वच्छ था। हल्की-हल्की लालिमा का प्रभाव इस पार आने लगा था, क्योंकि सूर्य बहुत दूर देवदार के वृक्षों के पीछे छिप चला था।

कार चलाते-चलाते सहसा दीपा की आंखों के सामने अंधकार छाने लगा। उसे चक्कर-सा आया, मानो उसका सिर ही नहीं, ये चट्टानें, घाटियां, आकाश, धरती, वृक्ष सभी कुछ उसके साथ घूम रहे हैं। कार को उसने तुरन्त ही सड़क के किनारे एक छोटे से मैदान जैसे स्थान पर ले जाकर रोक दिया। इन्जन बन्द कर दिया उसने और खिड़की पर सिर टेक दिया। आंखें बन्द कर लीं। गहरी-गहरी सांसें लेने लगी। हवाओं के झोंके उसकी लटों को खोलकर खिड़की के बाहर झूलने लगे।

दीपक ने बड़े गौर से दीपा को देखा। घबराया जरा भी नहीं वह। जानता था कि गोल चढ़ाई पर अधिकांश व्यक्तियों को चक्कर आ ही जाता है। साथ ही उसे साहस भी नहीं हुआ कि कुछ बोले।

दीपा उसी प्रकार पड़ी रही–बेसुध सी। काफी देर बाद भी उसकी अवस्था नहीं सुधरी तो दीपक को बोलना ही पड़ा, ‘‘मैं आपकी कुछ सहायता कर सकता हूं ?’’ डरते-डरते पूछा उसने।

दीपा कुछ न बोली। गेट खोला उसने और बाहर निकल आई। ठंडी-ठंडी हवाएं थीं, परन्तु फिर भी उसके मुखड़े की ताजगी कम होती गई। लड़खड़ाती हुई वह आगे बढ़ी–मैदान के अन्त में पहुंच गई वह जहां पुलिया द्वारा एक मेंढ़-सी बना दी गई थी। इसके बाद नीचे दूर तक एक घाटी थी। पुलिया की जड़ में ही एक बरगद का विशाल वृक्ष था। दीपा लड़खड़ाती

हुई वहां पहुंची। पुलिया पर बैठ गई वह और सिर झुकाकर माथा पकड़ लिया। उसका जी मचल रहा था। दीपक सहमा-सहमा बैठा उसे देखता रहा। उसने दोबारा साहस बटोरा और कार से बाहर निकल आया। उसके समीप, पीछे आकर खड़ा हो गया वह और एक पल को सोचा।

‘‘आपको किसी वस्तु की आवश्यकता तो नहीं है ?’’ आखिर उसने पूछा।

‘‘गाड़ी की पिछली सीट पर थर्मस रखा है–‘‘अपने माथे को झुकाए हुए बोली वह– ‘‘जरा ले आइए।’’

दीपक की जान में जान आई। लपककर वह कार के पास गया थर्मस निकाला। ढक्कन खोलते हुए उसने उसकी ओर बढ़ा दिया।

‘‘यह लीजिए।’’ बोला वह।

दीपा ने थर्मस हाथ में लिया। पानी को दूसरे हाथ में उड़ेला और दो-तीन बार कुल्ली किया। फिर अपने मुखड़े पर भी पानी फेरा। एक ठंडी सांस ली उसने जैसे मन को थोड़ी शांति प्राप्त हो गई हो। फिर वह उठ खड़ी हुई। कार के पास चलकर आई। स्वयं गेट खोला–एक सूटकेस बाहर निकाला, खोला और टॉवल निकालकर अपना भीगा मुखड़ा पोंछने लगी। दीपा ने अपने बाल खोले तो वह कूल्हे से भी नीचे लटककर काले बादलों के समान छा गए। टॉवल कार के अन्दर फेंककर वह फिर पुलिया की ओर बढ़ी और खुली हवा का आनन्द उठाने लगी। हवाओं के नटखट झोंके उसकी बिखरी लटों को चूमने लगे थे। दीपा पुलिया के ऊपर पैर रखकर खड़ी हो गई। डूबते सूर्य पर चढ़ती लालिमा को वह गौर से देखने लगी। फिर उसने अपने पगों से जाती नीचे घाटी की ओर भी दृष्टि की। बहुत नीचे ऊबड़-खाबड़ पथरीली ढलान की सतह पर, झंकाड़ और कांटों के मध्य एक करौंदे का पेड़ था। छोटे-छोटे सुर्ख करौंदों को देखकर उसके मुंह में पानी आ गया। वह देखती ही रही। दीपक ने देखा तो देखता ही रह गया। विचित्र बात थी। ऐसा प्रतीत हुआ मानो उसकी स्वर्गवासी दीप्ति का रूप ही नहीं,

उसकी आत्मा भी दीपा के शरीर में समाई हुई है। बहुत धीमे से चलकर वह दूसरे कोने से उसके समीप पहुंचा। पल भर को सोचा उसने।

''आपका जी मचल रहा हो तो कुछ खट्टी वस्तु का प्रबन्ध करूं।'' उसने पूछा।

''हां–इस समय...मिल सकेगा कुछ ?'' दीपा ने नम्रता बरती। बहुत इच्छुक होकर उसने करौंदे की गहराई को निहारा।

दीपक ने एक गहरी दृष्टि को फिर देखा। मन में एक उत्साह पैदा हुआ। दीपा के लिए वह कुछ भी कर सकता है–बिना किसी स्वार्थ के ही। जाने क्यों इसमें उसे एक विचित्र सी शांति का आभास मिला। उसने झट एक ही पग में पुलिया पार की और ढलान पर उतर गया।

''अरे-अरे यह क्या !'' दीपा कांपकर चीखी–''उधर कहां जा रहे हैं। कहीं और देख लीजिए।''

परन्तु तब तक दीपक नीचे उतर चुका था। बहुत सावधानी से पग रखने के पश्चात भी वह फिसल-फिसल जाता था। आस-पास की लम्बी-लम्बी घास, कांटों और झाड़-झंकाड़ ने उसे नीचे उतरने में बहुत सहायता दी। किसी प्रकार वह करौंदे के समीप पहुंच ही गया। बहुत सावधानी से उसने इनके कंटीले रक्षकों से अलग करते हुए इन्हें एक-एक करके चुना। फिर भी उसकी उंगलियों में छेद हो गए थे। रक्त की धारा बह निकली थी। करौंदों को उसने अपनी पॉकेट में भरा और ऊपर को झांका। दीपा बहुत बेचैनी से उसकी प्रतीक्षा कर रही थी। मन ही मन मुस्कुराया वह, जैसे वर्षों से सुलगती एक आग पर पानी की कुछेक छींटें पड़ गई हों, साहस बटोरकर वह वापसी की ओर चढ़ा। कांटों से उलझता वह ऊपर आ ही गया। पुलिया पार करके उसने एक गहरी सांस ली। रूमाल से अपनी उंगलियों का रक्त पोंछा, फिर पॉकेट से अनगिनत करौंदे निकालकर दीपा की ओर बढ़ा दिए।

दीपा उसे देखती ही रह गई–बहुत विचित्र दृष्टि से–बहुत कृतज्ञ होकर। उसके मन में अपने प्रति सहानुभूति तथा मान देखकर उसका दिल भर आया। अपने दुर्व्यवहार पर बहुत

लज्जित हुई। दीपक की उंगलियां कट-फट गई थीं। कई स्थानों में अब भी रक्त जारी था। कपड़े फट-फट से गए थे। मुखड़े पर दर्द का भाव था। फिर भी वह मुस्कुरा रहा था।

''लीजिए न !'' दीपक ने उसे खामोश देखकर कहा–''यह करौंदे जंगली हैं तो क्या हुआ–परन्तु खट्टे तो उनसे भी अधिक हैं।''

दीपा चौंक पड़ी। ''ओह ! धन्यवाद–धन्यवाद !'' दीपा ने मानो दिल की गहराई से कहा और अपनी साड़ी का आंचल बढ़ाकर सारे ही करौंदे उसमें समेट लिए। सुर्ख साड़ी में सुर्ख करौंदे छिप-छिपकर रह गए।

''यह करौंदे आपको बहुत पसन्द हैं क्या ?'' दीपक ने जेब से रुमाल निकाला और रक्त के साथ करौंदे से निकला हुआ दूध भी पोंछने लगा।

''जी हां।'' दीपा ने जैसे जबान पर आती लार को घोंटा–''जब देख लेती हूं तो रहा नहीं जाता।''

दीपक ने दीपा को गौर से देखा। उसकी हर बात पर वह उसे बार-बार गौर से देखने पर मजबूर था। वह मुस्कुराया–मानो शांति का एक खोया संसार उसने ढूंढ लिया था।

सहसा एक कार ऊपर से उतरती आकर ठीक उनकी कार के समीप ही रुकी। चालक ने उनकी कार को घूरकर देखा। नम्बर भी पढ़ा। फिर सामने दृष्टि की। एक नवयुवक उसकी ओर पीठ किए खड़ा था और सामने उसकी ओर मुंह किए एक लड़की थी– सुन्दर–अत्यन्त सुन्दर। लड़की को वह देखता ही ही रह गया, बहुत ही लालसामय दृष्टि से–अपने होंठों को चबाते हुए।

लड़की ने उसे देखा तो सहम गई।

''दीपक बाबू।'' कांपकर बोली वह–''कोई गुण्डा मुझे घूर रहा है।''

दीपक ने झट पलटकर देखा। दीपा की रक्षा के लिए जाने क्यों उसके शरीर का रोम-रोम बेचैन हो उठा था। सहसा चौंक पड़ा वह। आंखों में रक्त उतर आया। राजन–! उसने आगे बढ़ना चाहा, परन्तु कार स्टार्ट हो चुकी थी। बौखलाकर उसने कार को ढलान पर छोड़ दिया।

‘‘आप जानते हैं क्या उसको ?’’ सहसा दीपा ने समीप आकर पूछा।

‘‘मैं नहीं, सूरज देवी जानती हैं–आपकी सहेली।’’ दीपक ने कहा, ‘‘एक बार आधी रात में इस बदमाश ने उनकी इज्जत लूटनी चाही थी। समय पर मैं पहुंच गया वरना जाने क्या हो जाता।’’

दीपा कांप गई। बोली कुछ नहीं। कलाई उठाकर उसने घड़ी देखी।

‘‘क्या चला जाए ?’’ उसकी चिन्ता प्रतीत करके पूछा उसने।

‘‘मसूरी पहुंचने में रात होने का भय नहीं होता तो यहां हम कुछ देर और ठहरते...!’’ दीपा ने पलटकर अपनी सतह से भी नीचे घाटियों के उस पार चट्टान के पीछे सूर्य को डूबते हुए देखा।

‘‘आपको यह दृश्य बहुत पसन्द है ?’’

‘‘जी हां।’’ दीपा बोली–‘‘विशेषकर इस अवस्था में जब हमारी दृष्टि से वह सूर्य बरगद की डालियों के नीचे दिखाई पड़ रहा है।’’

दीपक ने एक पल सोचा। फिर बोला, ‘‘डूबते समय उसके मुखड़े पर कितनी अधिक निराशा है।’’

‘‘जी हां। फिर भी मुस्कुरा रहा है।’’ दीपा बोली, ‘‘इसी का नाम तो जीवन है, हंसते हुए भी उसने अपने प्यारे संसार से जुदाई ग्रहण कर ली।’’

दीपक ने दीपा को देखा, उसकी बातों का सार भी समझा, वह ठीक ही कहती है।

उनके देखते ही देखते सूर्य-डूब गया, परन्तु फिर भी चट्टानों की चोटियां सुर्ख थीं। आकाश पर सूर्ख धब्बे थे। बरगद की लतरों में कहीं-कहीं लालिमा थी। परन्तु वातावरण मानो अंधकार की गोद में इन सबको अब जल्दी ही अर्पण कर देना चाहता था।

''आइए चलिए।'' दीपा ने कहा और कार की ओर बढ़ गई। वह भी उसके पीछे हो लिया।

''कार आप ही ड्राइव कीजिए।'' कार के समीप पहुंचकर वह फिर बोली और दूसरी ओर बैठ गई। दीपक ने स्टेयरिंग सम्भाल ली।

जब जाड़े में सख्त ठंड पड़ने लगती थी तो दीपक देहरादून चला आया करता था। कोई काम नहीं करना पड़ता था इसलिए उसने एक मित्र की कृपा से इन तीन महीनों में ही ड्राइवरी भी सीख ली थी। लायसेंस भी उसके पास था, क्योंकि उसका विचार था कि अगले जाड़े से इन तीन महीनों में बेकार रहने के बजाय वह ड्राइवरी द्वारा ही कुछ कमा लेगा। लेखकों की परिस्थिति यूं भी भारतवर्ष में कभी अच्छी नहीं रही। प्रेमचन्द जैसे लेखक जब भूखे मर सकते हैं तो उसकी क्या गिनती थी ?

दीपक कार चला रहा था। चट्टानों की गोद में अन्धकार बढ़ आया था, इसलिए उसने हैडलाइट्स जला ली थीं। प्रकाश तीर के समान चट्टानों की बगलें गुदगुदाकर इन्हें किनारे करता रहा और वह इसकी सहायता से बहुत आसानी के साथ कार चलाता गया। आकाश में तारे नहीं थे। शायद बादल का जोर अधिक था। इसी कारण वे अब जल्द से जल्द मसूरी पहुंच जाना चाहते थे। वर्षा के कारण यह रास्ते और भयानक बन जाते हैं।

दीपा बहुत गौर से दीपक को देखती रही। ठंड के कारण उसने कार्डिगन पहन लिया था। कालर उठा लिया था। अपनी ओर की खिड़की का शीशा भी ऊपर चढ़ा लिया था। एकान्त रात—एक ओर मसूरी की चट्टानें और दूसरी ओर मुंह फाड़े घाटियां। अब यह खामोशी उसको भी खटकने लगी। सहसा वह दीपक की ओर मुड़ी।

''मेरी बातों का बुरा न मानिएगा, दीपक बाबू।'' बोली वह।

दीपक के पैर डगमगा गए। कार कुछ धीमी पड़ गई। ऐसा लगा मानो रात की इस खामोशी के बीच चट्टानों में किसी कोयल की कूक धीमे से गूंज गई हो। उसने कार के अन्दर

की लाइट ऑन कर दी। दीपा को देखा। उसके कार्डिगन के सफेद ''कालर'' से उसका मुखड़ा सफेद गुलाब के समान चमक रहा था। वह देखता ही रह गया।

''किस बात का बुरा न मानूं ?'' कुछ देर बाद पूछा उसने।

''आपके साथ जो मैंने आरम्भ से ही दुर्व्यवहार किया है।''

दीपक के दिल में सैकड़ों फूल खिल गए।

''तो फिर मेरी बात का विश्वास हुआ आपको ?'' पूछा उसने।

''किस बात का ?'' दीपा ने अनजान बनकर पूछा।

''यही–'' वह बोला, ''कि आपका रूप मेरा जाना- पहचाना है। मैंने जैसे आपको कहीं पहले भी देखा-भाला है।''

''यह तो एक संयोग की बात है।'' दीपा बोली, ''अब मुझे ही देख लीजिए, मेरे जीवन में भी एक बार ऐसी ही घटना उत्पन्न हुई थी। आप मुझे देखकर ऐसा सोच रहे हैं–और मैंने एक विशेष स्थान के बारे में एक दिन ऐसा ही सोचा था।''

''अच्छा ?''

''जी हां।''

''वास्तव में आश्चर्यजनक बात ही है–'' वह जैसे अपने आपसे बोला, ''आपका नाम भी कितना मिलता-जुलता है, दीपा–दीप्ति।''

''दीप्ति ?'' दीपा चौंक पड़ी।

''जी हां।'' दीपक बोला, ''दीप्ति ही मेरी पत्नी का नाम था।''

''परन्तु दीपक बाबू–'' दीपा आश्चर्य से बोली, ''दीप्ति तो मेरा अपना नाम भी है। दीपा तो मुझे घर वाले केवल प्यार से कहते हैं।''

सहसा वातावरण में मानो भूचाल आ गया। कार के पहिये डगमगा गए। दीपक का दिल इतने जोर से धड़का कि हाथ ही बहक गए। कार घाटी में गिरते-गिरते बची। दीपक के पैर अचानक ही ब्रेक पर जम गए थे। उसने इंजन बन्द कर दिया। ठण्ड होने के पश्चात् भी माथे पर पसीने के बूंदें उभर आई थीं। रुमाल द्वारा उसने इसे पोंछा और दीपा की ओर पलटा। बहुत गौर से उसे देखा–अपनी सांसों में बसाकर–दिल की गहराई से।

''क्या बात है दीपक बाबू ?'' आश्चर्य से पूछा दीपा ने, ''आपकी तबियत तो ठीक है न ? आप अचानक ही इतने परेशान क्यों हो उठे।''

''दीपा जी।'' उसकी बात की परवाह किये बिना ही कहा उसने–''आपका पूरा नाम क्या है ?''

''मेरा नाम दीप्ति जुगलेकर है।'' दीपा उसके मन की उठती लहरों से अज्ञात बोली।

''ओह !'' निराश हो गया वह, ''और आपके पिताजी का नाम ?''

''नरसिंह जुगलेकर।'' चकित-सी बोली वह, ''लेकिन आप यह सब क्यों पूछ रहे हैं ?''

दीपक ने उसका प्रश्न अनसुना कर दिया। एक गहरी सांस ली उसने और जैसे स्वयं से बोला, ''आश्चर्य है।''

''क्या बात है दीपक बाबू–!'' दीपा का असंतोष बढ़ा।

''दीपा जी–'' उसकी बात को टालते हुए उसने फिर पूछा ''क्या आपके पास आपकी अपनी कोई तस्वीर होगी ? मेरा मतलब बचपन की तस्वीर–कोई भी–''

''हां-हां–क्यों नहीं !'' दीपा ने कहा, ''पूरा का पूरा एलबम है। बचपन से लेकर अब तक की सारी तस्वीरें लगा रखी हैं।''

''मंगनी की तस्वीरें तो इतनी सुन्दर आई हैं

कि...''

''मंगनी की तस्वीरें ?'' दीपक के धड़कते दिल को एक धक्का लगा। पूछा उसने, ''आपकी मंगनी हो चुकी है ?''

''हां, और क्या ?'' दीपा जैसे नई नवेली दुल्हन का सपना देखकर बोली और अपनी अंगूठी वाली उंगली उसने उसकी आंखों के सामने बढ़ा दी।

दीपक ने देखा–हीरे की अंगूठी में उसके सारे जीवन की खुशी सुरक्षित थी। हल्के से मुस्कुरा दिया वह। परन्तु दिल में उठती मौंजें दीपा के बारे में पूरी जानकारी प्राप्त करने के लिए बेताबी से बढ़ती ही जा रही थीं। उसने मानो धीरे-से कहा, ''बहुत सुन्दर है यह।''

''धन्यवाद !'' दीपा ने हाथ वापस खींचा और मुड़ती हुई पिछली सीट की ओर झुक पड़ी। ''मेरे वह भी बड़े सुन्दर है, नाम भी बिल्कुल मेरे नाम का जोड़ा ही समझिए–प्रकाश– '' दीपा ने हाथ बढ़ाकर एक छोटा-सा सूटकेस खींचा। उसे अपनी गोद में रखकर खोलती हुई बोली, ''जर्मनी में इन्जीनियरिंग कर रहे हैं। दो महीना पहले मंगनी करने आए थे–अब अगले मास में शादी करने आने वाले हैं। फिर हम दोनों अमेरिका चले जाएंगे। वहीं रहेंगे। उन्हें अभी से ही वहां बहुत अच्छी नौकरी मिल गई है। क्या शान का जीवन होगा हमारा। काफी दिनों के बाद तो हम लौटेंगे ताकि वह मेरे डैडी की फैक्ट्री को संभालने का पूरा-पूरा अनुभव पा सकें।'' दीपा ने एलबम निकाला व उसके हाथों में थमा दिया।

दीपक ने एलबम को हाथ में लिया। खोलने से पहले बहुत गौर से उसने दीपा को देखा– बहुत ही गहरी दृष्टि से। किस कदर वह खुश दिखाई पड़ रही थी। उसकी आंखों में आने वाले सुखमय दिनों का विश्वास था–जीवन की सारी प्रसन्नताओं की आशा थी। उसका मन चाहा इस एलबम को लौटा दे। मन तेजी से धड़क रहा था कि कहीं वह ठोकर न खा जाए। वर्षों पहले राख के नीचे दबी चिन्गारी-सा भेद कहीं उसके अनुमाना-अनुसार सत्य निकलकर उसका रहा-सहा सुख भी नष्ट न कर दे।

''सोच क्या रहे हैं ?'' दीपा उसे खामोश पाकर बोली, ''एलबम खोलिए न।''

और दीपक ने एलबम खोला। पहला पृष्ठ। सहसा बहुत जोर से बिजली कड़की। बादल गरजे। फिर हवा के झोंके के साथ वर्षा भी होने लगी। दीपा ने देखा–दीपक के समीप वाली खिड़की से वर्षा की मोटी-मोटी बूंदें अन्दर प्रवेश करके उसकी बांहों को भिगो रही हैं, परन्तु वह तस्वीर देखने में मग्न है–पहले पृष्ठ वाली तस्वीर–नन्हीं-मुन्नी-सी एक तस्वीर–प्यारी सी–गुड़िया समान। फटी-फटी आंखों से वह इसे देख रहा था।

‘‘यह तस्वीर मेरे बचपन की है। जन्म दिवस पर इसे खींचा गया था।’’ दीपा बोली, ‘‘इसके पहले की तस्वीर मुझे नहीं मिल सकी। है न यह अच्छी ?’’

दीपक के होंठ न खुल सके। गला सूख गया था, मानो हलक में अंगारे भर गए हों। आवाज घुट गई। आंखों में आंसू छलक आए। बड़ी कठिनाई से उसने हल्के से हां के इशारे पर सिर हिला दिया। जब दिल का दर्द बर्दाश्त से बाहर हो गया तो उसने एलबम का अगला पृष्ठ पलट दिया। सामने दूसरी तस्वीर उपस्थित थी।

‘‘यह मैं अपने डैडी-मम्मी के साथ हूं–’’ दीपा ने कहा।

दीपक ने गौर से देखा: दीपा वही थी–उसकी दीप्ति–बचपन की प्यारी-सी दीप्ति, परन्तु यह उसके डैडी-मम्मी जाने कौन लोग थे। दीपक रामगढ़ गांव के संसार में खो गया। रामगढ़ की सारी दुर्घटना उसकी आंखों के सामने थिरक आई। दीप्ति की वह सारी बातें–पगडंडियां, झाड़-झंकाड़, नदी का किनारा, बरगद की छांव, उस पार की चट्टानें तथा करौंदे का इकट्ठा ही ढेर-ढेर-सा खाते रहना, उसे समझते देर न लगी कि उसकी दीप्ति जीवित हैं–दीप्ति यही है, दीपा। उस भयानक बाढ़ के बाद अवश्य ही दीप्ति भटक गई होगी और फिर इसकी सुन्दरता से प्रभावित होकर इसे किसी अमीर घराने ने गोद ले लिया होगा।

‘‘और...’’ दीपा ने उसे खोया हुआ देखकर स्वयं ही हाथ बढ़ाकर अगला पृष्ठ पलट दिया। ‘‘यह मैं हूं–इस आयु में। पीछे जो कार खड़ी है न, यह कार मेरे ही लिए विशेषकर डैडी

ने विदेश से मंगवाई है। इसके अतिरिक्त मम्मी की कार अलग है और डैडी की कार अलग। अपनी कार तो मैं किसी को छूने भी नहीं देती।''

दीपक ने एक गहरी सांस ली। दिल पर कांटे चुभ रहे थे।

दीपा ने फिर पृष्ठ पलटा।

''यह हमारी कोठी है,'' दीपा बोली, ''पूनम विलास नाम है इसका। इसमें आप हम सबकी ही कारें देख सकते हैं। हमारे भवन के पीछे एक झील है। झील के किनारे पाम और अशोक के वृक्षों के अतिरिक्त एक वृक्ष बरगद का भी है। क्रमशः जब मैं अपने कमरे से पीछे डूबते हुए सूरज को देखती हूं तो जाने क्यों बहुत देर तक खो जाती हूं। बचपन से ही मेरी ऐसी आदत है।'' फिर दीपा उसकी ओर पलटी, ''खिड़की बन्द कर दीजिए न, वर्षा से भीग जाइएगा।''

दीपक ने उसकी नजर बचाते हुए मुखड़ा फेरा और खिड़की बन्द कर दी। अपनी सिसकियों पर काबू पाना उसके लिए कठिन हो रहा था।

दीपा ने फिर पृष्ठ पलटा।

''यह मेरे वह हैं–प्रकाश।'' दीपा गर्व से बोली, ''हैं न सुन्दर ? यह तस्वीर उन्होंने जर्मनी में खिंचवाई थी। इसके बाद जो तस्वीर आप देखिएगा वह हमारी मंगनी की है। इस तस्वीर में इनकी आंखों में कितना अधिक तेज है। है न ?''

दीपक के हृदय पर अंगारे लोट गए। जलन बर्दाश्त नहीं हो सकी तो आंखों से आंसू निकलकर इसे बुझाने पर उतारू हो गए।

परन्तु दीपा उसके मन की तड़प से अज्ञात अपने ही आने वाले सपनों के झूले झूल रही थी। उसने हाथ बढ़ाकर अगला पृष्ठ पलटना चाहा। ''और...'' कहना चाहा उसने। परंतु तभी

दीपक के गर्म-गर्म आंसू पलकों से विदा होकर उसकी गर्म नाजुक कलाई पर टपक गए। दीपा की आवाज वहीं घुट गई। चौंककर उसने दीपक की आंखों में झांका।

''अरे ! आप रो रहे हैं ?'' घबराकर पूछा उसने, ''आपकी आंखों में आंसू क्यों हैं। क्या बात है दीपक बाबू ? मुझसे कोई अपराध हो गया ?''

परन्तु दीपक ने कोई उत्तर नहीं दिया। होंठ कांपने लगे तो उसने एलबम बन्द कर दिया। स्टेयरिंग पर अपने हाथों को समेटकर मोड़ लिया और माथा टेककर सिसक पड़ा। बच्चों के समान फूट-फूटकर रो पड़ा वह।

''दीपक बाबू।'' दीपा से न रहा गया, ''यह क्या कर रहे हैं, आप ? बताइए न...प्लीज...आखिर ऐसी क्या बात अचानक ही आ खड़ी हुई जो आप इस प्रकार रो रहे हैं ?''

परन्तु दीपक ने तब भी उत्तर नहीं दिया। केवल रोता ही रहा–तड़पता ही रहा–सिसकता ही रहा।

''उफ्फ !'' इस बार दीपा ने उसका कन्धा पकड़कर झिंझोड़ दिया, ''दीपक बाबू, यह सब क्या है ? देखिए, आपको देखकर मेरा मन भी फटा जा रहा है। आखिर, बताइए न क्या बात है ?'' दीपा का दिल वास्तव में कुछ न जानते हुए भी दर्द से तड़पने लगा था।

दीपक तब भी कुछ नहीं बोला। सिसकियों पर काबू पा लिया उसने परन्तु मुखड़ा स्टेयरिंग पर से ऊपर नहीं उठाया।

''आपको मेरी सौगन्ध।'' दीपा सिसक पड़ी। उसकी आंखें भर आईं।

दीपक ने मुखड़ा ऊपर उठाया। दीपा की आंखों में बहुत प्यार से झांका–बहुत गहरी दृष्टि से। उफ्फ ! कितना अधिक दर्द था उसकी आंखों में ! दीपक का दिल फट गया। उसने चाहा कि दृष्टि झुका ले, परन्तु वह जैसे उसकी आंखों की पुतलियों पर चिपककर रह गयी थी।

और दीपक सोच रहा था–बहुत दूर की बातें। क्या वह दीपा को उसका बचपन याद दिला दे ? उसे बता दे कि उसका उससे एक ऐसा बन्धन है जिसे समाज भी नहीं तोड़ सकता ? वह उसकी मंगेतर है– दीप्ति है–बचपन की वही गंवार दीप्ति जो कभी उसको देखे बिना एक पल भी नहीं रह सकती थी ? दीप्ति–दीपा–उनका मन चाहा वह दीप्ति को यहां से लेकर कहीं और भाग जाए–कहीं और चला जाए–इतना दूर कि कोई उन्हें ढूंढकर भी नहीं पा सके। दीपा पर तो केवल उसका अधिकार है–पूरा अधिकार। परन्तु...परन्तु तभी वह चौंक पड़ा। उसने धैर्य से काम लिया। दिल पर काबू किया और अपने प्रेम को परखा–अपनी तपस्या पर गौर किया। वह दीप्ति, जिसकी आत्मा की शान्ति के लिए उसने इच्छाएं मार दी थीं, जिसके पवित्र प्यार की खातिर उसने अपना सबकुछ निछावर कर रखा है, जिसके पवित्र नाम की खातिर उसने अपने अरमानों का बड़ा बलिदान भी दिया है, क्या अब उसी दीप्ति को अपने और केवल अपने स्वार्थ के लिए वह सदा-सदा के लिए बर्बाद करके रख दे ? क्या वह अपनी खुशी, अपनी थोड़ी-सी बची हुई जिन्दगी के लिए इस मासूम का सारा सुख-चैन छीन ले ? क्या यह अपनी तमाम आयु में भी दीप्ति को वह सुख और आराम दे सकता है जो इसका होने वाला पति एक-एक पल में इसके कदमों तले बिछाता रहेगा ? सहसा बहुत तेज बिजली कड़की–बादल गरजा। धमाका इतना तेज था कि कार का शरीर कांप गया। चट्टानें हिल गईं। कई बड़े पत्थरों के टुकड़े ऊपर से लुढ़ककर दूर तक घाटियों की गहराई में अपनी आवाज के साथ गुम होते चले गए। दीपा भी कांप गई। घबराकर वह दीपक की छाती से लिपट गई। दीपक के तन में हजारों शोले भड़क उठे। परन्तु इन्हें अपने आंसुओं से बुझा दिया। दीपा को अलग किया और सोचा, नहीं-नहीं, ऐसा नहीं हो सकता। ऐसा कभी नहीं हो सकता। अपने स्वार्थ के लिए वह दीपा का जीवन कभी नष्ट नहीं करेगा। उसकी खुशी के लिए तो वह अपनी जान भी दे देगा। उसने अपने मन को ढांढस दी, यह तो दीपा है, नई दीपा। दीप्ति–उसकी अपनी दीप्ति तो कभी की मर चुकी हैं। अपने मन को धोखा देकर अपनी दीप्ति की याद में ही जीवन बिता देने में अब उसकी भलाई है–उसके सच्चे प्यार का प्रमाण है–उसकी तपस्या का उचित तथा मीठा फल है।

आंखों में आंसू होने के पश्चात् भी वह मुस्कुरा दिया। फिर सामने देखकर उसने कार स्टार्ट की और पहियों को चढ़ाई पर छोड़ दिया।

और दीप्ति देखती रह गई। तड़पकर रह गई वह जैसे इस भेद को अपनी सौगन्ध देकर भी न जान सकने पर उससे कोई पाप हो गया है।

‘‘आपने मेरे प्रश्न का उत्तर नहीं दिया ?’’ कुछ देर बाद उसने फिर पूछा।

‘‘क्या ?’’ बिना उसकी ओर देखे ही दीपक ने कार एक गहरे मोड़ की चढ़ाई पर घुमाते हुए कहा।

‘‘यही कि आप अभी अचानक ही यूं हंसते-खेलते एकाएक क्यों तड़पकर रो पड़े। आखिर ऐसा क्या भेद है ?’’ दीपा ने जोर देकर कहा, ‘‘कहीं मेरे जीवन से तो इसका सम्बन्ध नहीं है ?’’

‘‘नहीं-नहीं दीपा जी–’’ दीपक झट बोला, ‘‘ऐसी बात नहीं–ऐसी कोई भी बात नहीं। यह तो मेरा निजी मामला है ?’’

‘‘मैं जान सकती हूं कुछ इसके बारे में ?’’ दीपा ने उसका पिण्ड आसानी से छोड़ना उचित नहीं समझा।

‘‘आवश्यकता पड़ी तो अवश्य बता दूंगा–परन्तु अभी नहीं–’’ दीपक ने कहा। आंखों में बढ़ते आंसुओं को उसने इस बार छिपा लिया।

दीपा कुछ नहीं बोली। समझ गई कि दीपक के दिल में कोई जहरीला कांटा है जो उसे गड़ रहा है। इस कांटे को निकालने का अधिकार शायद किसी और को है। दुबारा उसने दीपक से कुछ नहीं पूछा।

बिजली चमकती रही। बादल गरजते रहे। वर्षा तेज होती ही गई। और दोनों खामोश– कार की मलगजी रोशनी में एक-दूसरे के समीप बैठकर भी विचारों में एक-दूसरे से कोसों दूर

थे। इसी समां में कार ने झिलमिलाते प्रकाश के साथ मजबूरी की विशेष सीमा में प्रवेश किया। बहुत सावधानी से मोड़ को काटते हुए दीपक कार को सूरज के बंगले के अंदर लॉन में बरामदे तक ले गया। प्रकाश जगमगा रहा था।

नौकर ने दौड़कर गेट खोला तो वर्षा की दीवार उन्होंने लपककर पार की।

''डॉक्टर हैं घर में ?'' दीपक ने पूछा।

''क्वालिटी में डिनर पर गई हैं।'' नौकर बोला, ''फोन आया था कि रात ग्यारह बजे के पहले नहीं आ सकेंगी।''

उसने घड़ी देखी। नौकर को देखा तो वह दूसरे नौकरों के साथ सामान उतरवाने में जुट गया। उसने दीपा को देखा।

''आईए अन्दर चलिए।'' बोला वह।

दीपा कुछ न बोली। बच्चों के समान उससे नाराज थी। एक बार उसकी ओर देखकर वह अंदर चली गई।

सूरज ने दीपा के लिए पहले ही एक अलग कमरे में रहने का प्रबंध कर दिया था। दीपक ने सारा सामान रखवाया। दीपा ने फिर एक सूटकेस खोला, टॉवल निकाला, कुछ कपड़े निकाले और बाथरूम की ओर चली गई, बिना उसकी ओर देखे। उसके जाते ही दीपक ने अपने हाथों से उसके सारे सूटकेस एक ओर ठीक से रखे, बैडिंग खोला, बिस्तरा बाहर निकाला। पलंग पर बिछाया, सफेद चादर बिछाई, तकिया रखा। तकिया के रेशमी गिलाफ पर कढ़ा था ''स्वीट ड्रीम''। एक पल के लिए वह मुस्कुराया, फीकी व बेजान मुस्कुराहट थी। उसने लिहाफ उठाया। रेशम जैसा लिहाफ, नर्म, गुदगुदा। दीपा के कोमल शरीर के लिए तो यह भी सख्त है। परन्तु फिर उसने इसे ठीक से तह करके पायताने रख दिया। झुककर बहुत प्यार से उसने इस पर हाथ फेरा मानों यह दीपा का कोमल तथा नर्म शरीर है, प्यारा-प्यारा। उसने होलडोल के किनारे से दीपा की जूतियां भी निकालीं–दो जोड़ा कीमती जूतियां, एक

उसके तलुओं के समान सफेद, दूसरी उसकी लटों के समान काली, प्यारी-प्यारी जूतियां। दोनों हाथों में लेकर उसने इन्हें गौर से देखा। दिल में एक मीठा-सा दर्द उठा। जज़्बात से बेकाबू होकर उसने इन जूतियों को चूम लिया–कई-कई बार, कई-कई स्थानों पर जहां दीपा के कदमों की प्यारी-प्यारी उंगलियां छूती थीं, तलवे लगते थे, गोल नर्म-सी एड़ियां लगती थीं। चूमने के बाद उसने अपने निचले होंठ को दांतों से काटा मानों दिल में उठते दर्द को सहन करने का प्रयत्न कर रहा हो। फिर भी उसकी आंखों में आंसू आ गए। जूतियों को उसने आंखों की पलकों पर रख लिया। फिर वहीं फर्श पर घुटनों के बल बैठ गया वह। जेब से रूमाल निकाला और बहुत प्यार से इन्हें पोंछने लगा, बहुत हल्के-हल्के, मानो दीपा के छोटे-छोटे यह कदम हों। वह बहक चला था। अपने मन को उसने सच्चे प्यार का वास्ता देकर झटका दिया और खड़ा हो गया। पलटा–मगर तभी चौंक पड़ा। दरवाजे पर दीपा खड़ी थी। उसकी एक-एक बात को वह बहुत गौर से देख रही थी। दीपक मन-ही-मन लज्जित हुआ मानो उसकी चोरी पकड़ी गई हो, या फिर दीपा ने उसके मन के भेद की एक कड़ी थाम ली हो। सिर झुकाए वह आगे बढ़ा–चुपचाप एक अपराधी के समान–और दीपा के समीप से गुजर कर वह दरवाजे के बाहर निकल गया। दीपा ने पलटकर उसे जाते हुए देखा। लॉन पार करते हुए देखा। वर्षा अब भी हो रही थी। उसने भीगती हुई उसकी छाया को गेट के बाहर निकलते हुए भी देखा। उसके पग कुछ तेजी से उठ रहे थे। एक बार भी उसने पलटकर उसकी ओर नहीं देखा।

‘‘बीबीजी।’’ सहसा गोपाल ने आकर पूछा–‘‘खाना लगा दूं ?’’

‘‘खाना ?’’ वह विचारों से जागी।

‘‘जी। मेमशाब ने कहा था वह देर से आएंगी इसलिए आप दोनों को खाना खिला दूं।’’

‘‘वह तो चले गए।’’ दीपा कमरे के अन्दर आई, ‘‘तुम केवल मेरा ही खाना लगाओ।’’

नौकर चला गया तो उसने टॉवल को अलग टांगा। दर्पण के सामने आई। अपनी लम्बी लटों को खोला जिनकी उसने मुंह धोते समय यूं ही नाग के समान लपेटकर सिर पर कुण्डली-सी बैठा ली था। दर्पण की चमक में अन्धकार छा गया। मुंह पर आए बालों को उसने उंगलियों

से संवार कर पीछे धकेला। फिर पलंग की ओर मुड़ी। गौर से उसने अपने सजे-सजाये बिस्तर को देखा–तकिया, चादर, लिहाफ, पलंग के नीचे दो जोड़ा जूतियां। वह देखती ही रही–बहुत देर तक, और जाने क्या सोचती रही।

***

''दीपक के बारे में तुम्हारा क्या विचार है ?'' सूरज ने सुबह नाश्ते के समय टोस्ट का टुकड़ा मुंह में डालते हुए पूछा।

''किस बारे में ?'' दीपा चौंक पड़ी। हाथ में चाय की प्याली डगमगा गई।

''मेरा मतलब देहरादून से लेकर यहां तक की यात्रा में आखिर कुछ तो तुम दोनों में बातें हुई होंगी ?'' सूरज ने कहा, ''वैसे मैं जानती हूं कि तुम भी बहुत खामोश तबियत हो और वह भी। फिर सफर का आनन्द ही क्या रहा होगा।''

''बातें तो हममें काफी हुईं–'' दीपा कौर को मुंह में डालती हुई बोली–''परन्तु वह तो कुछ विचित्र ही तबियत का आदमी है।''

''हां।'' सूरज एक पल खोकर बोली, ''बहुत दुःखी मनुष्य है।''

''हां।''

''कुछ बताया था उसने अपने बारे में ?'' सूरज ने पूछा।

''हां, बहुत सारी बातें–कि वह शादी-शुदा था–पत्नी का देहान्त हो गया। परन्तु...'' दीपा एक पल को सोच में डूब गई। ''आश्चर्य की बात तो यह है कि मुझे ही कहने लगा कि मेरी सूरत जानी-पहचानी है। मुझे कहीं देखा है।''

''हो सकता है।'' सूरज बोली, ''इसमें कौन-सी बड़ी बात हुई ?''

''यह तो यह, उसकी पत्नी का नाम भी दीप्ति था। मालूम है ?''

''अच्छा !'' सूरज चौंक-सी पड़ी।

और शाम ढल गई   86

''हां।'' दीपा बोली, ''मेरी एलबम देखी तो देखते- देखते बच्चों के समान रोने लगा।

सूरज कुछ चिंतित हुई। दिल को एक ठेस लगी। गौर से उसने दीपा को देखा।

''जाने क्या भेद है उसके मन में जो वह बताता ही नहीं।''

दीपा ने सोचते हुए कहा–''पूछा, गिड़गिड़ाई, अपनी सौगंध भी दी परंतु उसने जबान तक न खोली।''

सूरज काफी देर तक चिंतित रही परन्तु किसी निश्चय पर वह नहीं पहुंच सकी। जल्दी-जल्दी उसने नाश्ता समाप्त किया और दीपा के साथ उठ खड़ी हुई।

''मैं अस्पताल चल रही हूं।'' कलाई पर बंधी घड़ी देखकर बोली, ''तू इत्मीनान से आना। फिर तुझे अपना अस्पताल दिखाऊंगी।''

दीपा ने स्वीकृति दे दी तो वह चली गई। दीपा सोच रही थी, आज सूरज की आंखों में वह करुणा-सी क्यों है जो कभी उसने उसमें नहीं देखी थी। मुखड़े पर एक विचित्र ही ताजगी थी, होंठों पर कभी न मिटने वाली मुस्कुराहट।

धूप अभी चटकी भी नहीं थी। फिर भी वह लॉन में बैठी बहुत देर तक पुस्तकें देखती रही–मैगजीन पलटती रही। वह सूरज के बारे में भी सोच रही थी और दीपक के बारे में भी। मसूरी की सुबह इतनी सुन्दर थी, फिर भी उसने स्वयं को बिल्कुल अकेला प्रतीत किया।

लगभग नौ बजे दीपा तैयार होकर अस्पताल पहुंची। सूरज ने बहुत व्यस्त होने के पश्चात भी हर पल उसे अपने समीप ही लगाए रखा। अस्पताल दिखाया। डॉक्टर वर्मा से भेंट कराई। दीपा ने हर पल प्रतीत किया कि सूरज की आंखें किसी की प्रतीक्षा कर रही हैं। कई बार उसने सुना भी कि वह नौकरों से कह देती थी कि यदि कोई उसे पूछे तो कह देना कि वह फलां जगह है। सूरज की हर बात बदली-बदली थी, बात करने का ढंग, हंसने का ढंग तथा उससे मजाक करने का ढंग भी। पहली जैसी लापरवाह या पत्थर की एक वैज्ञानिक लड़की ही केवल अब वह बिल्कुल नहीं थी।

दिन ढला–फिर शाम भी हो गई। दीपा ने तब भी सूरज की आंखों में प्रतीक्षा ही पाई–निराश-सी वह बाहर की ओर देख लेती थी और जब काफी देर बाद भी उसकी आशा पूरी नहीं हुई तो दीपा को लेकर वह सड़क पर निकल आई। सीधी वह दीपक के घर पहुंची। परन्तु उसे वहां भी सख्त निराशा मिली। बाहर ताला लगा हुआ था।

''किसका घर है यह ?'' सहसा सीढ़ियां उतरते समय दीपा ने पूछा।

''दीपक का।''

''ओह !'' और तब दीपा ने सूरज को बहुत गहरी दृष्टि से परखा। सोचा–क्या यह वही लड़की है, वही सूरज है जिसने प्यार को दिमाग का एक खलल समझ रखा था, एक बीमारी, एक कमजोरी समझ रखा था ?

सूरज ने दीपा को गम्भीर पाया तो जैसे सब कुछ समझते हुए भी उसने इशारों से ही अपनी हार स्वीकृत कर ली। लाज की मारी मुस्कुराई वह और फिर गली पार करके वे सड़क पर हो लिए।

शहर दूर था, परन्तु मसूरी से मीलों पैदल चलकर भी कुछ पता नहीं चलता था। सूरज ने दीपा को लिए कुलरी में प्रवेश किया। मसूरी का शोर-गुल, लोगों की भीड़-भाड़–घाटियों से उठता बादल इसी ओर बढ़ रहा था, किन्तु फिर भी रौनक जारी थी। दुकानों में लगे बिजली के बल्ब तारों के समान जगमगा रहे थे। चढ़ाई पार करके वे माल रोड पहुंचीं। ऐसा लगता था जैसे सारा मसूरी यहीं एकत्रित है। दीपा को यह स्थान बहुत सुन्दर लगा। मन को यहां की सुन्दरता भा गई। रंग- बिरंगे वस्त्र, हर छोटी-बड़ी आयु के नर-नारी भी जवान थे। पहाड़ी इलाके की सुन्दरता शायद होती ही इसलिए है कि वहां बूढ़े भी पहुंचकर यौवन पर आ जाएं। वे दोनों यूं ही, बेमकसद टहलती रहीं, हर चप्पे को जैसे आज ही देख लेना चाहती थीं। सूरज की आंखें अब तक हर स्थान पर दीपक को तलाश कर रही थीं। मसूरी में रहने वाला आखिर इन स्थानों के अतिरिक्त शाम को जा भी कहां सकता था।

काफी समय बीत गया। दीपा और सूरज दोनों ही टहलते-टहलते थक गईं तो वापस माल रोड पर आकर पत्थर की एक बैंच पर बैठ गईं। समय काटने के लिए मसूरी का कोई भी दृश्य बहुत है। लगभग दस बजने लगे तो नीचे से उठते बादलों में झाग छा गया। अचानक ही वर्षा आरम्भ हो गई तो सूरज, दीपा को लिए क्वालिटी में चली गई। उस रात उन्होंने वहीं डिनर किया। खाते समय खूब बातें हुईं–अपनी बातें– दूसरों की बातें–कॉलेज के समय की बातें–पढ़ाई और खेल-कूद की बातें–अपनी तथा दूसरों के प्रेम की बातें।

''यह दीपक साहब करते क्या हैं ?'' दीपा ने पूछा।

''ट्यूशन करते हैं।'' सूरज मुस्कुराकर नई-नवेली दुल्हन के समान बोली–''वैसे कहानीकार भी हैं।''

''अच्छा !''

''हूं।''

''तब तो तुमने अवश्य ही कहानियां पढ़ना आरम्भ कर दिया होगा ?''

''कहानी का मुझे शौक नहीं।'' सूरज बोली–''परन्तु इनकी कहानियां अब अवश्य पढ़ूंगी। अभी तक पढ़ने का अवसर मिला नहीं। अभी तीन ही दिन तो मुलाकात को हुए हैं।''

''अच्छा !'' दीपा मुस्कुराई–''तो यह अभी केवल तीन ही दिन का भाव है। प्रेम करने वालों का बहुत मजाक उड़ाया करती थी, परन्तु अब देखना, आगे-आगे होता है क्या ?''

सूरज ने दीपा की चुटकी ली तो मुंह से उसके ''सी'' निकल गई। आजकल वह एक बहुत बड़ा उपन्यास लिख रहे हैं।'' सूरज फिर बोली–''इसे शीघ्र ही पूरा करके वह सफलता की चोटी प्राप्त कर लेना चाहते हैं। एक बहुत बड़ा प्रकाशक उनका यह उपन्यास कई भाषाओं में छापना चाहता है।''

''अच्छा !''

''हां और क्या ?'' सूरज ने यूं गर्व किया जैसे वह स्वयं ही कला में सफलता प्राप्त करने वाली थी।

दीपा ने प्रतीत किया, दीपक की यह सफलता वास्तव में सूरज की ही वास्तविक प्रसन्नता प्रमाणित होगी। मुस्कुराकर रह गई वह।

लगभग ग्यारह बजे जब वे डिनर समाप्त करके बाहर निकलीं तो वर्षा थम चुकी थी। आकाश में तारे झांक रहे थे। और बदली की ओट में चन्द्रमा अपनी माधुरी से आंख-मिचैनी खेल रहा था। मौसम खुलकर साफ हो चला था, परन्तु हवाओं में अब तक भीगापन था। वे पैदल ही लौट पड़ीं। मसूरी में घूमने के लिए रात्रि से अच्छा समय नहीं–और जितना भी घूमा जाए, मन नहीं भरता। कुछ पग चढ़ती सड़क पर चलकर वे सड़क के किनारे खड़ी हो गईं। दूर देहरादून की चमकती रौशनी यूं प्रकट हो रही थी मानो आकाश के तारे घाटियों में उतरकर आंख-मिचैनी खेल रहे हैं। दीपा को यह दृश्य बहुत ही अधिक प्रिय लगा। मसूरी की यही विशेषता वह कई बार सुन भी चुकी थी और आज देखने को मिली तो उसका मन किया कि वह बैठ जाए–वहीं पत्थर की बेंच पर। परन्तु वहां पहले ही कोई बैठा हुआ था–अकेला– भीगा हुआ–तन भीगा–वस्त्र भीगे और बैंच भी भीगी। जाने कौन दीवाना था ? कोट के कालर को खींचकर यूं ऊपर उठा लिया था कि पीछे से उसको पहचानना भी कठिन था।

सहसा सूरज बैंच के पीछे–बिल्कुल समीप आई। बहुत गौर से उसने इस दीवाने को देखा। फिर चलकर उसके सामने आई। झुककर उसने मुखड़े को झांका और तभी चौंक पड़ी वह।

''दीपक बाबू।'' उसने धीरे से पुकारा।

और तभी दीपक चौंक पड़ा। झट उठकर खड़ा हो गया।

''अरे ! आप !!'' बोला वह। जबर्दस्ती उसने मुस्कुराने का प्रयत्न किया। परन्तु आंखों में भरी आंसुओं की बूंदे इस प्रकार चमक उठीं मानो समीप की घाटी में दो सितारे आगे बढ़ आए हों।

सूरज तड़प कर रह गई। सूरज को देखने के बाद जब दीपक ने दीपा पर भी दृष्टि डाली तो वह भी लगभग कांप गई।

''यहां–इतनी रात में आप भीगे बैठे हैं–।'' सूरज ने प्यार से डांटा–''यह भी कोई बात है ? यदि आपको बुखार चढ़ जाए तो ?''

दीपक एक फीकी हंसी हंसकर रह गया।

''आइए चलिए–मेरे घर चलिए।'' सूरज ने उसका हाथ पकड़ना चाहा, परन्तु तभी कुछ सोचकर सब्र कर लिया।

दीपक सिर झुकाए उसके साथ हो लिया। दीपक के दूसरी ओर दीपा भी चल रही थी– बहुत खामोश, दिल में अशांत लहरें लिए हुए।

बंगले में प्रवेश करते ही दीपक ने अपने घर में जाने की आज्ञा चाही परन्तु सूरज उसे अन्दर तक खींच ले गई। ड्रेसिंग-रूम से एक टॉवल निकालकर उसकी ओर बढ़ाती हुई बोली–''लीजिए, सिर को अच्छी तरह पोंछ लीजिए–मैं पहनने के कपड़े लेकर आ रही हूं। टेबलेट देती हूं, दूध के साथ पी लीजिए।''

''नहीं सूरज देवी।'' दीपक एकदम से बोला–''मुझे अपने घर ही जाने दीजिए।'' बड़े लोगों का यह नाजुकपन मुझ गरीब पर शोभा नहीं देता। आपकी इतनी ही सहानुभूति के लिए मैं बहुत-बहुत आभारी हूं।''

''दीपक बाबू।'' सूरज ने कहना चाहा।

''सूरज देवी–।'' दीपक चलते-चलते फिर ठहर गया–''मेरे दिल में एक आग सुलग रही है। मेरा सारा शरीर इसमें झुलस रहा है। इसी कारण मैं वर्षा में भीगता रहा कि शायद मन को कुछ ठंडक, कुछ शांति मिले। परन्तु यह दिल के शोले भी विचित्र हैं, जितना पानी के छींटे मारता हूं, उतना यह भड़क उठते हैं, मुझे जाने दीजिए सूरज देवी, मुझे जाने दीजिए–मैं आपके हाथ जोड़ता हूं।'' दीपक की आंखें भर आईं। वह तेजी के साथ कमरे से बाहर निकल

गया। अचानक ही उसे खांसी का दौरा पड़ा। परन्तु वह खांसी की आवाज के साथ ही वर्षा में गुम हो गया। सूरज देखती ही रह गई–दीपा भी देखती ही रह गई। ऐसी कौन-सी हवा एकाएक ही चली जो उसके दिल की आग भड़क उठी थी ?

एक पल सोचने के बाद सूरज ने नौकर को तुरन्त ही दूध गरम करके थरमस में भरने को कहा। कुछ टेबलेट्स उसने निकालकर कागज में लपेटीं। फिर दीपा के समीप आई।

''तुम कपड़े बदलो–मैं बस अभी आई।'' बोली वह।

''कहां चल दी इतनी रात में ?''

''उन्हें जरा यह टेबलेट्स और दूध देकर आती हूं।'' चिन्तित-सी बोली सूरज–''इस कदर जिद्दी हैं कि किसी की कुछ सुनते ही नहीं। अपनी फिक्र ही नहीं करते। सोचते नहीं कि उनकी लापरवाही से दूसरे को भी हानि हो सकती है।''

दीपा सोचती ही रह गई। सूरज दिन पर दिन बदलती जा रही है। पत्थर पहले मोम बना और अब पानी। मुस्कुराकर रह गई वह। परन्तु जाने क्यों मन में अकारण ही एक टीस-सी उठी। दिल में जलन-सी उत्पन्न हुई–एक ऐसी जलन जो एक नारी की दूसरी नारी से प्रायः होती रहती है, स्वाभाविक तौर पर, कभी-कभी अकारण ही।

सूरज के जाते ही दीपा ने अपने कपड़े बदले। फिर कुछ पल के लिए वह बाहर बरामदे में निकल आई। भीगी-भीगी हवा में फूलों की सुगन्ध भी सम्मिलित थी। कुछ देर बाद वह टहलती रही...नजरें ऊपर किए, जहां दीपक के घर की खिड़की की दरारों तथा रौशनदान से प्रकाश झलक रहा था। एक बार उसका मन हुआ कि वह भी उसके घर जाए। देखे कि दीपक कैसे रहता है ? क्या करता रहता है ? उसके समीप रहकर बात करने की इच्छा भी उसमें बढ़ती ही जा रही थी। परन्तु फिर उसने अपने भटके हुए विचारों को झटक दिया। वह तो अपना पथ पहले ही थाम चुकी है। उसका भविष्य नियुक्त हो चुका है। पराए मर्द के बारे में तो अब सोचना भी उसके लिए पाप है–महापाप, जिसे भारत की सभ्यता कभी माफ नहीं

करेगी। मन पर काबू पाकर वह अन्दर चली आई। अपने कमरे में पलंग की ओर बढ़ी। परन्तु दीपक का विचार उसके साथ छाया के समान लगा हुआ था। मन की भावनाओं ने उसे बाध्य किया तो उसने लिहाफ पर हाथ फेरा, बिल्कुल दीपक के अन्दाज समान, मानो अपने ही शरीर पर वह अंगुलियां चला रही हो। कुछ पल बाद वह पलंग पर लेट गई। लिहाफ को छाती तक खींच लिया और आंखें खोले ऊपर छत की ओर टुकुर-टुकुर ताकने लगी।

दीपक का विचार उसकी लाज की सारी सीमाएं तोड़कर मन के अन्दर प्रवेश कर जाता था। हाथ बढ़ाकर उसने प्रकाश बुझा दिया।

सहसा, काफी देर बाद किसी ने लाइट ऑन की तो वह उठ बैठी।

‘‘अरे दीपा !’’ सूरज सामने खड़ी थी–‘‘तू अभी तक जाग रही है ?’’

‘‘तूने ही तो कहा था कि अभी आती हूं।’’ दीपा ने अपने पैरों को ऊपर समेटा।

‘‘ओह ! सूरज उसके समीप बैठती हुई बोली, ‘‘क्षमा करना दीपा, बहुत चाहा कि तुरन्त ही लौट आऊं परन्तु...।’’ सूरज स्वयं ही चुप हो गई।

‘‘तो क्या हुआ ?’’ दीपा ने उसे ढांढस दी–‘‘अधिक समय थोड़े ही हुआ है। यह कम है कि मेरी प्रिय सहेली के दिल में भी नन्हा-सा प्यार का एक पौधा जड़ पकड़कर खिल उठा है ?’’

‘‘ओह दीपा–!’’ सूरज शोखी से उससे लिपट गई, ‘‘तू नहीं जानती वह कितने अच्छे हैं, कितने सुन्दर, बिल्कुल ही अनोखे, संसार के सारे ही पुरुषों से अलग।’’

‘‘अच्छा !’’ दीपा मुस्कुरा दी। वह जानती थी कि सभी प्रेमिकाएं अपने प्रेमी के लिए ऐसा ही विश्वास रखती हैं।

‘‘हां !’’

दीपा खामोश रही।

''तुझे मालूम है, वह घर जाकर यूं ही भीगे कपड़ों में लेट गए थे ?'' सूरज ने फिर कहा।

''अच्छा !''

''हां !'' सूरज बोली, ''बड़ी कठिनाई से उन्होंने कपड़े बदले, सिर पोंछा, फिर अब जाकर टेबलेट ली और दूध पिया तो मेरी चिन्ता दूर हुई। कुछ समझ में नहीं आता कि वह अचानक ही इस प्रकार क्यों बदल गए ?''

दीपा चुप रही, परन्तु उसका मन कह रहा था कि अवश्य ही दीपक की इस बर्बादी का सम्बन्ध उसकी ही किसी मजबूरी से है। दीपक की खाली-खाली आंखें, आह भरते होंठ, उदास मुखड़ा उसके सामने आकर उपस्थित हो गया।

''क्या-क्या बातें हुईं ?'' उसने चिन्तित होकर पूछा।

''कोई विशेष बात नहीं।'' सूरज दीपा की अंगुलियां अपने हाथ में थामे बोली–''हां, तेरे बारे में पूछ रहे थे ?''

''क्या ?'' दीपा का मन धड़का।

''कब शादी हो रही है ? कब तक यहां रहेगी ? बहुत अच्छी लड़की है वह। वगैरह-वगैरह।'' सूरज ने बात समाप्त की।

वगैरह-वगैरह ? दीपा ने सोचा। मन चाहा कि पूछे इन वगैरह-वगैरह में भी क्या था, परन्तु साहस नहीं कर सकी। सूरज नारी थी और नारी के दिल पर तो संदेह की एक फांस भी चुभ जाए तो अमिट छाप बन जाती है। खामोशी पर ही उसने संतोष कर लिया।

''राकेश नहीं आया अब तक ?'' सूरज ने कुछ पल बाद पूछा।

''न–।'' दीपा बोली–''अच्छा ही है जो अभी नहीं आया वह वरना हमारी भेंट कौन कराता ?''

परन्तु सूरज मुस्कुरा न सकी। किस प्रकार उसे बताती कि उसका भाई उस स्तर से भी नीचे गिर चुका है जो उसने दीपा को लन्दन में बताया था। निराश-सी वह उठी और अपने पलंग पर लेट गई।

दीपा ने नौकर से कहकर सूरज का पलंग अपने ही कमरे में लगवा लिया था।

सुबह जब सूरज की आंख खुली तो दीपा अब तक सपनों के संसार में मदहोश थी। उठकर वह बाहर आई तो नौकर ने बताया कि राकेश अब तक नहीं आया। ऊंह। उसने लापरवाही से सोचा। परन्तु फिर कर्तव्य ने दिल पर हल्की-सी थपकी दी तो उसे उसके लिए कुछ चिन्ता प्रतीत हुई। राकेश को उसके डैडी ने उसी की रक्षा में भेजा है। यदि उसे कुछ हो गया तो डैडी को क्या उत्तर देगी ? मम्मी तो उनकी जान ही खा जाएगी। जल्दी-जल्दी उसने मुंह-हाथ धोया, कपड़े बदले और दीपक के घर की ओर निकल पड़ी। बादल साफ थे, परन्तु हवाएं कहीं अधिक चुभ रही थीं। उसका ओवर कोट भी उन्हें रोकने में असमर्थ था।

सीढ़ियां तय करके वह दरवाजे के समीप पहुंची। दरारों से झांककर देखा। दीपक औंधा लेटा, हाथ में कलम लिए कुछ सोचने में लीन है। दरवाजे को उसने अन्दर धकेला तो वहां रखी कुर्सी अन्दर खिसक गई। पलड़े खुल गए। वह अन्दर प्रवेश कर गई। दीपक हड़बड़ाकर उठ बैठा।

सूरज ने उसे देखा। माथे पर प्यार की सिलवटें पड़ गई थीं।

''आप फिर लिखने बैठ गए ?'' उसके समीप आकर उसने कहा–''कई बार कहा है कि कुछ दिन आराम कर लें, परन्तु आप हैं कि अपनी जान देने पर तुले हैं।'' दीपक के हाथ से उसने कलम छीनकर एक ओर रख दिया। उसके समीप ही पलंग पर बैठ गई। उसका मस्तक छुआ–''बुखार तो अब भी है। रात में दूसरी टेबलेट ली थी ?''

और दीपक ने ''हां'' के इशारे पर सिर हिला दिया।

सूरज बहुत प्यार से उसके मस्तक के बाद कलाई की नस भी गिनती रही।

''मन करता है इस उपन्यास को फाड़कर फेंक दूं।'' कुछ देर बाद दीपक ने कहा।

''क्यों ?''

''इसकी कहानी से किसी के व्यक्तित्व को ठेस पहुंचेगी।''

‘‘यह तो बहुत बुरी बात होगी।’’ सूरज ने कहा–‘‘कोई भी लेखक यदि मेरी व्यक्तिगत बातों को उपन्यास के रूप में उछालकर मेरा नाम गिराएगा तो मैं स्वयं उसे कभी क्षमा नहीं कर सकती। किसी की मान- मर्यादा से इस प्रकार खेलना कोई अच्छी बात नहीं। किसके जीवन की कहानी पर आधारित है यह ?’’

‘‘है एक।’’ दीपक बोला–‘‘कलकत्ते के पीछे रामगढ़ गांव के नर-नारियों में से एक की कहानी है।’’

‘‘तो फिर आप इसके बजाय दूसरी ‘‘थीम’’ सोचिए जो इससे भी अच्छी हो।’’

‘‘वही तो सोच रहा था।’’

‘‘अभी नहीं।’’ सूरज बोली–‘‘पहले अपना स्वास्थ्य तो बना लीजिए। जान है तो जहान है।’’

दीपक मुस्कुरा दिया।

‘‘अरे हां।’’ सूरज को जैसे कुछ याद आया–‘‘मैं तो यह भूल ही गई कि राकेश के कारण आपके पास आई थी।’’

‘‘क्यों ? क्या हुआ राकेश को ?’’ दीपक ने पूछा।

‘‘परसों सुबह जब से आपके साथ गया है, अब तक नहीं लौटा।’’

‘‘अच्छा !’’

‘‘हां।’’ सूरज बोली–‘‘लगता है पूनम के साथ ही कहीं गया है।’’

‘‘हां, गया तो पूनम के साथ ही था।’’ दीपक ने कहा, ‘‘देहरादून में ही होगा अब तक।’’

‘‘क्यों ? क्या पूनम भी आपके साथ देहरादून गई थी ?’’

‘‘और क्या !’’ दीपक बोला–‘यदि तुम्हारा विचार नहीं होता तो मैं तो उनके व्यवहार पर रास्ते में ही उतर जाता।’’

सूरज खामोश हो गई। जानती थी कि राकेश है ही इस प्रकार का, कहती भी क्या ?

''मेरा कहना मानो तो राकेश की किसी भले घर में शादी कर दो।'' दीपक ने फिर कहा।

''राकेश अपनी इच्छा का मालिक है। वह शादी करेगा तो केवल पूनम से ही। मेरे और उसके बीच तो आज तक नहीं पटी।''

''क्यों ?''

''अपना-अपना घरेलू सम्बन्ध है।''

दीपक चुप हो गया। दूसरों के निजी मामलों में छानबीन करना भी उचित नहीं होता।

''पूनम में केवल एक ही गुण है।'' दीपक बोला–''वह सुन्दर बहुत है। परन्तु वस्त्रों का उपयोग तो अपने तन पर उसने इस प्रकार किया था कि उसका इन्हें न पहनना ही बराबर था।''

सूरज चुप रही।

''तुमने तो देखा होगा पूनम को ?''

''न–।'' सूरज बोली–''ऐसा अवसर ही नहीं प्राप्त हुआ। और यह अच्छा ही हुआ।''

''क्यों ?''

''वह राजन की भतीजी है।''

''क्या ?'' दीपक चौंक पड़ा।

''हां दीपक बाबू।'' सूरज बोली–''और मेरा नालायक भाई उस पर इतना अधिक मोहित है कि उसे पाने के लिए मेरा सौदा उसके चाचा तक से करने को तैयार है।''

''कौन, राजन से ?'' दीपक ने आश्चर्य से पूछा।

''हां।'' सूरज बहुत उदास होकर बोली–''उसी राजन से जिसने एक रात मेरी इज्जत लूटने का प्रयत्न किया था।''

‘‘तो क्या राकेश को मालूम है कि राजन ने तुम्हारी इज्जत...’’

‘‘उसे बताने से भी क्या लाभ ?’’ सूरज बोली–‘‘पूनम के प्यार का पर्दा उसकी आंखों पर यूं पड़ा है कि वह किसी भी अच्छाई और बुराई में अन्तर नहीं कर सकता।’’

‘‘परन्तु फिर भी वह तुम्हारा भाई ही तो है।’’

‘‘भाई ! ऊंह ! सूरज ने घृणा से होंठ काटे–‘‘मेरा उससे कोई सम्बन्ध नहीं। वह मेरा सौतेला भाई है, मेरा शत्रु है वह।’’

‘‘और फिर भी तुम उसके लिए चिन्तित हो ?’’

‘‘क्या करूं ?’’ सूरज बोली–‘‘यदि उसको कुछ हो गया तो मम्मी, डैडी की खबर लेंगे और डैडी मुझसे प्रश्न करेंगे। बात बढ़ेगी और इतना अधिक बढ़ेगी कि हम समाज में मुंह दिखाने योग्य भी नहीं रहेंगे।’’

दीपक चुप हो गया। गहरी सांस ली, जैसे मामले की तह तक वह पहुंच गया हो।

सहसा एक गरजती आवाज से कमरा गूंज गया।

दोनों ने चौंककर दृष्टि उठाई तो चौंक पड़े। राकेश सामने खड़ा था।

‘‘राकेश।’’ उसके मुंह से निकला। घबराकर उसने सूरज का हाथ छोड़ दिया।

सूरज भी कांपकर खड़ी हो गई।

‘‘दीपक बाबू !’’ राकेश झूमता हुआ आगे बढ़ा, इस प्रकार मानो रात भर का नशा अब भी उस पर सवार था। आंखें सुर्ख थीं मानो रात भर का जागा हो–‘‘याद है परसों मैंने क्या कहा था तुमसे ?’’

‘‘राकेश !’’ सूरज बीच में कूदी, ‘‘तमीज से बात करो। जानते नहीं तुम किससे बातें कर रहे हो ?’’

‘‘तुम किनारे हटो दीदी।’’ राकेश ने मुट्ठियों को भींचा तथा होंठों को काटा।

दीपक खड़ा हो गया–सतर्क। राकेश ने आगे बढ़कर उसका कालर पकड़ा। जोर से अपनी अंगुलियों में लपेटते हुए खींचा। दीपक का निर्बल शरीर ऊपर से नीचे तक हिल गया। फिर भी उसने बहुत सन्तोष से बायें हाथ द्वारा राकेश की कलाई पकड़ी ! जोर से दबाकर अपने कालर को छुड़ाया और नीचे को झुका दिया। राकेश के दिल में दीपक के हाथों की सख्ती का भय समा गया। दुबारा उसने हाथ उठाने का जरा भी साहस नहीं किया। उसने घूरकर सूरज को देखा। वह किनारे थरथरा रही थी। वह दीपक की ओर फिरा।

‘‘मैं तुम्हें अन्तिम बार चेतावनी दे रहा हूं।’’ राकेश जोश में आकर बोला, ‘‘दीदी के साथ तो क्या, यदि उनकी सहेली के साथ भी दिखाई पड़े तो...।’’

‘‘तुम अपनी बहन के उत्तरदायी हो, सारे संसार की लड़कियों के नहीं।’’ दीपक ने थोड़ी सख्ती के साथ कहा। जाने कहां से उसके शरीर में इतना साहस और बल उत्पन्न हो गया था ? वह कहता ही गया, ‘‘यह घर मेरा है, तुम्हारा नहीं और अब तुम यहां से तुरन्त निकल जाओ–‘‘गेट आउट, गेट आउट फ्राॅम हीयर–।’’

राकेश का साहस टूट गया। खिसियाकर रह गया वह। सूरज का उसने हाथ थामा और लगभग खींचते हुए बाहर ले गया। सीढ़ियां उतरते-उतरते वह लगभग गिरते-गिरते बची। रास्ते भर दोनों ने एक भी बात नहीं की। केवल तेजी के साथ पग उठाते रहे। सूरज मन-ही-मन एक आग में जलती रही। उसने तय कर लिया था कि घर पहुंचते ही वह राकेश को आड़े हाथों लेगी। उसका रक्त उबल रहा था। बर्दाश्त की भी एक सीमा होती है। अपने अधिकार के लिए राकेश तो क्या उसे संसार की भी कोई ताकत, बढ़ने से नहीं रोक सकती। भला इसकी क्या मजाल है ? यह राकेश उसका भाई तो केवल समाज की दृष्टि में है। क्या वह जानती नहीं कि उनका, उसके खानदान का एक बूंद रक्त भी इसके शरीर में नहीं है, कब तक वह इस भेद को छिपाये रखेगी ? आखिर कब तक ? कब तक अपने डैडी के आगे भी अनजान बनती रहेगी

कि वह अपने भाई की गहराई को नहीं जानती है ? सदा ही वह अपने घर की मान-मर्यादा स्थिर रखने पर झुकती चली आई थी, परन्तु आज, अभी तुरन्त ही वह हर बात का निर्णय करके रहेगी, चाहे इसकी कीमत उसे या उसके पिता या पूरे घर को ही समाज के समक्ष क्यों न अदा करनी पड़े।

परन्तु जब वह घर पहुंची तो उसके रक्त की उबाल और अधिक बढ़ गई। ड्राइंगरूम में बहुत निश्चिन्तता से राजन तथा एक सुन्दर लड़की विराजमान कॉफी की चुसकियां ले रहे थे।

''दीदी !'' अन्दर पहुंचते ही राकेश ने कहा, ''यह पूनम है।''

पूनम खिलखिला पड़ी। हाथ मिलाने को जैसे ही वह आगे बढ़ी, सूरज उसे नजरों से तिरस्कार कर माथा सिकोड़ती आगे बढ़ गई। पूनम खिसियानी हंसी हंसकर रह गई। परन्तु राकेश के मन पर तो अंगारे लोट गए।

''दीदी–।'' वह बोला, ''मिस्टर राजन तुमसे क्षमा मांगने आये हैं। अपने किए पर बहुत लज्जित हैं। इन्होंने मुझे सब बता दिया है।''

राजन आगे बढ़ा। अपने मोटे जबड़ों को फैलाकर वह हंसा तो उसके दांत निकल आए। उसने कुछ कहना चाहा परंतु तभी सूरज क्रोध से दूसरे कमरे में चली गई। चीखकर उसने अपने चौकीदार को आवाज दी। उसके आने पर चीखकर ही उसने उसे आज्ञा भी दी, ''इन कुत्तों से कह दो कि इस बंगले से तुरन्त निकल जाएं वरना मैं अभी पुलिस को फोन करती हूं।''

''दीदी !'' राकेश लपककर उसके पास आया।

''तुम भी इसी समय यहां से निकल जाओ।'' सूरज क्रोध से कांप रही थी, ''और खबरदार जो इस तरफ रुख भी किया। तुम सब मेरे शत्रु हो-स्वार्थी– मक्कार।''

''लेकिन दीदी–।'' राकेश ने बिगड़ी बात को सम्भालना चाहा, ''यह तुम्हारे लिए नहीं आए हैं, यह तो तुम्हारी सहेली दीपा के लिए...।''

सूरज सहन न कर सकी। एक भरपूर तमाचा उसने उसके गाल पर यूं मारा कि उसका सिर चकरा गया। आवाज हलक में ही अटक गई, दांत काटने लगा वह। मन चाहा कि वह भी इसी प्रकार एक भरपूर थप्पड़ सूरज के गाल पर रसीद करे, परन्तु समीप नौकरों का झुण्ड देखकर उसकी रूह कांप गई। दांत पीसकर रह गया वह।

‘‘आज से समझ लो कि तुम हमारे लिए मर चुकी हो।’’ राकेश ने क्रोध से कहा और चलने को पलटा।

‘‘मैं जीवित ही कब थी तुम लोगों के लिए ?’’ सूरज तड़पकर बोली, ‘तुम लोगों ने तो मुझे जीते जी ही मार डाला था।’’

राकेश ड्राइंगरूम में आया। राजन और पूनम सूर्ख आंखों सहित उसकी प्रतीक्षा कर रहे थे। उन्हें साथ लेकर वह बाहर निकलने लगा। सहसा एक नौकर से रुककर बोला, ‘‘मेरा सारा सामान ‘‘सवाय’’ भेज देना। मैं यहां अब कदापि नहीं रहूंगा।’’ फिर जैसे स्वयं से ही तड़प कर बोला, ‘‘इस दीपक के बच्चे को तो मैं बाद में समझूंगा।’’

सूरज अपने कमरे में सोफे पर धंस गई। सिसक- सिसककर रोने लगी वह। कुछ पल बाद, जब नौकर उसे अकेला छोड़कर चले गए जब सारा वातावरण खामोश हो गया तो बहुत चुपके से दीपा ने कमरे में प्रवेश किया–बहुत दबे कदमों, भयभीत-सी चारों ओर उसने देखा, मानो कहीं राकेश तो नहीं छिपा है। फिर आकर वह सोफे के बाजू पर बैठ गई। सूरज के गले में हाथ डाला और बहुत दुलार से उसे बच्चों के समान सान्त्वना देने लगी। सूरज ने उसे गले लगा लिया। आंसुओं की धार और तेज हो गई।

‘‘मुझे क्षमा कर देना दीपा।’’ हिचकियों के मध्य बोली सूरज।

‘किस बात के लिए ?’’ दीपा ने आश्चर्य प्रकट किया।

''तू नहीं जानती दीपा, राकेश मुझे कितना सताता है।'' सूरज ने सिसकियों पर काबू किया, ''सौतेला है न, इसीलिए अपनी खुशी पर मुझे बलि चढ़ा देना चाहता है। सोचता है जैसे मैं उसकी खरीदी हुई गुलाम हूं।''

''छोड़ इन बातों को। भूल जा यह सब।'' दीपा बोली, ''आखिर तेरे पास कमी ही क्या है ?''

परन्तु सूरज फिर रो पड़ी। बोली, ''तू नहीं जानती दीपा, अभी सुबह-सुबह राकेश ने कितना बुरा व्यवहार दीपक बाबू के साथ किया है। उनका कालर पकड़ लिया था मारने को।''

दीपा ने आश्चर्य से सूरज को देखा।

''अब मैं क्या मुंह लेकर उनके पास जाऊंगी ? किस प्रकार उनसे बात करूंगी ? वह मुझे कभी माफ नहीं करेंगे–कभी क्षमा नहीं करेंगे।'' सूरज गिड़गिड़ाई, ''दीपा, मैं उनके बिना मर जाऊंगी, मैं उन्हें प्यार करती हूं, मैं उन्हें चाहती हूं। बेचारे यूं ही बीमार हैं और ऊपर से–।''

प्रेम का देवता बोलता है तो सिर पर सवार होकर बोलता है। फिर उसे संसार की बड़ी-से-बड़ी ताकत की भी परवाह नहीं रहती। यही हाल सूरज के साथ भी हुआ। चट्टान की छाती में मानो निर्बल जल का सोता फूट निकला था। इस सोते से यह सारी-की-सारी चट्टान तो कट सकती नहीं परन्तु सोता स्वयं कभी नहीं सूखेगा। दीपा ने सूरज के दिल में ऐसी ही बात पाई।

''चुप हो जा मेरी गुड्डी।'' दीपा बोली, ''इतना मत रो। तू चिन्ता न कर, उन्हें मैं मना लूंगी। तू देख लेना, वह किस प्रकार फिर तेरे कदमों में खिंचे चले आएंगे। अब चुप हो जा, तुझे मेरी सौगन्ध–।'' परन्तु वाक्य के पूरा होते-होते उसके दिल में इतना सख्त दर्द उठा कि उसकी आंखें भीग गईं। सूरज को गले लगाकर उसने अपनी आंखें बन्द कर लीं। उसे ऐसा प्रतीत हुआ जैसे उसके अपने दिल पर अंगारे लोट रहे हों। यह जलन मन में अकारण ही उठ

रही थी–क्यों ? इसका अर्थ वह स्वयं नहीं समझ सकी, एक प्राकृतिक ताकत थी जिसने दीपक का विचार बार-बार उसके मन में चिपकाकर कांटा-सा नुकीला बना दिया था। आंखों के आंसू पलकों के बन्द होते ही गालों पर बह आए।

उस सुबह बहुत देर से उन दोनों ने नाश्ता किया। उस दिन सूरज का मन इतना उचाट था कि वह अस्पताल नहीं गई। अपने आपको धोखा देकर वह रोगियों के लिए जरा भी नहीं मुस्करा सकती थी।

***

लगभग दस बजे दीपा जब बंगले से बाहर निकली तो उसका दिल बुरी तरह धड़क रहा था। कांपते पगों के साथ उसने सड़क पार की। पथरीली गली पार की। सीढ़ियां पार करके दरवाजे पर खड़े होते हुए उसने एक गहरी सांस ली। पलड़े अर्ध खुले हुए थे। उसने अन्दर झांका। पलंग पर बैठा दीपक एक रोगी के समान गहरी-गहरी सांस ले रहा था। दबे कदमों वह उसके समीप पहुंची। धीरे-से बोली–''दीपक बाबू।''

''अरे ! आप दीपा जी ?'' चौंककर वह उठ खड़ा हुआ। ''आप कब आईं ? आइए–बैठिए।'' दीपक ने एक कुर्सी पर से कागज उठाकर कुर्सी उसकी ओर बढ़ा दी।

''कैसी तबियत है आपकी ?'' बैठते हुए दीपा ने उसकी अवस्था पर गौर किया।

''जीवित हूं,'' दीपक हल्के-से मुस्कराया। एक बार चाहा कि दीपा की दृष्टि में झांककर देखे, परन्तु अपने दिल पर विश्वास कम होने के कारण उसने ऐसा नहीं किया।

दीपा के एक गहरी सांस ली।

''मैं सूरज की ओर से आपसे क्षमा मांगने आई हूं।'' कुछ पल बाद दीपा ने कहा।

''अरे !'' दीपक ने एक झटके से ऊपर देखा, ''क्षमा कैसी ?''

''उसके भाई का व्यवहार जो इतना बुरा आपके साथ था ?''

और शाम ढल गई   103

''तो इसमें सूरज का क्या दोष ?''

''यही तो मैं कहती हूं। परन्तु–।'' दीपा बोली, ''वह समझती है कि आपके इस अपमान का कारण वही है।''

''भला ऐसा क्यों ?''

''पता नहीं।'' दीपा बोली, ''परन्तु यहां से जाने के बाद वह बहुत देर तक रोती रही। अब तक रो रही है। कहती है किस मुंह से आपके सामने आए ?''

दीपक ने खामोश दृष्टि से दीपा को देखा।

''आप नहीं जानते, जब से वह यहां से राकेश के साथ गई है, खूब लड़ती रही है। बंगले पर राजन और पूनम भी उपस्थित थे।''

दीपक ने आश्चर्य से दीपा को देखा।

''पहले शायद राकेश चाहता था कि सूरज का विवाह राजन से हो जाए।'' दीपा बोली।

''और सूरज क्या चाहती थी।'' अनजान बनकर पूछा दीपक ने।

''यह तो वही जानती है। परन्तु–।'' दीपा संजीदगी से बोली, ''बाद में राकेश ने सूरज से कहा कि राजन उससे नहीं, मुझसे शादी करना चाहता है।''

''नहीं-नहीं।'' दीपक के दिल को सख्त चोट लगी, वह तड़पकर बोला, ''ऐसा नहीं हो सकता–ऐसा कभी नहीं हो सकता।''

दीपा ने दीपक की चिन्ता को ध्यान से परखा। पलभर को सोचने पर विवश हो गई। दीपक के मन में उसके प्रति क्या भावना हो सकती है ? बोली, ''ऐसा होने का प्रश्न ही नहीं उठता। मेरा भविष्य तो पहले ही निश्चित हो चुका है। मैं इससे पूर्णरूप से सन्तुष्ट हूं।''

दीपक कुछ न बोला। गम्भीरता में और वृद्धि हो गई।

‘‘राकेश ने जब सूरज से मेरे विवाह का प्रस्ताव रखा तो सूरज का रक्त उबल गया।’’ दीपा ने बात जारी रखी, ‘‘उसके गाल पर उसने एक थप्पड़ जड़ दिया। बात बढ़ी तो उन तीनों को ही फटकारकर घर से बाहर निकाल दिया।’’

‘‘अच्छा ही किया उसने।’’ दीपक ने खिसियाकर कहा, ‘‘राकेश उसका भाई नहीं शत्रु है।’’

‘‘जी हां–सौतेला भाई है न, इसलिए।’’ दीपा बोला ‘‘अपना होता तो प्यार की कीमत मालूम भी पड़ती।’’

दीपक ने दीपा को गौर से देखा। एक पल मन में सन्देह उठा। दीपा ने यह शब्द शायद उसी के लिए कहे थे। अपना होता तो प्यार की कीमत मालूम भी होती।

‘‘सूरज इसीलिए आपके पास नहीं आ रही है कि आप उसे क्षमा नहीं करेंगे।’’ दीपा ने फिर कहा, ‘‘वह आपको प्यार करती है और आपकी सेवा में अपना गर्व ढूंढना चाहती है।’’

‘‘नहीं दीपा जी।’’ दीपक ने खड़े होते हुए कहा, ‘‘यह गलती क्षमा नहीं करेंगे।’’

दीपा ने फिर कहा, ‘‘वह आपको प्यार करती है।’’

‘‘ऐसा नहीं होना चाहिए। कहां सूरज, आकाश में चमकता-फिरता सबसे अधिक चमकदार नक्षत्र, एक प्राकृतिक देन, और कहां मैं, खाक का बना खाक में बसने वाला एक दीपक, बुझा-बुझा, जिसके जीवन का एक प्रकाश भी नहीं रहा। मेरी आयु की सीमा तो अब समाप्त हो चली है। नहीं-नहीं, ऐसा नहीं हो सकता।’’

‘‘दीपक बाबू।’’ दीपा भी खड़ी हो गई–‘‘ऐसा क्यों नहीं हो सकता ? ऐसा होकर ही रहेगा। शायद आपके जीवन का कोई मूल्य न हो परन्तु मेरे आगे तो है ही। जीवन मनुष्य की सबसे बड़ी देन है। इसकी रक्षा करना, इसको हृष्ट-पुष्ट बनाए रखना, इसे सदा प्रसन्न रखना तो मनुष्य का एक आवश्यक कर्तव्य है। सूरज सुन्दर है। पढ़ी-लिखी है। एक योग्य डॉक्टर है।

उसका प्यार पाना तो एक गर्व की बात है। उसका प्रेम आपके जीवन में एक नया बल उत्पन्न कर देगा। जीवन की मांगों को कभी समीप से समझने का प्रयत्न तो कीजिए।''

''कैसे प्रयत्न करूं दीपा जी, कैसे प्रयत्न करूं ?'' दीपक मानो झुंझलाकर सिसक पड़ा, ''आप नहीं जानतीं मेरे मन में क्या है, मैं क्यों अपने दिल की आग में झुलस रहा हूं, क्यों इस प्रकार घुल-घुलकर मर जाना चाहता हूं।''

''मैं जानती हूं, सब जानती हूं।'' दीपा उसके समीप आई। उसकी आंखों में झांका, ''यही न कि आप अपनी दीप्ति को बहुत प्यार करते हैं, बहुत चाहते हैं। परन्तु इस प्रकार किसी की याद के सहारे तो इतना बड़ा जीवन नहीं बीतता। जब वह इस संसार में रही ही नहीं तो...।'' दीपा स्वयं ही चुप हो गई।

दीपक कुछ कहते-कहते रह गया। आंखों में आंसू छलक आए। नजरें उठाकर उसने दीपा को देखा तो वह तड़पकर रह गई। अपने को सम्भालकर उसने बात जारी रखी, ''आपको एक लेखक बनना है, महान लेखक और इसीलिए आपको जीवन की आवश्यकता है। जीवन आपको सूरज ही से मिल सकता है। मेरा विश्वास कीजिए, उसका प्यार आपकी सारी कठिनाइयां सुलझाकर रख देगा।'' कहते-कहते दीपा की पलकें भीग गईं।

दीपक दीपा के सामने आया–और समीप।

''दीपा जी !'' अचानक ही उसने पूछा, ''आपने कभी किसी से प्यार किया है ?''

पल भर को दीपा की लबें कांप गईं। दिल बहुत जोर से धड़का। स्वयं को सम्भालकर बोली वह, ''हां, अपने मंगेतर को मैं बहुत प्यार करती हूं।''

''यह तो स्वाभाविक है।'' दीपक दर्द से मुस्कुराया, ''मेरा मतलब, आपके जीवन में आपके मंगेतर के आने से पहले भी कोई आया था ? कभी भी–कभी बचपन के दिनों में ही।'' दीपक ने दीपा की आंखों में बहुत आशा से झांका–''अपने दिल पर हाथ रखकर सोचिए...।''

''एक बार...हां, एक बार मेरे मन में कुछ विचित्र सी इच्छाओं ने जन्म लिया था। मेरा दिल बहुत जोर से धड़क उठा था।'' दीपा ने सोचते हुए कहा, ''परन्तु यह मेरी नादानी थी। भला किसी को देखे-भाले बिना भी कभी कुछ सोचना चाहिए ?''

''कौन भाग्यवान था वह ?'' दीपक ने उत्सुक होकर पूछा।

''था एक...लेखक।''

''लेखक।'' दीपक ने उसे आश्चर्य से देखा।

''हां।'' दीपा मानो खोकर बोली, ''उसका एक उपन्यास मैंने पढ़ा तो ऐसा प्रतीत हुआ था जैसे उसने सारी बातें मुझ ही पर लिखी हों। बिल्कुल मेरा ही रूप, मेरा ही वर्णन, यहां तक कि कान के नीचे इस काले तिल को भी उसने अपनी भावनाओं में उतार दिया। वह स्थान, जिसका उसने अपने उपन्यास में वर्णन किया था, वह मेरा देखा-भाला प्रतीत होता था–सपने में, या फिर शायद पिछले जन्म में ही। कुछ याद नहीं आता।''

''अच्छा !''

''तब मैं लन्दन में थी।'' दीपा कहती ही गई, ''मेरी एक सहेली ने मुझे वह उपन्यास भेजा था। अच्छा-भला नाम तो था उसका–''हां, और चट्टानें टल गईं।''

दीपक का दिल फट गया। ऐसा प्रतीत हुआ मानो उसके उपन्यास की सारी की सारी चट्टान इकट्ठी ही टूटकर उसके सिर पर गिर पड़ी हों। दीपा को उसने फटी-फटी दृष्टि से देखा, दीपा सहमकर पीछे हट गई। परन्तु दीपक उसे देखता ही रहा। जीवन बार-बार उसके समीप आने को तड़पता रहा, परन्तु उसने अनजाने में ही उसे खो दिया। प्रसन्नता को दुःख की छाया समझ कर वह सदा ही इससे किनारा करता रहा। दीप्ति–तो यह दीप्ति वही है जो उसका उपन्यास पढ़कर उससे सहानुभूति करने लगी थी–शायद प्यार भी–और उसने इसे ठुकरा दिया। यह समझकर कि उसकी पत्नी को दुःख होगा। प्रकृति बचपन के इस जोड़े को जुदा करने के बाद बार-बार मिलने का अवसर दे रही थी परन्तु एक वही था जो अपनी दीवानगी

में अन्धा, प्यार का भूखा, प्रकृति को कोसने वाला, कभी अपनी आत्मा को नहीं पहचान सका, शायद उसने अपने जीवन का मूल्य समझने में गलती की। शायद उसने कदमों में लोटती प्रसन्नता को पहचानने में लापरवाही की। अपने आपसे प्यार का एक झूठा नाटक करके वह स्वयं को धोखा देता रहा–और इसलिए अब प्रसन्नता भी उसे धोखा दे गई थी। आंखों से आंसू बहकर गालों पर चले आए तो वह वहां से हटा। किनारे कोने में रखे बक्स से उसने एक पुस्तक निकाली और उसके समीप लौटा।

''यही पुस्तक थी न ?'' उसकी ओर पुस्तक बढ़ाकर उसने पूछा, मन पर सब्र का मन भर का पत्थर रखते हुए।

''अरे !'' दीपा चौंकी, ''हां-हां, यही पुस्तक तो थी–और उपन्यास उसने अपने हाथ में ले लिया। ''दीप–।'' लेखक का नाम उसने पढ़ा, ''कितनी अच्छी कहानी लिखता है यह। है न ?''

दीपक के मन में प्रशंसा सुनकर गर्व समा गया। लेखक की वास्तविक सफलता ही यह है कि कोई उसे पहचाने बिना उसकी प्रशंसा उसके मुंह पर किए जाए। दीपा की आंखों में प्यार से देखा उसने।

''लेखक को आप जानती हैं ?'' पूछा उसने।

''तस्वीर देखी है।'' दीपा बोली, ''एकदम खूसट है। परन्तु कहानियां तो वास्तव में यौवन की भावनाओं से भरपूर हैं, हिन्दी साहित्य में तो उसने अनोखी कहानियों द्वारा मानो नया युग जोड़ दिया है।'' एक-दो बार बीच-बीच में उसने उपन्यास के पृष्ठ पलटे।

''आपको कैसी लगी यह !''

''भावनाओं से उसकी आत्मा प्रकट होती है।'' दीप बोला, ''कितना अधिक जीवन की तड़प का अभ्यास होगा उसे। तभी तो ऐसी भावनायें प्रस्तुत की हैं।''

''हां, यह बात तो है।'' दीपा ने उपन्यास को समीप ही पलंग पर डाल दिया, ''इस लेखक के लिए क्यों बार-बार मेरा दिल धड़कता था। परन्तु अच्छा हुआ जो बात बढ़ने से पहले ही मेरा वह नशा उतर गया। कहां वह बूढ़ा खूसट, कहां मैं ? कोई नेता लगता था वह।''

दीपक सोचता ही रह गया। यह सब क्या हो गया ? जीती हुई बाजी भी उसके हाथ से निकल गई। अब क्या हो सकता है ? कुछ भी तो नहीं। दीपा का भविष्य तो निश्चित है। शादी भी होने वाली है। कितने आराम से रहेगी उसकी दीपि। और उसे चाहिए भी क्या ? वह स्वयं तो एक रोगी है–दिल का रोगी। इतना गरीब है वह कि अपना इलाज भी नहीं करा सकता। सूरज की कृपा पर निर्भर कर रहा है। चिन्ता ने टी॰ बी॰ के कीटाणु उसके रक्त की एक-एक बूंद में भर दिए हैं। अब भला कब तक जीवित भी रह सकता है ? वह चुप हो गया। एक बात भी ऐसी नहीं निकालना चाहता था जिससे उसके मन का भेद प्रकट होकर दीपा का भविष्य बर्बाद करे। उसके भविष्य का संसार उजाड़ कर रख दे। जाने कितनी आशाएं दीपा के विवाह की प्रसन्नता पर निर्भर कर रही होंगी। अपने स्वार्थ के लिए वह इन आशाओं का गला कभी नहीं घोंट सकता–कभी नहीं घोंट सकता–कभी नहीं।

भीगी दृष्टि से उसने दीपा को देखा। वह तड़पकर रह गई।

''आप चाहती हैं कि मैं सूरज से प्यार करूं ?'' दीपक ने अचानक ही पूछा। बाकी बातें वहीं समाप्त कर दीं उसने।

''हां।'' दीपा ने उत्तर दिया, '' परन्तु जाने क्यों उसके दिल में एक टीस-सी अचानक ही उठी।

''और उससे शादी भी कर लूं।''

''हां !'' दीपा को आंखों में अकारण ही आंसू भी आ गए।

''और यही आपकी खुशी है ?''

''हां दीपक बाबू !'' दीपा भर्राई आवाज से बोली, ''यह मेरी इच्छा है, यही मेरी खुशी है। सूरज आपको बहुत प्यार करती है। आप पर जान देती है। उसका प्यार आपको जीने का सहारा देगा। फिर आप जल्द ही अपने मकसद में सफल भी हो सकते हैं।''

''तो फिर मैं भी आपको वचन देता हूं दीपा जी कि यदि जीवन ने आज्ञा दी तो मैं आपकी इच्छा अवश्य पूरी करूंगा।'' दीपक ने सिसकियों के मध्य कहा। ''यदि और भी कोई इच्छा हो तो कह दीजिए।''

''जी ?'' दीपा ने उसे गौर से देखा। एक पल सोचा कि दीपक वास्तव में अपनी इच्छाओं, अपनी अभिलाषाओं की भेंट, बीती हुई यादों की बलि चढ़ाकर अब नया पथ अपनाने पर तत्पर है। अपने आपको उसने एक अपराधिन पाया। क्रूर और पत्थर प्रतीत किया जो उसकी यादों का सहारा भी उससे छीन ले रही है। उसकी मुहब्बत का गला घोंट रही है। उसका मन तड़पकर रह गया। जी चाहा अपने शब्द वापस ले ले। उसे ऐसा करने से मना कर दे। अपना दिया हुआ वास्ता तोड़ दे। उसके साथ इतना बड़ा जुल्म अन्याय है, ऐसा पाप कि वह कभी भी अपने आपको क्षमा नहीं कर सकेगी। परन्तु...परन्तु सूरज का क्या होगा ? अपने दिल की शांति के लिए क्या वह सूरज का घर भी उजाड़ दे ? नहीं-सूरज तो दीपक को प्यार करती है-असीमित, उसका निस्वार्थ प्रेम वास्तव में दीपक के घाव धो डालेगा। दीपक के अन्धेरे जीवन में सूरज नया प्रकाश बनकर उत्पन्न होगी। यह प्रकाश इतना चमकदार होगा कि फिर कभी दीपक के पास गम का अन्धेरा भटकेगा भी नहीं। दीपक सूरज के प्यार में खोकर सब कुछ भूल जाएगा-अपने आपको-अपनी स्वर्गवासी पत्नी को भी-यह तो समय की पुकार है।

''एक बात पूछूं आपसे ?'' कुछ देर बाद दीपा ने पूछा।

''एक क्या हजार बात पूछिए।'' दीपक ने मुस्कुराने का प्रयत्न किया।

''आप यह सब केवल मेरे लिए ही करने के तैयार हैं ?''

दीपक ने मुंह फेर लिया। चलकर वह दूसरी खिड़की के समीप आया जहां एक मेज रखी थी। झुककर उसने इस पर हाथ टेका और बाहर झांका। कुछ ही दूर पर बरगद की लतायें हवाओं के बहाव पर झूल रही थीं। खामोशी से वह उधर ही देखने लगा–स्वच्छ चमकदार बादलों को।

दीपा कुछ देर वहीं खड़ी रही। फिर उसके पीछे चली आई। ''मैंने आपसे कुछ पूछा था दीपक बाबू।'' धीरे से बोली वह और बाहर झांका।

''मुझे इसमें आत्मिक शान्ति मिलती है।'' दीपक ने कहा।

''यह तो कोई ठीक कारण हुआ नहीं।'' उसके और समीप बगल में खड़ी होकर दीपा बोली।

''तो दिल की तसल्ली के लिए यह समझ लीजिए कि मैं इसलिए आपकी एक-एक इच्छा पर बलि चढ़ जाना चाहता हूं, क्योंकि मेरी पत्नी का नाम दीप्ति था–दीप्ति।'' दीपक का कलेजा फटा जा रहा था, परन्तु उसने सब्र से काम लिया, ''आपकी इच्छा पूर्ति करके मैं यह समझता हूं कि मैंने यह बलिदान अपनी दीप्ति के लिए ही दिया है।''

दीपा कुछ न बोली। इसका अनुमान तो उसे पहले ही हो चुका था। दीपक के समीप खड़े रहकर उसने बहुत प्यार से उसकी आंखों में झांका–बहुत कृतज्ञ होकर चलने को तैयार हुई तो बोली, ''आपकी यह कृपा मेरे दिल पर एक अमिट छाप के समान रहेगी। यदि मैं आपके कोई काम आ सकी तो कहने में कभी संकोच नहीं कीजिएगा।'' और फिर वह चली गई– अपनी आंखों के आंसुओं को पोंछे बिना ही।

कुछ देर बाद दीपक कुर्सी में धंस गया। सिर को उसने हाथों से पकड़ लिया–उस जुआरी के समान जो जीवन में सब कुछ जीतने के बाद फिर हार गया हो। एक बार नजर उठाकर भी उसने दीपा को नहीं देखा। बहुत देर तक वह उसी प्रकार बैठा रहा–गुम-सुम–जैसे पिछली बातों को दोहरा रहा हो। वह समय, वह पल, जब उसने लन्दन में दीप्ति को पत्र लिखा था–

केवल उनके नाम से ही प्रभावित होकर। और वह उससे वास्तव में प्रेम करने लगी थी। दीप्ति उसे मिलकर भी खो गई। वह उसके समीप आ रही थी तो उसने उसे पहचाना नहीं और जब पहचाना तो वह किसी और की बन चुकी थी। जीवन ने उससे कितना बड़ा मजाक किया है। उसके विश्वास ने उसे कितना बड़ा धोखा दिया ! कितना बड़ा मजाक–और कितना बड़ा धोखा ! उसे अपने आप पर हंसी आ गई। वह हंसने लगा, हंसते-हंसते ठहाका लगाने लगा और उसका ठहाका– ऊंचा होकर कमरे की चहारदीवारी में गूंज उठा। दीवारें मानो कांपने लगी थीं। ठहाका मसूरी की घाटियों तथा चट्टानों की ऊंचाई से टकराकर वापस आने लगा था। उस पर मानो हिस्टीरिया का दौरा पड़ चुका था।

ठहाका लगाते-लगाते वह रो पड़ा–फूट-फूटकर– सिसक सिसककर। कमरे का वातावरण उसकी सिसकियों में बदल गया। सुबह की शबनम घाटियों में उसी घास- फूस की पत्तियों पर उसके आंसुओं के समान जमने लगी थी।

''दीपक बाबू।'' एक महीन-सी आवाज उसके कानों में आई।

उसने ऊपर नहीं देखा–केवल रोता ही रहा। समझ गया कि सूरज उसके समीप आ चुकी है। चाहा कि वह स्वयं पर काबू पा ले, परन्तु आंसू थे कि बगावत पर उतारू थे।

सूरज वहीं समीप स्टूल खींचकर बैठ गई। उसके बालों में अपनी नर्म अंगुलियां पिरोई। उसे सान्त्वना दी। ''यह क्या हो गया है आपको ?'' प्यार से बोली वह, ''क्यों बच्चों के समान रो रहे हैं ?''

दीपक कुछ न बोला। सिर झुकाए रहा।

''मुझसे कोई भूल हो गई है ?''

दीपक ने उसी प्रकार दृष्टि झुकाए हुए नहीं के इशारे पर सिर हिला दिया।

''फिर ?''

वह तब भी खामोश रहा।

''दीपा ने कुछ कहा है ?''

उसने फिर नहीं के इशारे पर सिर हिला दिया।

''ओह !'' सूरज ने मानो अचानक ही उसकी उदासी का कारण जान लिया, ''आपको अपनी पत्नी बहुत याद आ रही है। परन्तु दीपक बाबू, मैं भी आपको प्यार करती हूं–आपका दर्द बांटना चाहती हूं। मुझ पर विश्वास कीजिए। आपकी खुशी के लिए, आपके सुख के लिए मैं अपने जीवन की अन्तिम सांस भी बलि चढ़ाने में संकोच नहीं करूंगी। मैं आपको चाहती हूं दीपक बाबू, आपका दुःख मुझसे देखा नहीं जाता।''

दीपक ने मुखड़ा ऊपर उठाया। चाहा कि अपने आंसू पोंछे, परन्तु सूरज ने पहले ही अपना रूमाल उसकी आंखों पर रख दिया, उसके आंसू पोंछे, भीगे गाल को फाहे के समान सुखाने लगी। बोली वह, ''मैंने कभी सोचा भी नहीं था कि मैं किसी को प्यार कर सकती हूं ! अब पहली बार जब इस बन्धन में पड़ी हूं तो मेरी इतनी कड़ी परीक्षा मत लीजिए। मुझे अवसर दीजिए कि आपकी सेवा का गर्व प्राप्त कर सकूं।''

दीपक ने बहुत प्यार से सूरज का मुखड़ा ऊपर उठाया। बड़ी-बड़ी पलकों में ठहरे आंसू मोतियों के समान कांप रहे थे। अपनी अंगुली द्वारा उसने इन्हें स्वयं पोंछा। हल्के से मुस्कुराकर बोला वह, ''तुम यहां कैसे चली आईं ?''

''मैं ?'' सूरज बोली, ''दीपा ने मुझे बताया कि आप मेरी प्रतीक्षा कर रहे हैं तो मेरा वहां एक पल भी रुकना कठिन हो गया।''

दीपक ने एक पल सोचा। फिर खामोश हो गया।

''आप मेरे देवता हैं।'' सूरज ने पूरे अधिकार से उठकर उसके गले में अपनी बांहें डाल दीं, ''आप मेरी आत्मा हैं, मेरी जान हैं, मेरे सुहाग हैं आप। मैं आपको कभी नहीं निराश करूंगी–कभी नहीं।''

दीपक भी उठ खड़ा हुआ। प्यार और सहानुभूति के मिले-जुले भाव से उसके मस्तक को छुआ, उसकी लटों पर हाथ फेरा फिर कान से होते हुए उसकी गर्दन को भी छुआ। कंधे से होते हुए उसने अपनी हथेली को उसकी बांहों पर फिसलाया और उसकी कलाई दबा दी– फिर अंगुलियों में उसकी नर्म अंगुलियां फंसाकर वह उसे एक बार अपनी छाती के समीप ले आया। आंखों में बहुत प्यार से देखा–मानो अपनी दीप्ति की तलाश हो। वह मुस्कुराया और सूरज प्रभावित होकर उसकी छाती से लग गई। उसकी गहरी-गहरी गर्म सुगन्धित सांसें उसके नथुनों से होकर उसके दिल की गहराई में उतर गई। दीपक को ऐसा प्रतीत हुआ मानो सूरज के प्यार ने वास्तव में उसके घावों पर मरहम रख दिया है। नारी की समीपता में कितनी अधिक मिठास होती है। संसार की कोई वस्तु इस कमी की पूर्ति नहीं कर सकती।

***

शाम ढल चुकी थी फिर भी बादलों की ओढ़नी सुर्ख थी। दूर से काफी ऊंचाई पर ढलान की ओर नीचे देखने से यह सुर्खी देवदार की छांव में मानो छिप जाना चाहती थी, बारीक कटी-फटी पत्तियों के होंठों पर भी इनका विदाई प्रभाव था। बादल स्वच्छ और समां गुलाबी, हवाओं में मानों इत्र मिला हुआ था। अपने सारे जीवन में शायद आज पहली बार सूरज इस सुन्दर वातावरण का आनन्द उठा रही थी। दीपक उसके समीप था–और वह उसके साथ चलते-चलते खिलखिला पड़ती थी। बात करते-करते वह यूं हंस पड़ती कि आस-पास के देवदारों पर बैठे पक्षी भी अपना ध्यान उसकी ओर समेट लेते थे। सूरज बहुत प्रसन्न थी मानों जीवन का सबसे बड़ा खजाना उसके हाथ लग गया हो या फिर यौवन की सबसे मीठी मदिरा उसने पी ली हो। उसके पग बहक-बहक जाते थे और वह बेख्याली प्रगट करके दीपक का हाथ थाम लिया करती थी। वे चढ़ती सड़क की ओर चल रहे थे, मानो सूरज उन्हें आकाश की चोटी पर ले जाना चाहती हो। साथ में दीपा भी थी–सूरज की बगल में ही। सूरज की प्रसन्नता देखकर वह स्वयं को धन्य समझती रही। दीपक की मुस्कुराहट के पीछे छिपे दर्द को देखकर वह स्वयं को धिक्कारने लगती। वह निर्णय नहीं कर सकी कि उसे इस जोड़े को

और शाम ढल गई   114

देखकर खुश होना चाहिए था या दुखी। जब वह सूरज को दीपक के बहुत ही समीप खिंचता प्रतीत करती तो अपने पगों को धीमा कर लेती। उनकी बराबरी से पीछे छूट जाती। परन्तु दीपक उसकी इस छटा से परिचित था। वह भी धीमा पड़ जाता और फिर सूरज को भी अपने पग रोकने पड़ते। दीपक जानता था कि दीपा सूरज को उसके समीप रहने का पूरा-पूरा अवसर देना चाहती है। दीपा तो आज शाम बाहर निकलने के मूड में ही नहीं थी। वह तो दीपक ने जोर दिया तो सूरज उसे साथ घसीट ले आई थी। सूरज को दीपा की उपस्थिति पसन्द थी। कोई संकोच, कोई लाज नहीं की उससे। वही तो उसकी एक प्रिय सहेली है।

चलते-चलते एक बार फिर दीपा के पग रुक गए। एक पुलिया पर बैठ गई वह और नीचे की दूसरी सड़क को निहारने लगी।

‘‘अरे ! दीपा जी !’’ दीपक भी रुक गया, ‘‘आप बैठ गईं ?’’

‘‘थक गई हूं !’’ दीपा बोली, ‘‘चढ़ाई चढ़ते नहीं बनती। आप लोग टहल लीजिए, मैं लौटते समय यहीं मिलूंगी।’’

‘‘लेकिन–’’ दीपक ने कहना चाहा।

‘‘सूरज–।’’ दीपा मानो चिढ़कर बोली, ‘‘तू इन्हें ले क्यों नहीं जाती है ?’’

दीपक ने गौर से दीपा को देखा। मुस्कुराया। सूरज ने आकर उसकी बाहें थामीं तो वह आगे बढ़ गया। कई पग चढ़ने के बाद उसने पलटकर देखा। दीपा बादलों पर छाई डूबती लालिमा को बहुत ध्यान से देखने में मग्न थी।

‘‘दीपा को क्या हो गया ?’’ दीपक ने आगे बढ़ते हुए पूछा।

‘‘मालूम नहीं–।’’ सूरज बोली, ‘‘परन्तु आज सुबह ही से वह बहुत उदास है। शायद प्रकाश उसे बहुत याद आ रहा होगा।’’

‘‘ऊंह ? हां-हां-हां, यही बात होगी।’’

सुनसान सड़क–खाली–अन्धकार। वृक्षों की छांव से और भी अधिक घटा-सी छाई थी। सूरज के मन में गुदगुदी होने लगी। दीपक की अंगुलियों को उसने अपनी अंगुलियों में भींच लिया। उसकी ओर देखकर मुस्कुराई। उसके होंठ भीग चले थे। गहरी-गहरी सांसें गर्म हो गईं। दीपक के शरीर पर वह मदहोश-सी गिरने लगी तो उसने उसे संभाल लिया। कमर से पकड़कर उसने उसे अपनी नजरों के सामने किया। रुककर बोला, ''तुम्हारे होंठ बहुत खूबसूरत हैं सूरज, तुम्हारी आंखें बहुत आकर्षक हैं, इस मुखड़े का रंग उन बादलों के समान सुर्ख है जिन्हें इस ऊंचाई पर से केवल हम और तुम ही देख सकते हैं–। दीपक ने अंगुली द्वारा एक ओर दूर, अपनी सतह से नीचे चट्टान के पीछे डूबते बादल के टुकड़े की अन्तिम लालिमा पर इशारा किया। फिर उसने सूरज की संवरी लट में से एक को बिखेर कर माथे पर लटका दिया। बोला, ''यह लटें इन घाटियों के गहरे अन्धकार से अधिक काली हैं। तुम देवी हो–बहुत ही सुन्दर देवी। जी चाहता है तुम्हें चूम लूं–एक-एक अंग को प्यार कर लूं।'' दीपक ने बहुत प्यार से उसकी अंगुलियों को दबाया।

सूरज की सांस फूलने लगी। नथुने ऊपर-नीचे होने लगे। आंखों में सुरूर छा गया। दीपक की आंखों में उसने यूं झांका मानो उसके एक इशारे पर ही वह अपना सब कुछ निछावर करने को तत्पर है। अपने होंठों को उसने उसके होंठों की ओर बढ़ा दिया–बहुत समीप–इतना कि उसकी गरम सांसें दीपक के सारे मुखड़े को तर करने लगीं। सूरज ने अपने होंठों को खोला। थोड़ा और समीप बढ़ी।

''अभी नहीं–।'' दीपक ने बहुत प्यार से सूरज के होंठों पर अपनी एक अंगुली रख दी। हल्के से उसका मुखड़ा पीछे किया और मुस्कुराया, ''अभी नहीं सूरज, अभी नहीं, पहले लाइसेंस तो ले लूं।''

सूरज भी बिना मुस्कुराए न रह सकी। लज्जा से सिमटकर वह उसकी छाती में समा गई।

''आओ चलो !'' कुछ पल बाद दीपक बोला, ''यहां हमारा इस प्रकार खड़ा रहना उचित नहीं। कोई भी आ सकता है। तुम एक डॉक्टर हो, तुम्हारे मान की रक्षा करना मेरा धर्म है। चलो–दीपा हमारी राह देख रही होगी।''

सूरज के होंठों पर एक मुस्कुराहट आई, ऐसी मुस्कुराहट मानो सारी मसूरी की लजाती शाम उसके पगों में सिमट आई हो। दीपक ने अपनी बातों द्वारा ही उसके शरीर के अंगों को चूम लिया था। उसने आंखें झुका लीं और दीपक का हाथ थामकर सड़क उतरने लगी।

खामोशी–अत्यधिक खामोशी और दो छायाएं इसमें मानो सांस रोके ढाल वाली सड़क पर उतर रही थीं। दीपा के समीप आकर वह रुक गई। दीपा दूर के अन्धकार में जाने क्या ढूंढ रही थी।

''दीपा !'' सूरज ने उसी प्रकार दीपक का हाथ थामे-थामे कहा।

और दीपा चौंककर उठ खड़ी हुई। परन्तु उनकी ओर देखा नहीं उसने।

''क्या सोच रही थी ?'' सूरज ने फिर पूछा।

''कुछ भी नहीं–कुछ भी तो नहीं।'' दीपा उनके साथ हो ली।

''कुछ तो अवश्य ही।'' दीपक बोला और सूरज को अपने और समीप कर लिया, इस प्रकार मानो उसे दिखाकर सन्तुष्ट कर रहा हो। मुस्कुराया वह तो दीपा के मन पर जाने क्यों सांप लोट गया।

''सोच रही हूं कि कल ही वापस लखनऊ लौट जाऊं।''

''कल ?'' लगभग दोनों ही चौंक पड़े। सूरज ने कहा, ''यह बैठे-बिठाए तुम्हें क्या सूझी ? अभी दो दिन ही तो हुए हैं तुम्हें आए, कम-से-कम इतने दिन तो ठहरो जितने दिन का प्रोग्राम बनाकर तुम यहां आई हो।''

''हां, और क्या ?'' दीपक ने भी अनुरोध किया, ''जरा अपनी आंखों से मसूरी के दृश्य तो देखती जाइये। मसूरी पहाड़ी इलाकों की रानी समझी जाती है।''

''यह तो अपनी-अपनी पसन्द है।'' दीपा बोली, ''जब मन उकता गया तो उकता गया। मैं तो अवश्य जाऊंगी। मुझे जाना भी चाहिए।''

''नहीं दीपा।'' सूरज ने उसके गले में अपनी एक बांह डाल दी–''तुम यूं यहां से इतना शीघ्र नहीं जा सकतीं। मनुष्य आता अपनी इच्छा से है, परन्तु जाता दूसरों की इच्छा से है, तुम यदि नहीं ठहरोगी तो मैं तुमसे नाराज हो जाऊंगी। कभी बात नहीं करूंगी। तुम्हारे विवाह में भी नहीं आऊंगी–हां।''

दीपा चुप हो गई। उत्तर भी क्या देती ? कैसे समझाती कि वह रहना चाहती भी है और नहीं भी। कुछ सोचना भी नहीं चाहती फिर भी खोई रहती है। कोई ऐसा कारण, कोई ऐसी ताकत अवश्य है जो उसके मन को बार-बार झिंझोड़कर रख देती है। उसे मानो अपने ऊपर अधिकार ही नहीं रहा।

सूरज, दीपक और दीपा को लिए कुलरी पहुंची। शाम के समय वहां की जमघट देखने योग्य ही होती है। चढ़ाई चढ़ते हुए वे मालरोड पहुंचे। आगे बढ़े तो हाकमैन होटल में प्रवेश कर गए। चलते-चलते तीनों ही थक चले थे। खिड़की के समीप लगी टेबल से बाहर का दृश्य स्पष्ट दिखाई पड़ता था। वे वहीं बैठ गए। सूरज ने वेटर को डिनर का आर्डर दिया और दीपक की ओर फिरी। बहुत खुश थी वह और खुशी की इतनी अधिकता ने उसकी सुन्दरता को दोगुना कर दिया था, इसके विपरीत दीपा के मुखड़े पर कुछ फीकापन छा गया था। इस कमी को केवल दीपक ने ही प्रतीत किया–दीपा स्वयं इस ज्ञान से वंचित थी।

''दीपा ही।'' सहसा दीपक बोला, ''हमें एक साथ देखकर आपको अपने मंगेतर की याद तो बहुत सताती होगी ?''

''यह तो स्वाभाविक बात है।'' दीपा बोली।

‘‘अच्छा !’’ सूरज चहकी, ‘‘तो कल ही चले जाने का कारण शायद यही रहा होगा। मगर मेरी दीपा, वहां भी तो तुम्हें अकेले ही रहना पड़ता। अभी तो उन्हें भारत आने में देर है।’’

‘‘अपनी सुनाओ–।’’ दीपा ने बात बदली, ‘‘तुम कब शादी कर रही हो ?’’

‘‘पहले तुम्हारी शादी हो जाए, फिर अपनी तो होती ही रहेगी। क्यों सूरज ?’’ दीपक ने बीच में कहा।

सूरज खिलखिला पड़ी, उसकी खिलखिलाहट में दीपा को भी सम्मिलित होना पड़ा।

‘‘नहीं, यह बात नहीं।’’ सूरज बोली, ‘‘पहले यह अच्छे हो जाएं, स्वस्थ हो जाएं, इनका यह उपन्यास छप जाए, तभी हम विवाह करेंगे।’’

‘‘उपन्यास !’’ दीपा बोली, ‘‘मैंने आपका कोई उपन्यास अब तक नहीं पढ़ा। एक-दो दे दीजिए, दिन में इसी से समय बिता लूंगी।’’

‘‘मुझे दुःख है दीपाजी, कि मेरे पास अपने उपन्यासों की एक भी प्रति नहीं। मगर घबराइए नहीं, अपने प्रकाशक से मैंने इन्हें मंगवाया है। आते ही आपको स्वयं आकर दूंगा।’’

‘‘आश्चर्य है कि आपके पास अपने ही उपन्यास की एक भी प्रति नहीं है।’’ दीपा बोली।

‘‘जी हां !’’ दीपक ने मुस्कुराने का प्रयत्न किया, ‘‘वरना सूरज को भला मैं पहले ही नहीं दे देता ? यही तो संसार का नवां आश्चर्य है !’’

‘‘अच्छा !’’ सूरज हंस पड़ी, ‘‘तो फिर यह आठवां आश्चर्य क्या है ?’’

‘‘है एक।’’ दीपक ने बाहर, बादलों की ओट में चन्द्रमा को झांकते हुए कहा, ‘‘फिर बताऊंगा।’’

दीपा के मन में लहरें कांप गईं। अपने होंठों को उसने दांतों द्वारा काटा। दीपक जाने क्या कहना चाहता था ? वह उसी को अब देख रहा था।

और शाम ढल गई   119

सूरज भी मुस्कुराकर रह गई। बोली, ''ऐसी भी क्या बात है जो आठवां आश्चर्य आप बाद में बताएंगे ?''

''ऊंह !'' दीपक बोला, ''जब पूछती हो तो बताना ही पड़ेगा। आठवां आश्चर्य यह है कि अन्धकार में डूबे बुझे-बुझाए दीपक के जीवन में आकाश के एक महानक्षत्र सूरज ने अपना पूरा प्रकाश भर दिया है।''

''दीपक बाबू !'' सूरज ने इस मजाक का आनन्द उठाते हुए चिढ़कर कहा, ''यह सब क्या बेकार की बातें लेकर आप फिर बैठ गए ?'' और फिर वह दीपा से बोली, ''दीपा अब तुम्हीं इन्हें समझाओ। क्या प्रेम में भला बड़े-छोटे या गरीब-अमीर का भी अन्तर देखा जाता है ?''

''अपने स्वार्थ के लिए तो ऐसा करना अच्छी बात नहीं है।'' दीपक बीच में बोला।

''यह अपना नहीं, अपने प्यार का स्वार्थ है।'' सूरज बोली, ''प्यार मनुष्य को उसी से होता है जिसे पाने की इच्छा उसमें पहले उत्पन्न हो। ऐसा भी क्या कि प्यार तो हम किए जाएं और उन्हें खबर भी न हो ?''

''वास्तविक प्यार यह नहीं है सूरज।'' दीपक बोला, ''प्यार में अपने स्वार्थ के बजाए दूसरों की खुशी देखनी पड़ती है। किसी वस्तु को प्राप्त कर लेने ही से तो हार्दिक खुशी मिलती नहीं। क्यों दीपाजी ?''

''मैं इस बात में अनाड़ी हूं।'' दीपा बोली, ''परन्तु यह बात अवश्य समझती हूं कि यदि मेरे पति को मुझसे घृणा करने में ही सन्तोष मिलेगा तो मैं अपने प्रति घृणा भी उनके मन में भरने से नहीं चूकूंगी। चाहे इसके लिए मुझे उनसे दूर ही रहना पड़े।''

''गलत–बिल्कुल गलत।'' सूरज बोली, ''यह केवल एक पागलपन है, दीवानापन है। प्यार का वास्तविक अर्थ ही अपनी चाह को प्राप्त करना है। क्या मजनूं ने लैला से प्यार नहीं किया था ? यदि किया था तो क्यों उसके नाम को बदनाम करता रहा ? क्यों उसे पाने के लिए

दर-दर भटकता रहा ? क्यों पथराव सहे ? यदि लैला की खुशी, लैला का सुख उसे प्यारा था क्यों नहीं वह उसकी शादी के बाद संसार से बिल्कुल ही अलग चला गया ? क्यों नहीं लैला की खुशी के लिए उसने उसके मन में अपने प्रति घृणा उत्पन्न कर दी ! आखिर तब वह अपने पति के साथ सुखी तो रह सकती थी ? इसी प्रकार सोहनी भी घड़ों पर नदी पार करके महिवाल से मिलती रही और केवल उसे पाने के लिए ही उसने उसके जाने कितने शत्रु उत्पन्न कर दिए, वह चाहती तो उसके मन में भी अपने लिए घृणा उत्पन्न करके उसे उसके देश वापस जाने पर मजबूर कर सकती थी। तुम बड़ी से बड़ी दासतां भी इस मामले में ले लो तो तुम्हें पता चलेगा कि जिसने भी प्रेम किया है उसके पीछे एक स्वार्थ है–अपना स्वार्थ। अपने मन की शांति का स्वार्थ। किसी वस्तु को पाने का स्वार्थ है। ईश्वर भी मनुष्य से इसीलिए प्रेम करता है कि मनुष्य उसके चरणों में रहे, उसकी भक्ति करे, न कि शैतान की, और फिर प्रेम में स्वार्थ है, निःसंदेह ही, वरना ऐसा प्रेम तो सभी कर लेते हैं–जैसे महारानियों से गरीब, इतना अधिक कि गरीब अपनी जान देने से भी नहीं चूकता और महारानी हैं कि उन्हें पता ही नहीं चला। वाह ! यह भी खूब रही। मरने को हम मर गए और उन्हें खबर भी नहीं हुई।''

दीपक ने सूरज के इस लम्बे-चौड़े भाषण से प्रभावित होकर दीपा को देखा। दीपा सकपका गई, कुछ इस प्रकार मानो समझ रही हो कि दीपक अपनी स्वर्गवासी पत्नी के रूप में उससे प्यार करने लगा है। दीपक ने दीपा का मुखड़ा पढ़ा तो अपना मुखड़ा उसने सूरज की ओर फेर दिया।

''अच्छा सूरज।'' वह बोला, ''यदि मैं समझूं कि मुझसे शादी करने के बाद तुम्हारा जीवन नष्ट हो जाएगा, तुम कुछ दिन बाद विधवा हो जाओगी तो क्या मेरा यह कर्तव्य नहीं हो जाता है कि मैं तुम्हें पाने की बजाए तुमसे पहले से ही किनारा कर लूं ?''

''मैं इस फिलॉसफी में नहीं पड़ती।'' सूरज खिसियाकर बोली, ''मैं यह तो जानती हूं कि किसी मनुष्य को यदि यह मालूम हो जाए कि उसका जीवन कम है तो उसे और भी जल्दी

अपनी सारी इच्छाएं पूरी कर लेनी चाहिए। कम से कम मरने से पहले उसके मन को किसी प्रकार का मलाल तो नहीं होगा।''

''तुम इसे प्यार समझती हो सूरज, परन्तु मैं इसे स्वार्थ कहूंगा।'' दीपक बोला।

''और मैं स्वार्थ को ही प्यार समझती हूं।'' सूरज हार मानने को हर्गिज तैयार नहीं थी। तुमसे प्यार करने में भी मेरा एक ही स्वार्थ है। मैं तुम्हें अपनाना चाहती हूं। तुम्हारे दुखों को बांट लेना चाहती हूं। तुम्हारी सेवा करना चाहती हूं। क्या तुम नहीं चाहते कि तुम्हें एक ऐसा जीवन साथी मिले ?''

''ऊंह ? हां-हां, क्यों नहीं !'' दीपक सटपटाकर बोला। बहस कहां आरम्भ हुई थी, कहां तक चली आई। उसने इसे समाप्त कर देना ही उचित समझा।

वेटर ने डिनर लगाया तो वे खाने में व्यस्त हो गए।

***

दिन बीते–एक–दो–तीन–और फिर एक सप्ताह बीतने को आया। दीपा ने प्रतीत किया कि वह दीपक के लिए चिंतित रहने लगी है, उससे दूर रहने का प्रयत्न करने के पश्चात भी उसके समीप खिंची चली आ रही है। दीपक, सूरज के पास रोज ही आता था। सुबह अस्पताल के बजाय अब उसे अपने बंगले पर ही इन्जेक्शन देने लगी थी। एक से एक अच्छा टॉनिक, फलों का रस, कीमती दवाइयां, क्या नहीं दिया उसने दीपक को, परन्तु फिर भी दीपक के स्वास्थ्य पर इसका कोई प्रभाव नहीं पड़ा। आंखों में वही निराशा, होंठों पर वही दम तोड़ती मुस्कान, सब कुछ पहले के समान ही था। दीपा ने इस बात को बुरी तरह महसूस किया, परन्तु फिर भी चुप रही। लक्ष्मण रेखा जैसी खिंची हुई उस लकीर से वह कदापि बाहर नहीं निकलना चाहती थी जिसमें भारतीय मर्यादा ने प्रकाश का उसको सदा के किए बन्दी बना दिया था; परन्तु फिर भी जाने क्यों उस समय उसका दिल जोर-जोर से धड़कने लगता जब कभी दीपक, सूरज के साथ बंगले में प्रवेश करता। फिर न चाहते हुए भी वह प्रायः दीपक को छिपकर देख

लिया करती थी। सूरज से बातें करते हुए उसने दीपक को सदा उदास ही पाया। ऐसा प्रकट होता था मानो उसकी नजर इधर-उधर कुछ ढूंढ रही है। उसकी आंखों में किसी की तलाश झलकती होती। सूरज से बात करते समय उसके होंठों पर एक बार भी मुस्कान नहीं आती और जब वह निराश होकर चला जाता तो वह अपने में ही लज्जित होती। उसे ऐसा प्रतीत होता मानो उसका विश्वास डगमगा रहा है। अपने आप पर, अपने मन पर मानो उसका अधिकार ही नहीं रहा। यह कैसी ताकत थी, कैसा खिंचाव था जो एक बार भी वह दीपक को देख लेती तो जाने क्यों मन उसके प्रति सहानुभूति से अपने आप भर जाता था।

सूरज के साथ शाम को निकलना उसने छोड़ दिया। दीपक की समीपता उसके पगों को कभी भी डगमगा सकती थी। यह समय जबकि जल्द ही उसका विवाह होने वाला था, उसके लिए बहुत नाजुक, बहुत ही कोमल था। यह उसके प्यार की, उसकी पति-भक्ति की एक कठोर परीक्षा थी, जिसमें वह सती-सावित्री बनकर सफल उतरना चाहती थी और इसीलिए जब शाम ढल जाती, जब रात का अन्धकार बढ़कर धीमे-धीमे चारों ओर छा जाता और जब सूरज, दीपक को लेकर दूर, मसूरी की खामोशियों में गुम हो जाती तो वह अकेले ही बाहर निकलती। कुछ देर सड़क पर टहलती रहती, फिर लॉन चेयर निकालकर फुलवारियों के समीप बैठ जाती। सोचती रहती, और खूब सोचती रहती और उसकी सोचों में जाने क्यों और जाने किस प्रकार दीपक सदा ही चिपका रहता और अपने विचारों के जाल को सुलझाने के लिए उसे यह निर्णय मिलता कि दीपक उसकी खुशी पर केवल इसलिए बलि चढ़ जाना चाहता है, क्योंकि उसकी पत्नी का नाम दीप्ति ही था, शायद ऐसा ही रूप भी था उसका अपनी परेशानियों, अपने विचारों में उलझकर। कभी-कभी वह इतनी अधिक खिसिया जाती कि उसका मन करता कि वह तुरंत ही मसूरी छोड़ दे। वह फैसला कर लेती कि उसे कल ही चले जाना है, परन्तु यह कल इतनी आसानी से नहीं आ रहा था। दूसरा दिन होते ही वह सूरज की जिद्द पर अपना विचार बदल देती। ऐसा प्रतीत होता मानो सूरज के साथ दीपक ने भी उसके पैरों में बेड़ियां पहना रखी हैं। इतनी आसानी से इन्हें तोड़कर वह यहां से नहीं जा सकेगी।

और शाम ढल गई   123

एक दिन सूरज अस्पताल से लौटकर आई तो लंच से पहले ही ''पत्र पेटी'' में उसने नजर दौड़ाई। कई पत्रों के साथ एक पत्र उसके पिता का भी था। उसने इसे खोला और पढ़ती हुई कमरे में प्रवेश करके सोफे पर बैठ गई। परन्तु पत्र पढ़ते ही उसकी आंखें छलछला उठीं। होंठों पर सिसकियां उभर आईं तो वह रो पड़ी। दीप्ति समीप ही बैठी एक मैगजीन परख रही थी। सूरज की हिचकियां सुनते ही वह उसके समीप लपक आई।

''क्या बात है सूरज–?'' उसने सहानुभूति प्रकट करते हुए पूछा और समीप बैठ गई, ''किसका पत्र है ?''

उत्तर में सूरज ने वह पत्र उसकी ओर बढ़ा दिया और उससे लिपट गई। दीप्ति ने पत्र पढ़ा–

मेरी बच्ची,

राकेश ने तुम्हारी मां को तुम्हारे बारे में बहुत कुछ लिखा है, परन्तु मैं जानता हूं मेरी लाड़ली कभी गलत पग नहीं उठा सकती। बेटी, यदि तुम समझती हो कि कोई तुम्हें बहुत प्यार करता है तो जल्दी ही तुम वहीं विवाह कर लो। मैं तो एक गलत जाल में इस प्रकार फंस चुका हूं कि अपनी बेटी के विवाह के जोड़े में भी नहीं देख सकता। मेरा दुर्भाग्य ही है यह और इसे क्या कहूं ? परन्तु बेटी, मेरा आशीर्वाद सदा तुम्हारे साथ है। इस काम को तुम जल्द ही करो, वरना सम्भव है तुम्हारी सौतेली मां तुम पर अपना अधिकार जमाने के लिए कोई दूसरा रास्ता भी अपना सकती है। तुम तो जानती ही हो कि राकेश की किसी भी बात को वह कभी ठुकराना पसन्द नहीं करेगी। जाने किसका यह पाप था जो मैंने ग्रहण कर लिया। परन्तु मेरी बेटी, मेरा विश्वास करो, तुम्हारी मां की मृत्यु के बाद अचानक ही मुझे गरीबी ने इस प्रकार आ घेरा था कि यदि मैं राकेश की मां की मान-मर्यादा बचाने के लिए अपने आपको दौलत से नहीं बेचता तो निश्चय ही भूख मुझे बीमार करके मार डालती। फिर तू भी दर-दर की भिखारिन हो जाती। लोग तुझे आयु से पहले ही लूटकर कहीं का नहीं रखते। तू मेरी पत्नी की निशानी है। भला किस प्रकार यह स्वीकार करता कि तेरा भविष्य बर्बाद हो ? दुःख की बात तो बेटी यह है आज भी राकेश की मां छिप-छिपकर राकेश के पिता से कभी-कभी मिल

और शाम ढल गई   124

ही लेती है, जबकि अपनी इज्जत बचाने के लिए इसने विवाह मुझसे किया है। सम्भव है कि तू इस वास्तविकता से परिचित हो, परन्तु फिर भी मैंने तुझे अपने से इसीलिए दूर रखा है ताकि तुझ पर इसकी छाया न पड़ सके। अपने बदनसीब बाप को क्षमा कर देना बेटी। मुझसे जो कुछ भी हुआ, करता रहा, अब तू अपने आपकी मालकिन है। सदा सुखी रहना बेटी !

तेरा अभागा पिता

सूर्यभान सिंह।

दीपा की आंखें छलक आईं। सूरज के बारे में वह बहुत कुछ जानती थी, परन्तु इतना सबकुछ नहीं। सूरज वास्तव में भाग्यवान है जिसे इतना अच्छा पिता मिला। अपनी लाडली का भविष्य बनाने के लिए उन्होंने कितने बड़े पाप को ग्रहण कर लिया था। सूरज पर उसे दया आई। उसके गले में हाथ डालकर उसने उसके आंसू पोंछे, परन्तु वह रोती ही गई। सिसकती ही गई।

उसकी हिचकियां बंध गई थीं। यदि दीपा उसे सांत्वना नहीं देती तो वह बहुत देर तक रोती रहती। सभी तो इस संसार में किसी न किसी मजबूरी के शिकार होते हैं।

लगभग एक सप्ताह और रहने के बाद दीपा को घर लौटने की सूझी। लौटने का समय भी पूरा हो गया था तथा तब यहां के अकेलेपन से उसका मन भी ऊब चला था। दीपक की उपस्थिति से उसके अटल विश्वास की नींव डगमगा गई थी। कहीं उसके कदम बहक न जाएं। उसका रहा-सहा सुख भी न छिन जाए ? कहीं सूरज की दृष्टि में वह छोटी न पड़ जाए ? अपने डैडी की मृत्यु का कारण न बन जाए ? अपने खानदान की मान-मर्यादा पर कलंक का टीका न प्रमाणित हो ? अपने पति की प्रसन्नता की मौत न बन जाए ? उसे जाना ही चाहिए—अवश्य और वह अब जाकर ही रहेगी। अपने इस निर्णय को उसने जब एक सुबह नाश्ते पर सूरज को बताया तो वह उदास हो गई।

''क्या दो-चार दिन और नहीं रुक सकतीं ?'' सूरज के हाथ का प्याला होंठों तक जाते-जाते रुक गया।

और शाम ढल गई 125

‘‘नहीं सूरज।’’ दीपा बोली, ‘‘दो-चार दिन रुक गई तो फिर दो-चार दिन और रुकना पड़ेगा, इसीलिए अब जाने ही दो। मैंने घर फोनोग्राम भी दे दिया है। अब जल्दी ही वह भी आने वाले हैं। उनसे पहले मेरा वहां पहुंचना बहुत आवश्यक है।’’

‘‘ओह ! तो यह बात है।’’ सूरज ने मुस्कुराकर सन्तोष से चाय का घूंट लिया। उसकी जबान जलते-जलते बची।

दीपा उसकी मुस्कुराहट में सम्मिलित नहीं हो सकी।

तभी नौकर ने कहा कि दीपक बाबू बैठक में बैठे हैं। सूरज ने उसे ड्राइंगरूम में ही बुलाना चाहा, परन्तु दीपा ने उसे मना कर दिया। सूरज ने अपना नाश्ता बैठक में ही भेज दिया। उठकर दीपा को भी साथ घसीटना चाहा तो वह इन्कार कर गई।

‘‘नहीं सूरज।’’ दीपा बोली, ‘‘मुझे यहीं रहने दे। तू चली जा।’’

‘‘अरे वाह, यह भी कोई बात हुई ? कम से कम जाने से पहले तो मिल ले। कितना चिंतित रहता है तेरे लिए ?’’

‘‘मेरे लिए ?’’

‘‘और क्या ?’’ सूरज बोली, ‘‘इतने दिन से तुझे देखा नहीं तो बार-बार पूछता रहता है कि कहीं तबियत तो खराब नहीं है ? मुझसे नाराज हैं क्या ? हमारे साथ घूमने क्यों नहीं आतीं ? यूं अकेले घर में क्यों पड़ी रहती हैं ? वगैरह-वगैरह।’’

‘‘फिर वही वगैरह-वगैरह।’’ दीपा मानो चिढ़कर बोली। परन्तु फिर सम्भल गई। ‘‘कहता है तो कहने दो। यह भी कोई बात है कि मैं रोज-रोज घूमने

जाऊं ? तुम दोनों का तो साथ है, परन्तु मैं किससे बातें करती ?’’

‘‘अरे तो घबराती क्यों है !’’ सूरज ने प्यार से कहा, ‘‘बातें करने के लिए अब साथ हो ही जाएगा। जा तो रही ही है तू। अच्छा मैं चलूं, वह प्रतीक्षा कर रहे हैं।’’

सूरज चली गई तो दीपा सोचती ही रह गई। यह क्या हो गया है उसे ? यह कैसा घुन है जो शरीर को धीमे-धीमे चाट रहा है ? यह कैसी डाह है उसके अपने अन्दर ही ? कैसी जलन है ? मन ने उसे लज्जित किया तो वह दांतों से होंठों को काटती हुई उठी। अपने कमरे में पहुंची और पलंग पर आड़े-आड़े लेट गई। आज उसका मन रोने को कर रहा था। दिन में जाने कहां दर्द अटका हुआ था। जाने कहां ? पलकों में आंसू छिपे थे। काश ! यह वह जाने तो मन की पीड़ा कम हो जाती। समीप के कमरे से सूरज और दीपक की बातों की भुन-भुन उसे सुनाई पड़ रही थी। ठहाके भी ऊंचे हो रहे थे। यह ठहाके उसके कानों में पिघले शीशे के समान उतरते चले गए। वह फिर भी नहीं रो सकी। एक अज्ञात भड़कती आग में उसका सारा शरीर जलता ही गया।

***

रात के आठ बजे थे। ठंड होने पर भी दीपा बंगले के लॉन में बैठी विचारों की निद्रा में तल्लीन थी। सामने एक कुर्सी रखकर उसने अपने पैरों को इस पर फैला दिया था। आकाश पर बदली ही बदली थी। समां को वर्षा की प्रतीक्षा थी। बरामदे की बत्ती बुझा देने से पूरे लॉन में अन्धकार ही अन्धकार छाया हुआ था। इस अन्धकार का सहारा लेकर एक बार फिर दीपक का विचार उसके मन का द्वार खटखटाने लगा। हृदय में एक पुकार थी कि जाने से पहले वह एक बार अवश्य ही दीपक से मिले। उससे बात करे। परन्तु नहीं, ऐसा करना उस पर शोभा नहीं देता। इससे कोई लाभ भी नहीं। केवल नुकसान ही है सूरज का, दीपक का, शायद उसका अपना भी। मन को संभालकर उसने सड़क की बत्तियों को देखा। चढ़ाई पर दीपक तो इस समय सूरज के साथ ही किसी एकांत सड़क पर होगा, कहीं घाटी के सामने अन्धेरे कोने में होगा या फिर किसी होटल में ही वे बैठे होंगे। साथ ही सूरज मुस्करा रही होगी और दीपक भी, परन्तु सूरज कितनी भोली है, दीपक की मुस्कुराहट के पीछे वह छिपा हुआ एक दर्द भी नहीं देख पाती है, कितना सुन्दर, कितना मीठा धोखा वह खा रही है। दीपक तो सूरज के बजाय केवल उसी के बारे में सोच रहा होगा–केवल उसी के बारे में–क्योंकि उसका

नाम दीप्ति है, उसका रूप उसकी पत्नी के समान है। भला वह उसके रहते सूरज के बारे में किस प्रकार गम्भीर हो सकता है ? वह तो केवल उसकी बात रखने के कारण ही सूरज से प्यार करता है। शायद विवाह भी कर ले। परन्तु यह अच्छा ही होगा। फिर सूरज की उपस्थिति पाकर वह उसे तो क्या अपनी वास्तविक स्वर्गवासी पत्नी को भी भूल जाएगा। समय घाव पर स्वयं ही मरहम रख देता है। मनुष्य चाहे तो इस घाव का दाग मिटा भी सकता है।

सहसा बंगले का गेट खुला। उसने चौंककर दृष्टि ऊपर की। एक छाया उसी की ओर बढ़ रही थी। कांप गई वह। इसके पहले कि आने वाले का नाम पूछे, दिल की धड़कन ने उसे झट से एक पहचान दे दी। सांस रोककर वह कुर्सी पर निढाल-सी धंस गई। पैरों को कुर्सी पर से समेटकर उसने नीचे कर लिया था।

''दीपाजी !''

और दीपा देखती ही रह गई—गुम-सुम—कुछ कहने का वह साहस ही नहीं कर सकी।

''दीपाजी, मैं दीपक हूं !'' आवाज फिर आई, ''आज्ञा हो तो बैठ जाऊं यहीं, आपके सामने।''

दीपा फिर भी खामोश रही। बोलना चाह कर भी जबान नहीं खुल सकी। होंठों के साथ पैर भी बिल्कुल जम-से गए थे मानो वह उठकर अन्दर न भाग सके।

''ओह ! आई एम सॉरी !'' दीपक ने निराश होकर कहा और वापस लौट जाना चाहा, ''मुझे मालूम नहीं था कि आप इतना अधिक मेरी समीपता से घृणा करती हैं।''

''नहीं-नहीं दीपक बाबू—'' दीपा जैसे सपनों से जागी और तुरन्त खड़ी हो गई, ''यह बात नहीं। दरअसल मैं कुछ और ही सोच रही थी। बैठिए-बैठिए, बैठिए न।''

दीपक ने उसे कृतज्ञ दृष्टि से देखा। वह बैठ गया तो दीपा भी बैठ गई। दीपा ने तुरन्त ही महसूस किया कि दीपक की दृष्टि अन्धकार की छाती चीरकर उसके दिल की गहराई को छू

रही है। उसने अपनी आंखें अदृश्य फूलों की ओर फेर लीं। बहुत बेचैनी से वह दीपक के शब्दों की प्रतीक्षा करने लगी, जिसके बहाने वह आया था; परन्तु जब वह खामोशी सब्र की सीमा को पार कर गई तो दीपा से नहीं रहा गया।

‘‘आप कुछ काम से ही आए होंगे ?’’ दीपा को पूछना ही पड़ा।

‘‘जी ? जी हां, जी हां।’’ दीपक विचारों से जागा, फिर सम्भलकर बोला, ‘‘सुना है आप कल जा रही हैं ?’’

‘‘जी हां।’’

‘‘इसीलिए सोचा कि आपसे मिल लूं।’’ दीपक ने निराश स्वर में कहा, ‘‘मालूम नहीं, जीवन फिर आपको देखने का अवसर दे या न दे।’’

दीपा के दिल को चोट लगी। बोली कुछ भी नहीं। दीपक की आवाज से वास्तविक अनुमान झलकता था। उसका दिल धड़कने लगा।

‘‘मेरे विवाह में तो आप लोग आइएगा न ?’’ उसने पूछा।

‘‘सूरज तो अवश्य ही जाएगी।’’ दीपक बोला, ‘‘और यदि जीवन ने आज्ञा दी तो मैं भी अवश्य ही उपस्थित हूंगा। कब है आपका विवाह !’’

‘‘कोई तारीख तो अभी निश्चित हुई नहीं है। वैसे इसी महीने के अन्त में ही आशा की जा सकती है। या फिर अगले मास में सही।’’

‘‘शुक्र है।’’ दीपक जैसे स्वयं से बोला।

दीपा ने उसे कुछ विचित्र सी दृष्टि से देखा। आखिर यह विचित्र मनुष्य चाहता क्या है ? क्यों उसकी प्रसन्नता देखने को इतना अधिक उत्सुक है ?

दीपक ने तुरन्त ही उसकी परेशानी को भांप लिया।

''आपका नाम दीप्ति है।'' दीपक बोला, ''आपको देखकर मेरी पिछली यादों को एक शांति-सी प्राप्त होती है–इसीलिए मैं आपकी कोई भी इच्छा नहीं ठुकराना चाहता।''

दीपा चुप हो गई। उस दीवाने की बात का उत्तर भी क्या देती ?

''सूरज कहां है ?'' कुछ देर बाद उसने फिर पूछा।

''डॉक्टर वर्मा और उनकी पत्नी मिल गईं।'' दीपक बोला, ''जबरदस्ती वो उन्हें खींचकर घर ले गए। शायद आज शाम ही उनकी लड़की आई है। मुझे भी ले जाना चाहते थे, परन्तु मैं क्षमा मांगकर यहां चला आया।''

दीपा फिर चुप हो गई।

''दीपाजी–''कुछ देर बाद दीपक फिर बोला, ''क्या यह सम्भव नहीं कि आप अपने विवाह के बाद बजाय स्विटजरलैंड जाने के यहां मसूरी ही चली आएं–हनीमून के लिए ?''

दीपा लजा गई। दीपक की बात उसे अच्छी लगी और बुरी भी। कुछ नहीं बोली तो दीपक को लगा कि उससे कहने में कुछ गलती हो गई है। क्षमा मांगने के लिए उसने अभी अपनी जबान खोली ही थी कि हल्की-सी वर्षा आरम्भ हो गई। बिना बादल गरजे, बिना बिजली कड़के, बिना चेतावनी दिए ही यह वर्षा उमड़ पड़ी थी।

दीपा लपककर बरामदे में पहुंच गई। दीपक भी लॉन चेयर्स उठाए वहां आ पहुंचा।

''आपकी तबियत ठीक नहीं है।'' दीपा बोली, ''इसके पहले कि वर्षा तेज हो जाए, आप घर पहुंच जाइए !''

''जी हां।'' दीपक ने आशा के विपरीत उसकी बात सुनकर एक आह भरी। ''इससे पहले कि वर्षा तेज हो, मुझे घर पहुंच ही जाना चाहिए। अच्छा–गुड नाइट।''

''गुड नाइट।'' दीपा बोली और बरामदे को छोड़कर कमरे में प्रवेश कर गई।

पलभर बाद ही उसने खिड़की से झांका। दीपक गेट खोल रहा था। पलभर वह खड़ा रहा। पलटकर बंगले की ओर देखा, फिर अपने पथ पर हो लिया। वर्षा में कुछ ही पग दूर जाकर उसकी दृष्टि से लुप्त हो गया था।

***

दोपहर का समय था। वातावरण सुगन्धित और साफ था। कहीं-कहीं ही बादल के टुकड़े थे। सूरज की कार गोल-गोल घूमती सड़क पर उतर रही थी। दीपक कार चलाने में मगन था। दूसरे किनारे दीपा भी बिल्कुल खामोश थी। बीच में बैठी सूरज ही केवल तोते समान रट लगाए हुए थी। उसकी चहक से कार के अन्दर एक रौनक-सी स्थिर थी, उसकी बातों का आनंद उठाने के बहाने दीपा कभी-कभी जब सूरज की ओर मुंह फेरती तो उसकी आंखें दीपक पर जमकर रह जातीं। किस कदर उदास, कितना गम्भीर था वह ? दीपा मानो मसूरी की सारी रौनक ही अपने साथ ले जा रही थी।

दीपक ने काफी देर बाद एक स्थान पर कार रोकी–सड़क के किनारे ही, जहां छोटा-सा मैदाननुमा स्थान था। उसने कार का गेट खोला।

‘‘क्या हुआ ?’’ सूरज ने आश्चर्य से पूछा।

‘‘थोड़ा ‘‘रिलेक्स’’ कर लिया जाए।’’ बाहर निकलते हुए कहा उसने, ‘‘क्या लाभ कि यदि लगातार चलते रहने से चक्कर आ जाएं ?’’

सूरज कुछ न बोली। परन्तु दीपा ने उसे गौर से देखा। यह दीपक अपनी बातों द्वारा उस पर चोट क्यों कर रहा है ? क्या लगता है उसका जो उस पर यूं अधिकार जमा रहा है ? क्या इसलिए कि उसने उस पर अहसान किया है–सूरज को प्यार करके ? उसने तो उसकी भलाई के लिए ही ऐसा कहा था। ऊंह ! सूरज के इशारे पर वह बाहर निकली। सूरज ने भी अपना आंचल सम्भाला और बाहर फुदक आई। दीपा के लिए यह स्थान जाना-पहचाना था। पुलिया के समीप, बरगद की छांव में आकर वह खड़ी हो गई। नीचे गई घाटी को देखा। करौंदे सुर्खी

और शाम ढल गई 131

का वस्त्र ओढ़े झूल रहे थे। कुछेक पल के लिए उसके मन में पिछली यादों ने स्थान बनाया। उसने ऊपर दृष्टि की और मुखड़ा बगल की ओर घुमाया। सूरज अपनी पीठ उसकी ओर किए दीपक से बातें करने में मगन थी। दीपक का मुखड़ा उसी की ओर था। उसकी दृष्टि अपनी ओर पाते ही वह मुस्कुराहट, जैसे उसकी बात रखकर अहसान जता रहा हो या फिर उसके मन की उदासी का कारण जानकर ही वह अपनी जीत पर मुस्कुरा रहा हो। परन्तु उसके मन में है क्या ? वह स्वयं नहीं जान सका तो भला वह क्या जानेगी ? उसने दूसरी ओर चट्टानों पर दृष्टि जमा दी।

दीपक सूरज के साथ उसके समीप ही बगल में आकर खड़ा हो गया। घाटी की ओर उसने गहराई में दृष्टि की।

''सूरज।'' पुलिया पर एक पैर रखते हुए बोला, ''वह नीचे करौंदे का पेड़ देख रही हो न ?''

''हां।'' सूरज बोली, ''करौंदे बहुत सुन्दर लग रहे हैं।''

''खाओगी ?'' दीपक ने कनखियों से दीपा को देखा मानो उसी से पूछ रहा हो।

''न।'' सूरज बोली, ''यह तो जंगली हैं।''

''तो क्या हुआ ?'' दीपक बोला, ''खट्टे तो हैं।''

''होने दीजिए—मुझे इनका शौक नहीं।'' सूरज बोली और दूसरी ओर देखने लगी।

''आपको तो आवश्यकता नहीं है दीपाजी ?'' दीपा से बात करने का ढंग उसने ढूंढ ही लिया।

''जी नहीं—धन्यवाद।'' दीपा ने भी उत्तर दिया और वहां से हटकर कार की ओर चल पड़ी। दीपक के व्यवहार से वह खिसिया-सी चली थी। यदि उसके नाम और रूप से उसकी पत्नी की याद ताजा होती है तो उसे चाहिए कि वह उसका आदर करे, न कि उससे अनुचित लाभ उठाये। भला यह भी कोई बात हुई ? दीपक को समझते-समझते वह स्वयं उलझ चली थी।

दीपा कार में आकर बैठी तो सूरज भी पीछे-पीछे चली आई। दीपक को भी विवश होकर आ बैठना पड़ा।

''कितना अच्छा समां है।'' ठण्डी हवाओं का आनन्द उठाती हुई सूरज बोली।

''हां, है तो।'' दीपक ने कार स्टार्ट करते हुए कहा, ''परन्तु डर है कि लौटते समय कहीं वर्षा न हो जाए।''

''यह तो और भी अच्छी बात होगी।'' सूरज ने मन की बात कही–''लौटते समय हम और आप ही तो रहेंगे, मजा आ जाएगा।''

''हां !'' दीपक बोला, ''परन्तु वर्षा में यह रास्ते कितने भयानक भी हो जाते हैं ?''

''तो क्या हुआ ?'' सूरज बोली, ''खतरों से खेलना ही तो जीवन का सच्चा आनन्द है।''

दीपक चुप हो गया। कार अपने बहाव पर दूर तक चलती ही चली गई।

प्लेटफार्म पर काफी भीड़ थी। फिर भी दीपा को लेडीज फर्स्टक्लास केबिन पाने में कोई आपत्ति नहीं पेश आई। दीपा गेट पर खड़ी सूरज से बातें कर रही थी परन्तु फिर भी कुछ देर दीपक को एक खम्भे के सहारे उदास खड़ा पाकर उसकी नजरें बहक-बहक जाती थीं। दीपक को उसके जाने का दुःख कुछ अधिक ही था। विचित्र बात थी। दीपक जब उससे खुलकर मजाक करता है तो वह उससे दूर रहना चाहती है और जब वह उदास खड़ा है तो उसे अपने समीप बुलाना चाहती है। वह क्या है, उसके मन में क्या है दीपक के प्रति, वह स्वयं भी समझने से वंचित थी। शायद दीपक ही उसको उससे अधिक समझता है।

सहसा सूरज का ध्यान दूसरी ओर बैठ गया। एक जानी-पहचानी-सी सूरत उसके समीप से गुजरी तो वह झट उसके पीछे-पीछे निकल गई। उसकी कोई पुरानी सहेली थी वह जो मसूरी आई थी और अब जा भी रही थी। उससे भेंट भी नहीं हो सकी।

दीपा अकेली रह गई तो उसने दीपक को देखा। वह उसी को देख रहा था। नजरें मिलते ही ठिठक गया। फिर स्वयं ही भारी पगों से चलकर उसके समीप आया ? दरवाजे से सटकर खड़ा हो गया वह और हाथ से उसने लोहे का हैन्डिल थाम लिया। दीपा वहीं खड़ी रही। हिल भी नहीं सकी। दृष्टि भी नहीं फेर सकी।

''मैंने आपको बहुत कष्ट दिया है। मुझे क्षमा कर दीजिएगा।'' कुछ देर बाद बोली दीपा।

दीपक के होंठों पर एक मुस्कान आई और लुप्त हो गयी। वह चुप ही रहा।

''कभी-कभी मुझे ऐसा प्रतीत होता है जैसे नाम तथा रूप के अतिरिक्त मेरा कुछ और भी सम्बन्ध आपकी स्वर्गवासी पत्नी से रहा है।'' कुछ देर बाद दीपा फिर बोली, ''या फिर और भी कोई भेद हो सकता है जिसे आप छिपा रहे हैं, मुझे बताना नहीं चाहते। मगर खैर, बार-बार आपके घाव को नहीं कुरेदूंगी। क्या लाभ कि इससे आपको चोट लगे।'' दीपा की पलकें भीग चलीं, ''हां मेरे विवाह में अवश्य आइएगा। आपकी और सूरज की मुझे सख्त प्रतीक्षा रहेगी।''

दीपक ने कुछ कहना चाहा कि तभी वहां सूरज आ धमकी।

''अरे दीपा तू रो रही है ?'' सूरज दरवाजे पर खड़ी हो गई। दीपा के गले से उसने बांहें पिरो दीं। प्यार से दुलारने लगी तो स्वयं उसकी भी आंखें छलक आईं। वह बोली, ''हम तेरी शादी में अवश्य आयेंगे। बस, एक तार भेज देना। कार्ड-वार्ड तो बाद में आता ही रहेगा।''

परन्तु दीपा की दृष्टि दीपक पर थी। आंसुओं में उसी की छवि थी। वह सिसक पड़ी–जाने किसके लिए ? दीपक के लिए या फिर सूरज के लिए ? वह स्वयं नहीं जान सकी।

गार्ड ने सीटी दी तो सूरज सिसकती हुई नीचे उतर आई। अपनी आंखों के आंसू पोंछती हुई वह मुस्कुराई। परन्तु दीपा गंभीर रही। गाड़ी सरकी, पहिए रेंगने लगे, तो सूरज कुछेक पग कम्पार्टमेंट के साथ चलती रही। दीपा को सांत्वना देती रही, ''जाते ही पत्र लिखना, अंकल और आंटी को मेरा प्रणाम कहना, हम विवाह में अवश्य आएंगे, हमारी प्रतीक्षा करना, बाई-

बाई, बाई।'' कम्पार्टमेंट आगे बढ़ गया और सूरज पीछे छूटने लगी तो उसने हवा में हाथ लहराया। दीपक अब तक वहीं खड़ा था। वह देख रहा था, दीपा भी सूरज को हाथ हिला रही है, परन्तु निगाहें उसकी उसी पर थीं। जब गाड़ी प्लेटफार्म पार करने लगी तो उसने भी हाथ उठाकर हवा में लहरा दिया, केवल एक बार ? और दीपा के लहराते हाथ में तेजी आ गई। और फिर वह आगे अन्धकार में लुप्त हो गई। गाड़ी उसकी नजरों से दूर चली जा रही थी— लाल बत्ती मानो उसे चेतावनी दे रही थी कि उसके पग आगे बढ़कर दीपा की ओर न जाएं। उसने एक गहरी सांस ली और सूरज के साथ हो लिया। सहसा हवा का एक तेज झोंका आया तो उसे खांसी आ गई। वह खांसने लगा, खांसता रहा और उसे ऐसा प्रतीत हो रहा था मानो उसका कलेजा फट जायेगा। छलनी दिल से रक्त निकलकर हलक में आ जाएगा। उसका दम निकल रहा था। परन्तु तभी सूरज ने उसकी पीठ पर से हाथ हटाकर पर्स खोला। एक टेबलेट निकाल कर उसके मुंह में डाली तो उसे शान्ति मिली। अपना बोझ सूरज के कंधे पर डाले वह स्टेशन से बाहर निकल आया।

चार

दिन बीत रहे थे। परंतु दीपक की अंदरूनी अवस्था गिरती ही गई। सूरज ने ज्यूं-ज्यूं दवा की, मर्ज बढ़ता ही गया। परन्तु इस बात को दीपक ने भी सूरज पर प्रकट नहीं होने दिया। सूरज सन्तुष्ट थी कि अब वह हर पल उसके सामने रहता है, दवा पीता है, समय पर खाना खाता है, उसके साथ टहलता है, उसकी मुस्कुराहट में हंसता है, मजाक करता है। परन्तु इस बात से वह बिल्कुल ही अज्ञात थी कि दीपक को कोई घुन चाट रहा है। एकान्त में दीपक की सोच भी बढ़ गई थी और यदि कभी भूले-भटके सूरज उसकी इस चोरी को पकड़ भी लेती तो वह साफ कह देता कि वह उसी के बारे में डूबा जीवन का एक चमन सजा रहा था और तब सूरज सब कुछ भूलकर मुस्करा देती थी। नारी कितनी भोली होती है।

एक दिन सूरज अस्पताल से आकर दीपक के साथ लंच पर बैठी ही थी कि नौकर ने उसे एक पत्र दिया। सूरज ने लिफाफा उलटा-पलटा तो देखा कि लखनऊ की मुहर है। हल्के से मुस्करा दी वह।

''किसका पत्र है ?'' दीपक से नहीं रह गया तो पूछ बैठा।

''दीपा का लगता है।'' पत्र को एक ओर डालकर वह खाने में व्यस्त हो गई।

''अरे ! यह क्या ?'' दीपक मुंह में कौर डालते-डालते रुक गया, ''पहले पत्र तो पढ़ो। जाने क्या आवश्यक बात लिखी हो उसने ?''

''अच्छा बाबा, अच्छा।'' सूरज ने चम्मच प्लेट में रखा और लिफाफा उठा लिया। खोलती हुई बोली, ''सिवाय अपनी शादी के और लिख भी क्या सकती है ?'' और फिर सरसराती दृष्टि से उसने सारा पत्र पढ़ डाला। एक गहरी सांस ली उसने और पत्र किनारे डालकर खाने पर झुक गई। एक कौर मुंह में डालकर उसने दीपक को देखा।

''क्या लिखा है ?'' दीपक ने बहुत उत्सुक होकर पूछा।

''कोई विशेष बात नहीं।'' सूरज बोली, ''केवल यही कि चौबीस तारीख को वह दिल्ली जा रही है, अपने मंगेतर के स्वागत में। पच्चीस तारीख को वह दिन के दो बजे के प्लेन से आ रहा है।''

''ओह !'' दीपक बोला, ''और क्या लिखा है ?''

''लिखा है कि वह बहुत बेचैनी से उस दिन की प्रतीक्षा कर रही है जब उसका विवाह होगा। शादी के बाद हनीमून के लिए वह मसूरी ही आने का विचार रखती है।''

''अच्छा ! और क्या लिखा है ?''

सूरज ने उसे गौर से देखा, मुस्कुराई, फिर बोली, ''आपका कोई वर्णन नहीं है।''

दीपक चुप हो गया। दिल को हल्का-सा धक्का लगा। दीपा उसे जाते ही भूल गई परन्तु खैर ! यह भी ठीक ही हुआ। दीपा पर तो उसकी छाया भी नहीं पड़नी चाहिए।

''आपने खाना क्यों रोक दिया।'' सहसा सूरज बोली।

''हूं?'' दीपक चौंका। कौर को मुंह में रखकर वह धीरे-धीरे चबाने लगा। सूरज ने दीपक को कुछ विचित्र ही दृष्टि से निहारा। दीपा के लिए उसे इतना अधिक चिन्तित पाकर उसके अन्दर जलन-सी उत्पन्न हुई। वह करती भी क्या ? अपनी नारीयता से विवश थी। परंतु उसने कुछ कहा नहीं। अपनी निर्बलता समझकर वह चुप हो गई। दीपक इतना गिरा हुआ मनुष्य नहीं हो सकता। आखिर उसमें कमी ही क्या है जो दीपक उसका विचार छोड़कर किसी पराई स्त्री पर दृष्टि करे ?

दीपक विचारों में लीन धीमे-धीमे खाने में व्यस्त था। जो भी हाथ लगता, उसे चबाता, निगलता चला गया। सहसा उसके गले में सरसराहट उत्पन्न हुई। ऐसा जोर का फंदा लगा कि उसे खांसी आ गई, कुछ इस प्रकार कि उसका गला छिलने लगा, आंखें बाहर निकल आईं। सूरज ने लपककर पानी का एक गिलास उसके होंठों से लगाया तो उसने एक ही सांस में इसे पीया। फिर हथेली में सिर थामकर वह गहरी-गहरी सांस लेने लगा।

''आपकी तबियत ठीक नहीं है।'' सूरज बोली, ''चलिए आराम कीजिए, मेरे ही कमरे में। कुछ देर बाद जाना चाहें तो चले जाइएगा।'' उसकी पीठ पर वह हाथ फेरने लगी।

दीपक कुछ न बोला। जाकर पलंग पर लेट गया। आंखें खोले वह छत की ओर देखने लगा जहां विचार एक तस्वीर उजागर कर रहा था। इस तस्वीर में खो गया वह। इसे उसने अपनी आंखों में कैद करने के लिए पलकें बन्द कर लीं।

शाम ढले जब सूरज के साथ वह सड़क पर टहलने निकला तो उसे अपने घर की ओर ले गया। गली में मुड़कर वह अपने घर की सीढ़ियों के सामने से आगे निकल गया, जहां रास्ता मुंडेर द्वारा समाप्त होता था। वे वहीं जाकर ठहर गए। सामने एक बरगद का वृक्ष था। अपनी शरण में लिए सूर्य को नमस्कार कर रहा था। फिर भी झूलती लताओं ने इसे अपनी पकड़ में बहुत देर तक बांधे रखा। घाटियों में उस पार, क्षितिज की लालिमा में धब्बे-धब्बे

थे, फिर भी देखने में भले लग रहे थे। कई पक्षी इनकी लालिमा में दूर तक उड़ते चले जा रहे थे। दीपक इन पक्षियों को बहुत गौर से देख रहा था। कितना ऊंचाई तक यह जा सकेंगे ?

‘‘कितना सुन्दर दृश्य है ?’’ सूरज ने दीपक का हाथ थामते हुए कहा।

‘‘हां, हैं तो।’’ दीपक ने डूबते सूर्य पर दृष्टि की, परन्तु कितना उदास, कितना दुखी, मानो संसार को छोड़ते हुए उसे अत्यन्त दुःख हो रहा है।’’

‘‘तो क्या हुआ ?’’ सूरज ने उसके हाथ को प्यार से झटका, ‘‘यह उदासी तो केवल दम भर की है। सूर्य जानता है कि दूसरी सुबह फिर आएगी। और दूसरी सुबह की चमक में फिर एक नया प्रकाश, नया जोश होगा। फिर भला वह उस पल भर के दुःख से क्यों उदास होने लगा ? आखिर हर गम का एक-न-एक सवेरा तो अवश्य ही होता है।

‘‘तुम ठीक कहती हो सूरज।’’ दीपक ने एक गहरी सांस ली और उसकी ओर मुड़ा। गौर से उसने सूरज को देखा। दिल पर मानो बरसों से एक बोझ लदता चला आ रहा था। आज उसे उतारने का उसे साधन प्राप्त हो गया।

‘‘हां आं–और क्या ?’’ सूरज बोली, ‘‘बुद्धिमान लोग बड़े से बड़ा गम सहने के पश्चात भी अपने प्रयत्न द्वारा जीवन को नई प्रसन्नताओं से सुसज्जित कर लेते हैं। भला आंसू बहाने से भी जीवन का कोई स्वार्थ है ?’’

दीपक ने सोचा, सूरज ठीक ही कहती है। वह पढ़ी-लिखी है और जीवन का अर्थ समझती है। यदि उसकी अनन्त सोच-फिक्र ने उसके जीवन को धोखा दे दिया तो शायद सूरज पर इसका प्रभाव अधिक नहीं पड़ेगा। चार दिन उसके लिए आंसू बहाने के बाद वह अपनी ही बातों को अपनाने लगेगी। शायद उसे भूल जाए और दुबारा जीवन को नए पथ पर डाल दे। उसे खुशियों से प्यार है, खुशियां ही उसके लिए जीवन का दूसरा नाम हैं। दीपक के मन को एक शान्ति मिली। उसकी वह चिंता दूर हुई जो प्रायः वह सूरज के प्रति सोचा करता था, जिस लड़की ने समाज, घर-बार धन और यश की परवाह न करते हुए उससे इतना प्यार

किया है, वह उसे यदि नहीं मिला तो क्या होगा ? परन्तु वह अब निश्चिंत हो गया। सूरज की बातें उसके दिल की गहराई को छू गईं।

‘‘किस सोच में डूब गए ?’’ सूरज ने उसके खोएपन को पढ़ने का प्रयत्न किया।

‘‘तुम ठीक कहती हो सूरज–तुम बिल्कुल ठीक कहती हो–’’ दीपक ने अपने दिल की भावनाएं छिपा लीं। ‘‘मुझे भी अपने जीवन को अब भूल ही जाना चाहिए। खुशियों का नया मार्ग अपना लेना चाहिए। यह जीवन वास्तव में बहुत रंगीन है, सुन्दर है। मैं जिऊंगा–हजार वर्ष जिऊंगा, हजार वर्ष। सहसा दीपक के गले को ठसका लगा। वह खांसने लगा। खांसी का उसे दौरा पड़ गया। सांस फूलने लगी। आंखों में पानी छलक आया। सूरज ने उसकी पीठ पर हाथ फेरा। उसके मुंह में एक टेबलेट रखी। उसके शारीरिक कष्ट से उसका मन भर आया था। उसकी लगातार उठने वाली खांसी से उसका दिल फटने लगा। आशा का दामन छोड़ना तो उसने सीखा ही नहीं था। दीपक को वह चाहती थी–अपने समाज, अपनी जान से भी बढ़कर। उसके बिना उसका जीवन व्यर्थ था। यही बात आज उसने दीपा को पत्रोत्तर में भी लिखी थी। परन्तु दीपक उसके मन को समझने में भूल कर रहा था। डूबते सूर्य की एक उपमा लेकर उसने अपनी शक्ति का एक हल ढूंढ लिया था। यह नहीं समझ सका कि सूरज पहले एक नारी है, बाद में सबकुछ। यह पुरुष होते ही ऐसे हैं। भला नारी के कोमल दिल के दर्द का इन्हें अनुमान भी क्या होगा ?

सूर्य डूब रहा था–डूब गया। शाम ढल गई। अंधकार ने अपने पंख फैलाए तो सूरज ने लपककर दीपक को अपनी शरण में ले लिया। उसे सहारा दिया और सड़क की ओर उतर आई। उसने एक रिक्शा किया और कुलरा में लाकर छोड़ दिया। वहां से वे पैदल ही माल रोड की ओर चल पड़े। शहर की चहल-पहल, प्रकाश और जीवन की जगमगाहट, चमक-दमक, चारों ओर जीवन में वे खो जाना चाहते थे।

उस रात वे ‘‘सावाय’’ गए। बहुत देर तक बालरूम डांस का आनन्द उठाते रहे। दीपक के निर्बल कंधे पर सिर रखकर थिरकते हुए सूरज ने जीवन के अनगिनत सपने देख डाले। इन

सपनों से उसे वास्तविक प्रसन्नता हुई। आर्केस्ट्रा की धुन इतनी मीठी थी कि सूरज मदहोश हो चली थी। आंखों में सुर्ख डोरे पड़ गए थे। होंठ भीग चले थे और सांसें गर्म हो चली थीं।

***

तारीख पच्चीस। दिन के डेढ़ बज चुके थे। सूरज और दीपक धूप का आनन्द लेने के लिए लॉन में बैठे हुए थे, समीप ही टेबल पर रखा ट्रांजिस्टर वातावरण में धुन बिखेर रहा था। क्यारियों में फूल ही फूल थे और फूलों पर तितलियां। सूरज हाथ में मैगजीन लिए दीपक की ओर ध्यान दिए थी और दीपक फूलों पर थिरकती तितलियों को देखकर दीपा के बारे में सोच रहा था। आज इस समय प्रकाश का प्लेन आ गया होगा। दीपा तथा उसके डैडी-मम्मी ने फूलों के गजरों द्वारा उसका स्वागत किया होगा। इस समय तो दीपा बहुत अधिक ही प्रसन्न होगी। मसूरी की याद भी समीप नहीं आ रही होगी। और होना भी ऐसा ही चाहिए। जिस देवता के लिए वह आंख बिछाए प्रतीक्षा कर रही थी, भला उसे पाकर वह किसी और का विचार अपने मन में ला भी किस प्रकार सकती है ? यह तो स्वाभाविक बात है।

रेडियो में सूचनाएं आने लगीं। सहसा एक सूचना सुनते ही दीपक के कान खड़े हो गए। एनाउन्सर कह रहा था, आज सुबह जर्मनी से चलकर भारत में दो बजे दिल्ली पहुंचने वाला हवाई जहाज अचानक ही आग लग जाने के कारण एक दुर्घटना का शिकार हो गया है।''

दीपक की छाती पर किसी ने जैसे भरपूर नुकीला वार कर दिया। लपककर उसने रेडियो तेज किया तो सूरज का ध्यान भी उधर ही बंट गया, सूचना जारी थी, ''जहाज में भारतीय यात्रियों के अतिरिक्त कुछ जर्मन डेलीगेट्स भी भारतीय दौरे पर निकले थे। खेद है कि इस जहाज का एक भी यात्री नहीं बच सका। भारतीय यात्रियों के नाम यह हैं, चन्द्रनगर स्टेट के राजा चन्द्रभान सिंह, सेठ करोड़ीमल, बम्बई, चन्द्रशेखर, दिल्ली, मुहम्मद यूनिस, अलीगढ़, प्रकाश अरोड़ा...।''

और शाम ढल गई   140

दीपक का दिल छाती से निकलकर बाहर आ गया। सूरज की आवाज गुम हो गई। दोनों को अपने कानों पर विश्वास ही नहीं हुआ। चाहा कि रेडियो पर यह नाम दोहराया जाए, परन्तु एनाउन्सर आगे बढ़ चुका था।

सहसा दीपक चीख उठा, ''नहीं-नहीं, ऐसा कभी नहीं हो सकता, ऐसी कभी नहीं होगा। यह सूचना गलत है।'' दीपक वेग में आकर खड़ा हो गया। सूरज भी लपककर उसकी छाती से लिपट गई, फूट-फूटकर रोने लगी, मानो उसका अपना ही संसार उजड़ गया हो।

और रेडियो समाचार देता रहा। ''सरकार ने इस दुर्घटना पर विशेष जांच ठहराई है। विदेशी डेलीगेट्स के नाम अगले समाचार बुलेटिन में सुनाए जाएंगे।''

सहसा दीपक के मन को एक झटका लगा। भाग्य ने मस्तिष्क पर आकर हल्की-सी थपकी दी। हाथ फैलाकर कहा, ''लो मैं तुम्हारे निःस्वार्थ प्रेम का फूल बनकर आ गया हूं, मुझे अपना लो। यह अन्तिम अवसर है।'' दीपक ने मन की इस बात पर गौर किया। बात उचित ही प्रतीत हुई। परन्तु सूरज ? और तभी उसने सोचा, सूरज प्रसन्नता को ही जीवन समझती है। डूबते सूर्य में आने वाले दिन की नई झलक, नया जीवन प्राप्त करती है। उसे संसार की बड़ी से बड़ी चोट भी उदास नहीं कर सकती, मुस्कुराहट को कदमों तले दबाए रखना उसके लिए साधारण-सा प्रयत्न है। उसने अपने दिल के द्वार खोल दिए। भाग्य को हाथों से दबाकर सुरक्षित रख लिया। उसके अन्दर एक नये उत्साह का संचार हो गया था। जीवन को संवारने के लिए वास्तविक प्रसन्नता का विचार समा गया था। सूरज को उसने अलग किया और गेट की ओर बढ़ा।

''कहां जा रहे हैं आप ?'' सूरज चकित-सी उसके सामने आ खड़ी हुई।

''मैं...मैं दीप्ति के पास जा रहा हूं।'' दीपक ने साफ शब्दों में कहा।

''दीप्ति ? ओह ! दीपा के पास ?''

''हां।'' दीपक बोला, ''इस समय उससे मिलना बहुत आवश्यक है। तुम नहीं जानतीं मैं...मैं...।''

''आपको मैं मना नहीं करती दीपक बाबू–आप अवश्य जाइए।'' सूरज बोली, ''और मेरी ओर से तुरन्त ही न आ सकने पर क्षमा मांग लीजिएगा। डॉक्टर वर्मा यदि दो दिन की छुट्टी पर आज ही नहीं जाते तो मैं भी आपके साथ चलती।''

दीपक सूरज को देखता ही रह गया। कितना विश्वास था उसे उसके ऊपर !

''जब तक दीपा नहीं चाहे, आप कदापि नहीं लौटिएगा।'' सूरज उसके मन के विचारों से बेपरवाह कहती चली गई, ''उस बेचारी का हमारे अतिरिक्त है ही कौन ? आप पहुंचिए, फिर मैं भी इसी सप्ताह में पहुंच रही हूं।''

''लेकिन–।'' दीपक ने विरोध करना चाहा।

''लेकिन-वेकिन कुछ नहीं–।'' सूरज उसकी बात काटकर पूरे अधिकार से बोली, ''अन्दर आइए। और फिर उसे खींचती हुई अन्दर कमरे में ले गई। उसने सेफ खोला और रुपयों की गड्डी उसके कोट की जेब में जबरदस्ती ठूंस दी। ''इसे रखिए।'' बोली वह, ''जाने क्या आवश्यकता पड़ सकती है ? पहुंचते ही मुझे तार दे दीजिएगा। जाने क्यों अचानक ही मेरा दिल बहुत अधिक घबरा रहा है। आपके बिना मैं एक पल भी नहीं रह सकती–एक पल भी नहीं–।'' सूरज की आंखें छलक आईं।

दीपक के दिल को सख्त चोट लगी। अपने झूठे प्यार का जो लबादा वह उस पर से उतार फेंकना चाहता था, सूरज ने उसके ऊपर और लाद दिया। सूरज पर उसे दया आई। परन्तु फिर उसने स्वयं को सम्भाल लिया। वह उसके प्यार की पवित्रता थी, या फिर स्वार्थ, वह स्वयं नहीं समझ सका। वह केवल इतना जानता था कि सूरज एक डॉक्टर है, दूसरों के दुःख-दर्द को मिटाना उसका पेशा है। फिर भला किस प्रकार वह अपने ही भाग में इनकी छाया की उपस्थिति देखना स्वीकार सकेगी ? सूरज के एक-एक शब्द मन पर पत्थर की लकीर के

समान गहरे होते जा रहे थे–और यह इसलिए होता जा रहा था, क्योंकि यह उसके मतानुसार थे, उसके दिल को शांति देते थे, उसकी दीप्ति को उसके समीप, हाथों की पकड़ में लाते थे।

हल्के से मुस्कुराया वह और बाहर निकल गया। सूरज देखती ही रह गई।

काली गहरी रात, मेल गाड़ी की तेज रोशनी इसकी छाती चीरकर हवा में उड़ी चली जा रही थी। रात के सन्नाटे में केवल इसी की चीख थी–दूर-दूर तक जंगल का दिल कांपकर रहा जाता था और फर्स्ट क्लास के केबिन में दीपक औंधा लेटा बहुत ध्यान से कुछ लिखने में व्यस्त था। उसके ऊपर वाली बर्थ पर कोई वृद्धा महिला थीं और इनके ऊपर वाली बर्थ पर थी एक जवान लड़की। आंखों में नींद न होने के कारण वह एक उपन्यास पढ़ने में व्यस्त थी। दीपक ने पहले-पहले उपन्यास देखा तो चौंक पड़ा था। फूलों की रानी–उसका अपना लेख, उसकी अपनी भावनाएं। मन को एक अनोखी ही प्रसन्नता का आभास हुआ। कितनी उत्सुकता से वह इस उपन्यास के असमंजस में खोई हुई थी। रात आधी से अधिक बीत चुकी थी, परन्तु फिर भी वह इससे चिपकी हुई थी। दीपक को अपनी आने वाली सफलता की एक नई आशा, एक नया विश्वास मिला और बार-बार वह गर्दन उठाकर उसे देखने पर विवश था। उसके मुखड़े पर पड़ी रेखाओं को वह समझ रहा था। वह क्या पढ़ रही है, कहां पहुंची है, क्यों पढ़ते-पढ़ते सोच में डूब जाती है, सब उसे ज्ञान था। अपने उपन्यास की एक-एक पंक्ति उसके मस्तिष्क में ताजा थी और फिर अपने लेख में व्यस्त हो जाता। वह एक पत्र लिख रहा था–बहुत देर से। समाप्त करने का नाम ही नहीं आता था। छोटे-से इस पत्र में उसने जैसे अपने जीवन की सारी घटनाएं उपस्थित कर दी थीं। पत्र बहुत आवश्यक था। सूरज के नाम ही उसने इसे लिखा था–बहुत सोच-समझकर, हर बात का फल अच्छी तरह निकालकर। पत्र समाप्त कर चुका तो वह करवट लेकर लेट गया। पत्र को कम्पार्टमेंट की मलगजी रौशनी के समक्ष करके उसने पढ़ा:

सूरज,

मेरा पत्र पाकर तुम्हें दुःख तो अवश्य होगा, परन्तु मैं जानता हूं कि तुम सूरज हो और अपनी भावनाओं के अनुसार तुम्हारे अन्दर वास्तव में उसी समान अभिलाषाएं तथा इरादे होंगे जैसा कि कल ही तुमने मेरे घर के समीप डूबते हुए सूर्य को देखकर बहुत दावे के साथ कहा था। मुझे विश्वास है तुम मुझे खोकर अधिक गम न करते हुए अपने जीवन का नया मार्ग अपना लोगी। हो सके तो मुझे क्षमा कर देना, क्योंकि तुम्हारी इतनी सारी कृपाओं के बदले तुम्हें धोखा देकर मुंह दिखाने के बजाय मैं अपनी जान देना अधिक उचित समझूंगा। आखिर तुम्हीं ने मुझे जीवन का सच्चा मार्ग दिखाया है। तुम्हीं ने तो कहा है कि प्रसन्नता ही जीवन का दूसरा नाम है। बस, केवल इसीलिए तुम्हें सदा-सदा के लिए छोड़कर जा रहा हूं–अपनी प्रसन्नता, अपने सच्चे जीवन की खोज में और वह जीवन मेरी प्रतीक्षा कर रहा है, अपने दोनों हाथ फैलाए। जानती हो मेरा यह जीवन कौन है, सूरज अपनी छाती पर पत्थर रख लो और फिर इस नाम को पढ़ो। वैसे मैं जानता हूं कि तुम सहनशील हो। दुःख और दर्द को ठोकर मारकर तुम प्रसन्नता को आखिर ढूंढ ही लोगी। यह है दीप्ति–मेरी मंगेतर, मेरी अपनी पत्नी जिसका दुःख-दर्द मेरी छाती से कम करने का प्रयत्न तुम कई दिनों से निरन्तर करती चली आ रही हो। क्या नहीं किया तुमने इस उपकार के लिए ? परन्तु सूरज मैं तुम्हें किस प्रकार समझाऊं कि जिस दीप्ति को मैं एक युग से मुर्दा समझ रहा था आज वह दीपा के भेष में जीवित है। वहां सूरज, यह दीपा ही है, तुम्हारी प्रिय सहेली दीपा, जो वास्तव में मेरी दीप्ति है। यह भेद मैं तुम पर कभी प्रकट नहीं करता, दीप्ति के सुख के लिए इसे मैं अपनी छाती में दफन किए-किए ही मर जाता, प्रयत्न करता कि तुम्हारे प्यार के बदले मैं भी तुम्हें मुस्कुराहट देते-देते अपनी जान दे दूं, परन्तु ऐसा लगता है कि नारी की मांग में सिन्दूर भरने का नाम ईश्वर, पुरुष के जन्म लेने से पहले ही लिख देता है।

आज से तेरह वर्ष पहले की बात है जब कलकत्ता से दूर एक गांव में हमारी मंगनी हुई थी। परन्तु प्रकृति के थपेड़ों ने एक भयानक बाढ़ के रूप में आकर हमें जुदा कर दिया। मैं

और शाम ढल गई   144

समझता था कि दीप्ति को बाढ़ की भयानक मौजें निगल गई हैं, परन्तु नहीं, ऐसा नहीं हुआ। परिस्थितियों की शिकार शायद वह किसी रईस की गोद ली बेटी बन गई। मैं उसके भविष्य को देखते हुए चुप रह जाता। परन्तु हमारा तो जन्म-जन्म का साथ है, शायद इसीलिए प्रकृति को यह मंजूर नहीं हुआ कि प्रकाश इतना सबकुछ होने के पश्चात भी एक दुर्घटना का शिकार होकर हमारे रास्ते से सदा-सदा के लिए बिछुड़ जाए। यह तो संयोग की बात है सूरज और मैं विश्वास करता हूं कि तुम मुझे खोकर दुःख-दर्द को अधिक महत्व नहीं दोगी।

दीप्ति से सदा प्यार रखते और तुम्हें कभी न धोखा देने का यह प्रमाण क्या कम है कि मैंने एक लेखक होते हुए भी तुमसे अपना नाम छिपाए रखा। तुम दोनों को अपने उपन्यास तक पढ़ने को नहीं दिए ताकि जीवन का भेद न खुल जाए। मैं वही लेखक दीप हूं जिसके उपन्यास पढ़कर दीप्ति ने लन्दन में तुमसे कहा था कि इनकी भावनाएं उसकी जानी-पहचानी हैं, उसके जीवन से सम्बन्धित हैं। काश ! उसे उसी दिन पता चल जाता कि यह एक भावना नहीं वास्तविकता है, या फिर काश, मुझे ही पता चल जाता कि मुझे पत्र लिखने वाली दीप्ति, मेरी अपनी दीप्ति ही है। फिर मैं कभी भी एक बूढ़े की तस्वीर उसको भेजकर अपनी जान नहीं बचाता। हां सूरज, मैं वही दीप हूं जिसकी तस्वीर देखकर दीपा मुझसे घृणा करने लगी थी– इतनी घृणा कि उसने मेरे उपन्यास भी पढ़ना छोड़ दिया। यह भेद तो मेरे आगे तब खुला जब उसकी मंगनी हो चुकी थी और इसी कारण मैं चुप रह गया, दीप्ति का भविष्य देखते हुए, परन्तु आज जब उसका मंगेतर मृत्यु के पंजों में जा चुका है तो मैं समझता हूं कि मेरा उसके पास जाना बहुत आवश्यक है। उसकी मांग मुझे चुनौती दे रही है।

तुम एक डॉक्टर हो। डॉक्टर अपनी जान देकर दूसरों की रक्षा करने से नहीं चूकते, इसीलिए आशा करता हूं कि तुम मुझे क्षमा कर दोगी। मेरा इलाज दीप्ति है–मेरी अपनी दीप्ति। उसका साथ मेरे सारे दुःख-दर्द मिटा देगा–सारे गम धो देगा। मुझे प्रसन्नता का खजाना मिल जाएगा जिसे देने के लिए तुम अनथक प्रयत्न करती रही हो। इसकी प्राप्ति के लिए मुझे आज्ञा दो।

तुम्हारा आभारी

दीपक।

पत्र को पढ़ने के बाद दीपक बहुत देर तक सोचता रहा। उस परिणाम का अनुमान लगाता रहा जो पत्र पढ़ने के बाद सूरज को मिल सकता था। पत्र को देने का विचार रखते ही उसका मन भी धड़क उठा था। परन्तु जब उसके प्यार, उसके स्वार्थ ने उसे इस पर काबू पाने की पूरी शक्ति प्रदान की तो वह निश्चिन्त हो गया। पत्र को मोड़कर उसने उठते हुए टंगे कोट की ऊपरी जेब में रखा और फिर लेट गया। ऊपर दृष्टि की। वह लड़की अभी तक उपन्यास में खोई हुई थी। बाकी सभी यात्रा निद्रा में थे। उसने खिड़की के शीशे द्वारा झांका। घोर अन्धकार। गाड़ी किसी जंगल के बीच से फर्राटे के साथ चीखती-चिल्लाती भागी जा रही थी। अपने एक हाथ की कोहनी को मोड़कर तकिया बनाते हुए उसने सिर इस पर रखा और आंखें बन्द कर लीं।

लखनऊ स्टेशन पर गाड़ी पहुंची तो शाम ढल रही थी। फिर भी प्लेटफार्म बिजली की बत्तियों से जगमगा रहा था। गाड़ी शायद लेट थी। वह नीचे उतरकर सीधा वेटिंग रूम पहुंचा। हाथ-मुंह धोकर बाल बनाने को जब दर्पण के सामने खड़ा हुआ तो भौंचक्का खड़ा रह गया। कल के दीपक और आज के दीपक में कितना अधिक अन्तर था ! मुखड़े पर सुर्खी, आंखों में असाधारण चमक, होंठों पर असीमित सफलता की मुस्कुराहट। एक ही दिन में प्रसन्नता के विश्वास ने उसमें कितना अधिक परिवर्तन उत्पन्न कर दिया था। ऐसा प्रतीत होता था मानो मद्धिम होता दीपक बुझने से पहले एक बार भभककर चमक उठा हो।

गुनगुनाता हुआ वह स्टेशन के बाहर निकला। शाम का प्रकाश अब भी शेष था। उसने टैक्सी की। सूटकेस अन्दर फेंका और बैठते ही बोला–‘‘इमामबाड़ा चलो।’’

‘‘इमामबाड़ा किस जगह जाना है जी ?’’ सरदार टैक्सी ड्राइवर ने गाड़ी स्टार्ट करते हुए पूछा।

‘‘पूनम विलास।’’

‘‘पूनम विलास ? सेठ जुगलेकर के यहां जाना है ?’’ ड्राइवर ने पूछा।

‘‘हां ! तुम जानते हो उन्हें !’’

‘‘कौन नहीं जानता उनको बाबूजी ?’’ लोगों की भीड़ में से कार को निकालते हुए ड्राइवर ने कहा–‘‘शहर के बहुत बड़े सज्जन पुरुष हैं वह। आज सुबह से कितनी ही सवारियां उनके यहां पहुंचा चुका हूं।’’

दीपक ने सोचा ड्राइवर ठीक ही कहता है। दुःख प्रकट करने के लिए दीपा के पिता के यहां लोगों का पहुंचना आजकल तो साधारण-सी बात होगी। उनके दामाद की मृत्यु जो हो गई है।

‘‘ईश्वर की महिमा भी अपरम्पार है बाबूजी।’’ कुछ देर बाद ड्राइवर फिर बोला, अपने आप ही– ‘‘जिसको मारना चाहे उसे कोई बचा नहीं सकता और जिसे बचाना चाहे उसे कोई मार नहीं सकता।’’

‘‘तुम ठीक कहते हो बादशाहो।’’ दीपक ने अपनी आने वाली खुशी का आनन्द लेते हुए कहा–‘‘वह क्या चाहता है हम में से कोई नहीं जानता। हम तो उसके हाथ की कठपुतली हैं, जिधर चाहा उसने मोड़ दिया। यदि कोई आश्चर्यजनक बात हो जाती है तो उसे हम संयोग का नाम दे देते हैं।’’

‘‘हां बाबूजी, तुम ठीक ही कहते हो।’’ ड्राइवर सीधी सड़क पाकर तेजी से गाड़ी को ले उड़ा–‘‘अब जुगलेकर साहब के लिए ही देख लीजिए न, बेटी को लेकर दिल्ली गए तो पता चला कि दामाद का प्लेन दुर्घटना का शिकार हो गया। सारे के सारे ही यात्री मर गए। दिल को इतना सख्त धक्का लगा कि बेहोश हो गए। परन्तु जब हवाई जहाज द्वारा वापस लखनऊ आए तो घर में जर्मनी से तार मिला कि...’’

सहसा कार के सामने तांगा आ गया तो ड्राइवर ने एक झटके से ब्रेक लगाया, दीपक आगे को लुढ़कते-लुढ़कते बचा। उसके दिल की धड़कन तेज हो चली थी। उससे नहीं रहा गया तो पूछा–‘‘क्या तार मिला ?’’

‘‘यही कि उनका होने वाला दामाद जीवित है।’’ ड्राइवर ने लापरवाही से बात जारी रखी थी, ‘‘चलते समय उसे देर हो गई थी इसीलिए उसका प्लेन छूट गया था। अब यह संयोग ही तो है बाबूजी जिसे तुस्सी आश्चर्यजनक बात ही समझोगे।’’

दीपक को कानों पर विश्वास ही नहीं हुआ। उसे ऐसा महसूस हुआ मानो किसी ने उसे मसूरी की सबसे ऊंची चट्टान पर ले जाकर सबसे नीचे घाटी की गहराई में फेंक दिया है। उसके शरीर की एक-एक हड्डियां चूर-चूर हो गई हैं। उसकी आंखों के सामने अन्धकार छा गया। होंठ कांपने लगे। मुखड़े की रंगत इस प्रकार परिवर्तित हो गई मानो अचानक ही उस पर फालिज गिर पड़ा है। सीट पर धंस गया वह और पीछे को ढुलककर पीठ टेक ली। अधमरा-सा वह पड़ गया मानों कोई उसके शरीर की आत्मा निचोड़ रहा हो।

और ड्राइवर कह रहा था–‘‘जब से यह बात फैली है कि उनके दामाद जीवित हैं, लोगों का उनकी कोठी पर एक तांता-सा लग गया है। अभी से ही कोठी की चहल-पहल इतनी अधिक है तो विवाह के दिन जाने क्या होगा ? नौकरों को उपहार, फैक्ट्री में कार्यकर्ताओं के वेतन में वृद्धि। सेठजी पानी के समान रुपया बहा रहे हैं। कैसी विचित्र बात है, कल इसी समय जिसके वियोग में वह बेहोश पड़े हुए थे, आज उसी की प्रसन्नता में वह आकाश-धरती एक कर देना चाहते हैं। उनका दामाद तो प्लेन चार्टर करके लखनऊ पहुंच रहा है, आज ही।’’ ड्राइवर ने घड़ी देखी, ‘‘अब तो शायद हवाई अड्डे पर उसका जहाज आ भी गया होगा।’’

सहसा ड्राइवर ने सामने दर्पण में उसको देखा तो चौंक गया, दीपक का मुखड़ा सफेद था और आंखें भीगी। टी॰ बी॰ रोगी के समान वह गहरी-गहरी सांस ले रहा था। घबराकर उसने गाड़ी धीमी की और सड़क के किनारे लगा दी।

‘‘अरे बाबूजी !’’ पीछे पलटते हुए उसने कहा– ‘‘आपकी तबियत तो ठीक है न ? बाबूजी...बाबूजी क्या हो गया आपको ? क्या हो गया ?’’ ड्राइवर ने दीपक को हाथ बढ़ाकर झिंझोड़ डाला।

‘‘हूं ?’’ दीपक ने जैसे मरते-मरते जबान खोली।

‘‘आपकी तबियत को क्या हो गया ?’’ ड्राइवर और भी घबरा गया।

‘‘कुछ नहीं, कुछ भी नहीं।’’ दीपक ने बहुत दर्द से कराहकर कहा और थोड़ा आगे सरककर ठीक से बैठ गया।

‘‘आप इसी पर लेट जाइए।’’ ड्राइवर जल्दी से बोला–‘‘मैं आपको कोठी पहुंचाए देता हूं। आपको शायद बहुत कष्ट हो रहा है।’’ और फिर उसने पलटकर तुरन्त ही गाड़ी स्टार्ट कर दी और सड़क पर ले उड़ा।

‘‘ठहरो ड्राइवर–।’’ दीपक अचानक ही अपनी छाती का दर्द हाथों से दबाता हुआ बोला–‘‘अब मैं वहां नहीं जाऊंगा।’’

‘‘वहां नहीं जाएंगे !’’ ड्राइवर ने गाड़ी की गति जारी रखी, ‘‘तो क्या अस्पताल ले चलूं आपको ?’’

‘‘नहीं।’’ दीपक बोला–‘‘मुझे स्टेशन वापस पहुंचा दो।’’

ड्राइवर ने कार धीमी की। फिर एक किनारे एक पेड़ की जड़ के समीप सटाकर बोला–‘‘वह रही जुगलेकर साहब की कोठी–पूनम विलास। ले चलूं अन्दर ?’’

‘‘नहीं।’’ दीपक बोला और बहुत हसरत से उसने कोठी पर दृष्टि की। पूनम विलास-गेट पर दरबान खड़ा था और गेट से दिखाई पड़ता लॉन फूलों के साथ रंग-बिरंगे वस्त्रों में फुदकती तितलियों से भी सुसज्जित था। चहल-पहल इतनी थी मानो कल ही दीप्ति का विवाह है। कोठी मानो सफेद संगमरमर की बनी हुई थी। पाम और अशोक के वृक्षों का इसके चारों ओर बसेरा था। दीपक ने देखा, कोठी के एक ओर पिछले भाग में बरगद का एक वृक्ष भी ऊपर से झांक रहा है। दीप्ति का कमरा शायद उधर ही था। यही उसने बताया था। इस कोठी के पीछे ही वह झील भी होगी जिसके साथ डूबते सूर्य को देखकर वह अब भी खो जाती है। कोठी

में कितनी अधिक रौनक थी। शाम ही से इसकी दीवारों पर चिपके मोती-से बल्ब जल उठे थे।

सहसा एक जानी-पहचानी-सी सुगंध उसके नथुनों में प्रविष्ट हुई तो उसने अपनी दृष्टि फेरी। देखा, उसके बहुत समीप से एक लम्बी-सी सफेद कैडिलक कार गुजर रही है। कार की छत खुली हुई थी और पहिए यूं रेंग रहे थे मानो मखमल पर चल रहे हों। वह चौंक पड़ा। दीप्ति–उसके होंठों से एक आह टपकी। पीछे की सीट पर एक नवयुवक के साथ बैठी वह कितनी प्रसन्न तथा सुन्दर दिखाई पड़ रही थी। मुखड़े पर असीमित खुशी की लाली थी और होंठों पर भरपूर मुस्कान और जब उसने एक बार अपने उड़ते बालों को हाथों पर संवारते हुए अपना मुखड़ा हवा के बहाव पर फेरा तो उसके दांत वर्षा के बाद की धूप में धुली हुई सफेद कोठी के समान चमक उठे।

दीपक का दिल डूबते-डूबते बचा। आंखों के बांध टूट गए। आंसुओं से गाल तर हो गए। होंठ कांपने लगे, मानो वह तड़पकर रो पड़ेगा। गला सूख गया था मानो किसी ने हलक में राख भर दी हो। फिर भी वह सामने एकटक देखता रहा, बहुत हसरत से, बहुत निराशा के साथ। कार कोठी के बड़े गेट पर जाकर धीमी हुई तो दरबान ने गेट खोला और सलामी दी।

''यह सेठजी की साहेबजादी हैं–इकलौती बेटी।'' ड्राइवर ने इस प्रकार उसका परिचय दिया मानो वह स्वयं ही इस शानदार कोठी का ड्राइवर हो–''और वह जो उनकी बगल में बैठे हैं न ? वह सेठजी के होने वाले दामाद हैं। हैं न कितने भाग्यशाली ? मृत्यु से जीवन मिला और जीवन में खुशियां ही खुशियां। शायद अभी सीधे हवाई अड्डे से आ रहे हैं।''

दीपक ने देखा, उनकी कार के बाद कई कारें और भी एक के बाद एक गेट के अन्दर प्रवेश करती चली गईं। दीप्ति की कार इन कारों की आड़ में छिप गई और गेट बन्द हो गया।

आंसू भरी आंखों से उसने कोठी के पीछे बरगद को देखा क्षितिज की अन्तिम लालिमा उसकी पंक्तियों से मुंह मोड़ रही थी। शाम ढल चुकी थी। अपना सिर उसने खिड़की के पट पर टेक दिया और हल्के से सिसक पड़ा।

''चलें बाबूजी ?'' ड्राइवर ने उसकी गिरती स्थिति को देखकर पूछा।

''हां !'' बड़ी कठिनाई से बोला वह, आवाज भर्रा रही थी। आंसू टप-टप खिड़की के पट पर गिरने लगे।

ड्राइवर ने उसे फिर देखा–बहुत गौर से और फिर हल्के से कार स्टार्ट कर दी। फिर बैक करके रास्ते पर छोड़ते हुए वह बहुत खामोशी से उसके बारे में सोचने पर विवश हो गया।

***

रात का घोर अन्धकार। जंगल के मध्य से रेलगाड़ी चीखती-चिल्लाती भागी जा रही थी। आवाज यूं गूंज रही थी मानो जंगली वृक्ष एक के बाद एक टूटते चले आ रहे हों और फर्स्टक्लास के कम्पार्टमेंट में एक अधमरा-सा रोगी बार-बार खांस उठता था। उसकी सिसकियों की आवाज गाड़ी की चीख में दबकर मर जाती थी। शरीर में इतना भी बल नहीं था कि उठकर बैठ सके। लेटे-लेटे ही उसने कम्पार्टमेंट के एक कोने में कई बार जब थूका था तो अन्दर के धुंधले प्रकाश में भी रक्त के सुर्ख धब्बे दिखाई पड़ गए थे। शायद इसीलिए कोई दूसरा यात्री उसके कम्पार्टमेंट में जरा भी नहीं टिक सका। कण्डक्टर ने भी उसके समीप आने से किनारा कर लिया था।

सहसा एक स्टेशन पर गाड़ी रुकी। तीन यात्रियों ने उसकी बोगी में प्रवेश किया। केबिन ढूंढ़ते-ढूंढ़ते वे उसके कम्पार्टमेंट में पहुंचे। दो ऊपर तथा एक नीचे की पूरी बर्थ खाली थी। वे अपने लेटने का प्रबन्ध करने लगे। तभी एक रोगी ने खांसते हुए उनकी ओर करवट बदली। सहसा तीनों यात्री चौंक पड़े। दीपक ! दीपक को उन्होंने गौर से देखा, आंखें बन्द थीं और होंठ अर्ध खुले, मुखड़े पर असीम दर्द का खिंचाव था।

''राजन अंकल !'' सहसा उसमें से एक यात्री बोला, ''दीपक से अपना बदला लेने का यही एक मौका है।'' उसने क्रोध से मुट्ठी भींची।

और शाम ढल गई   151

''शी।'' राजन ने कहा और उठते हुए वह दबे पगों दीपक की ओर बढ़ा। उसकी दृष्टि दीपक के कोट की ऊपरी पॉकेट पर पड़ चुकी थी जहां से एक लिफाफा बाहर झांक रहा था। उसकी बेसुधी की पूरी आहट लेने के बाद उसने बहुत सावधानी से वह पत्र बाहर खींचा और कम्पार्टमेंट के बाहर निकल गया। उन दोनों यात्रियों ने भी उसके पीछे जाना चाहा परन्तु राजन ने पुरुष को वहीं बैठाकर दीपक का विचार रखने का संकेत कर दिया। लड़की को उसने साथ आने से नहीं मना किया।

पत्र को राजन एक किनारे ले जाकर पढ़ने लगा तो लड़की की दृष्टि भी पंक्तियों के साथ चलने लगी। पत्र को समाप्त करते ही जब राजन ने एक गहरी सांस ली तो लड़की ने उसे चकित दृष्टि से देखा।

''देखो पूनम–।'' कुछ सोचकर बोला वह, मानो उसके शैतानी मस्तिष्क में अचानक ही एक योजना उत्पन्न हो गई थी। ''ऐसा लगता है जैसे दीपक दीपा से विवाह करने गया था परन्तु उसे सख्त निराशा मिली। मैं इस मामले की पूरी छान-बीन करूंगा। तब तक के लिए तुम राकेश से कुछ भी न कहना। पूछे तो बता देना पत्र में कोई विशेष बात नहीं थी। ऐसा लगता है कि भाग्य हमारे साथ है। दौलत के साथ दीपा नहीं तो सूरज अवश्य मिल जाएगी। वह भी न मिली तो क्या हुआ ? पांच लाख रुपये कम नहीं होते। पांच लाख–।'' राजन ने बहुत आशा से एक सपना देखा। बाकी बातों का आदेश मैं तुम्हें बाद में दूंगा।''

पूनम मुस्कुराकर रह गई।

राजन वापस आया तो राकेश ने उसे सवालिया दृष्टि से देखा। पत्र को उसने दीपक की जेब में वापस डाल दिया ताकि उठकर उसे न पाने पर वह चिंतित न हो और फिर जाकर राकेश के समीप ही बैठ गया। पूनम भी जब राकेश के समीप आकर मुस्कुराई तो वह सब कुछ भूलकर उसकी आज्ञा की प्रतीक्षा में खो गया।

अगले स्टेशन पर ज्यों ही गाड़ी रुकी, तीनों यात्री उतर पड़े। राकेश ने मंजिल से पहले उतरने का कारण पूछा तो पूनम ने कह दिया कि यहां बैठकर दीपक से बदला लेने की भावना में वृद्धि हो रही है। गृहस्थी बसाने के बाद वह अब इन झगड़ों में नहीं पड़ना चाहती। राजन ने भी उसे इन झगड़ों से अब दूर ही रहने में भलाई दिखाई। राकेश इनकी महानता पर चकित रह गया। यह अचानक ही उसके संगियों में इतना बड़ा परिवर्तन कैसा ?

गाड़ी दूर जाकर रात के अन्धकार में चीखती- चिल्लाती लुप्त हो गई।

***

गई शाम जब सूरज डाक्टरों की एक सभा से वापस लौटी तो बंगले में प्रवेश करते ही सदा के समान उसकी दृष्टि अपने आप ही ऊपर उठ गई परन्तु वह चौंक पड़ी। रौशनदान तथा खिड़की से प्रकाश झलक रहा था: मन में हजारों फूल खिल उठे। दीपक आ गया–इतना शीघ्र ! शायद उसका प्रेम उसे तुरन्त ही वापस खींच लाया है। सब कुछ भूलकर वह उसके घर की ओर लपकी। सीढ़ियां तय कीं। हल्के से दरवाजे को अन्दर धकेला। झांककर देखा। दीपक चुपचाप पड़ा हुआ था। कमरे की हर वस्तु बिखरी पड़ी थी। कहानियों के कागज टुकड़ों में फटे-छितरे हुए थे। दबे पांव वह अन्दर आई। दीपक के पलंग के समीप आकर वह खड़ी हो गई। उसे गौर से देखा। चौंक पड़ी। दीपक का मुखड़ा दुःख और दर्द का एक गहरा निचोड़ था। रंगत सफेद थी और बाल बिखरे हुए। इस ठंड में भी माथे पर पसीने की बूंदें चमक रही थीं। गहरी-गहरी सांसों से उसके नथुने कुछ असाधारण तौर पर अधिक ही फूल रहे थे। एक अज्ञात भय से कांप गई वह। झुककर उसने दीपक के माथे पर अपना कोमल तथा ठंडा हाथ रखा तो उसकी आंखें खुल गयीं। झट उठकर वह बैठ गया और मुस्कुराने का प्रयत्न करने लगा...।

''अरे सूरज, तुम कब आयीं ?'' उसने कहा।

और शाम ढला गई 153

‘‘आप कब आए ?’’ उसके प्रश्न को भूलकर अपना प्रश्न रखती हुई वह उसके समीप ही बैठ गई, ‘‘आपकी तबियत तो ठीक है न ?’’

‘‘हूं ? हां-हां !’’ दीपक ने अपने माथे का पसीना पोंछा, ‘‘बिल्कुल ठीक। मैं तो दिन में ही आ गया था परन्तु इतना थक चुका था कि आते ही सो गया।’’ दीपक मुस्कराया, ‘‘अब तुम्हीं देखो अपने कपड़े तक नहीं बदल सका।’’

सूरज के मन की शंका दूर हुई ?’’ मुस्कराकर वह एक महकते फूल के समान खिल उठी।

‘‘दीपा से भेंट हुई ?’’ अचानक गम्भीर होकर उसने फिर पूछा।

‘‘आवश्यकता ही नहीं पड़ी।’’ दीपक के होंठों पर एक आह टपक आई।

‘‘क्यों ?’’

‘‘उसका मंगेतर जीवित है।’’ दीपक ने यूं कहा मानो किसी की मृत्यु की सूचना दे रहा हो।

‘‘क्या ?’’ सूरज का दिल खुशी से उछल पड़ा।

‘‘हां सूरज ?’’ दीपक उसी गम्भीरता से बोला, ‘‘यह उसका भाग्य था जो निश्चित समय पर प्लेन उससे छूट गया। तुरन्त ही वह दूसरे प्लेन से आ गया।’’

‘‘अच्छा ! यह तो बड़ी हर्ष की बात हुई !’’ सूरज ने खुशी से बेकाबू होकर उसकी दोनों बांहें थाम लीं, ‘‘परन्तु आपने उससे भेंट क्यों नहीं की ? यह तो और भी अच्छी बात होती।’’

‘‘शोक प्रकट करने के मूड में गया था इसीलिए यह अचानक ही खुशी की सूचना से मैं प्रभावित नहीं हो सका।’’ दीपक ने झूठ का सहारा लेते हुए जान बचानी चाही और खड़ा हो गया।

सूरज दीपक के दिल की गहराई को नहीं समझ सकी परंतु खड़ी होकर मुस्कुराने लगी।

''आइए घर चलिए।'' कुछ देर बाद बोली वह।

''घर ?''

''हां।'' सूरज बोली, ''मेरे घर चलिए, जो आपका भी है।''

दीपक ने पलटकर सूरज को देखा। कितनी आशाएं थीं उसको उससे। कितना विश्वास था उसे उसके ऊपर। उसकी आंखें छलक आईं। प्यार से उसने उसके गाल पर अंगुली की थपकी दी। कंधे पर हाथ फेरा, जहां गर्म कोट पर लम्बे-लम्बे रेशम समान बाल उगे हुए थे। सोचने पर विवश हो गया कि क्या यह वही सूरज है जिसे वह बीच मंझधार में छोड़कर सदा-सदा के लिए अपने और केवल अपने संसार में खो जाना चाहता था ? कितना स्वार्थी है वह ? अपना प्यार, अपनी खुशी का ही उसने सदा विचार रखा। मन ही मन वह लज्जित हुआ। सूरज को उसके आंसुओं के पीछे खामोशी में जाने क्या अदा भाई कि वह उसकी छाती से लिपट गई।

सहसा कुछ पल बाद ही सूरज ने महसूस किया कि दीपक की गहरी-गहरी सांस चल रही है। खड़े-खड़े वह कांप रहा है। उसकी बांहों में बोझ बन रहा है। उसने अपनी गर्दन ऊपर की तो कांप गई। दीपक की आंखों के आंसू गालों पर वह आए थे। होंठ कांप रहे थे मानों वह उससे कुछ कहना चाहता हो। मुखड़ा और सफेद हो गया था। घबराकर उसने उसे सहारा देना चाहा, परन्तु तभी वह एक लाश के समान उसके ऊपर होता हुआ ढुलककर फर्श पर बिछ गया। सूरज चीखकर रो पड़ी। अपना सिर पटक लिया उसने। लपककर उसे कम्बल ओढ़ाया और भागती हुई अपने बंगले में पहुंची। नौकरों को तुरन्त ही दीपक को लाने को कहा और इन्जेक्शन तैयार करने लगी। हाथ कांप रहे थे और आंसू थे कि थमने का नाम नहीं लेते थे। सिसक-सिसक पड़ती थी वह।

पांच

पूनम विलास। विवाह की तैयारियां पूरे जोश पर थीं। कार्ड बंट चुके थे और पांच दिन पहले ही से मेहमानों ने आना भी आरम्भ कर दिया था। निकटीय सम्बन्धियों का तांता तो एक सप्ताह पहले ही से आरम्भ था। दीपा ने सूरज को कार्ड भेजने के बाद ट्रंक भी किया था। परन्तु उसने क्षमा मांगते हुए, बताया था कि दीपक की अवस्था दिन पर दिन गिरती ही जा रही है फिर भी हो सका तो वह अन्तिम दिन अवश्य आएगी। दीपा को सख्त निराशा मिली थी। सूरज की बात सुनकर उसने चुप्पी साध ली थी और पल भर को दीपक के विचारों में डूबी रही।

शाम अभी विदा भी नहीं हुई थी कि सहसा पूनम विलास में एक टैक्सी से प्रवेश किया। गेट के अन्दर लॉन का रास्ता पार करती हुई यह पोर्टिको के नीचे रुकी तो अन्दर के कुछ मेहमान स्वागत में बाहर निकल आए। दीपा कोठी के किनारे वाले निचले भाग के कमरे की खिड़की के समीप खड़ी हुई थी। उसकी भी आंखें आने वाले नए मेहमानों पर उत्सुकता से उठ गईं। परन्तु तभी वह चौंक पड़ी। पूनम, राकेश, राजन ! माथे पर सिलवटें पड़ गईं और आंखों में रक्त उतर आया। मेंहदी लगी कोमल मुट्ठियां भिंच गईं। परन्तु तभी उसने देखा, कार से दो मेहमान और उतर रहे थे—एक वृद्ध पुरुष थे, तथा दूसरी वृद्धा महिला। एक पल को उसने सोचा। शायद वह सूरज के मम्मी-डैडी हैं। क्रोध को उसने दबा लिया और बाकी मेहमानों की चहल-पहल में खो गई। हर एक के ही मुखड़े से उसके पिता के मेहमान बनने का गौरव टपक रहा था, उसमें गर्व समा गया। वह अन्दर पलंग पर जाकर लेट गई। सूरज के बारे में सोचने लगी थी। जब से वह मसूरी से आई थी, इसी कमरे में उसको रहना पड़ रह था। सेठ जुगलेकर ने उसके आराम के लिए उसे सीढ़ियां भी चढ़ने से मना कर दिया था। पूनम विलास के एक किनारे बना यह कमरा अपनी खिड़की द्वारा लॉन तथा चहारदीवारी के अन्दर कोठी के सामने सारा ही भाग देखता था।

सेठ जुगलेकर तथा उनकी धर्मपत्नी कहीं बाहर गए हुए थे, इसलिए उनके प्राइवेट सेक्रेटरी ने उनका स्वागत करते हुए उन्हें एक कमरे में पहुंचा दिया। दीपा की सहेली सूरज से संबंध होने के नाते उन्हें विशेष आराम के प्रबन्ध का लाभ प्राप्त हुआ।

जब सेठ जी वापस आए तो नौ बज रहे थे। मेहमान डिनर लेने के बाद कोठी के बीच वाले हॉल में एकत्रित नाच-गान में व्यस्त थे। पश्चिमी सभ्यता पर आधारित आज रात की रौनक का विशेष प्रबन्ध था। सेठ जी गाड़ी से उतरते ही अपने प्राइवेट सेक्रेटरी की सूचना पाते ही आज के नए मेहमानों से मिलने उनके कमरे तक गए ! उनकी धर्मपत्नी बाकी मेहमानों का साथ देने के लिए डांस हॉल पहुंच गई।

कमरे में पहुंचकर सेठ जी ने अपना परिचय दिया तो राजन ने तुरन्त ही उनका ध्यान अपनी ओर खींच लिया।

''सेठ जी।'' वह बोला, ''यह सूरज की मम्मी नहीं हैं और न ही यह उसके डैडी। हां, राकेश अवश्य उसका भाई है और यह पूनम राकेश की पत्नी है–मेरी भतीजी।''

''ओह !'' कोई बात नहीं कोई बात नहीं।'' सेठ जी मुस्कुरा कर बोले, ''आप भी तो हमारे मेहमान ही हैं। कोई भी कष्ट हो तो कहने में संकोच नहीं कीजिएगा। यह आप ही का घर है।''

''अजी साहेब, यह घर क्यों न हो अपना ?'' राजन ने तीखे स्वर में कहा और फिर कमरे में उपस्थित लोगों का निरीक्षण किया। एक आह भरी और फिर बोला, ''आपसे अकेले में बात करना चाहता हूं।''

''अकेले में !'' सेठ जी सिटपिटाए।

''जी हां–कुछ आवश्यक बात है, आप ही के भले के लिए।''

सेठ जी ने बहुत गौर से उसे देखा। मामले की गहराई को समझने का प्रयत्न किया। सभी पर उन्होंने शंकाभरी दृष्टि डाली। बोले, ''आओ मेरे साथ।'' उनकी आवाज में अपने गौरव की सख्ती थी।

और शाम ढल गई   157

राजन ने एक गहरा कश खींचा। माथे पर बल डाला और सेठ जी के पीछे-पीछे बाहर निकल गया।

सेठ जी उसे अपने कमरे की ओर ले चले परन्तु तभी राजन ने उन्हें टोक दिया। बोला वह, ''नहीं सेठ जी, उस ओर नहीं, हम वहां चलेंगे जहां वह अशोक की छांव में अन्धकार है। दीवारों से तो तुझे डर लगने लगा है।'' राजन ने लॉन के एक कोने की ओर इशारा किया।

सेठ जुगलेकर को क्रोध तो बहुत आया परन्तु उन्होंने सब्र कर लिया। वरन् एक अज्ञात भय से उनका दिल कांप भी गया। राजन के साथ वह लॉन की ओर बढ़ गए। कोठी रंगीन बल्बों से अभी पूरी तरह सुसज्जित नहीं हो पाई थी फिर भी लॉन में प्रकाश का झाम था। इससे बचने के लिए राजन उन्हें अशोक की जड़ में रखी एक पत्थर की बेंच के समीप ले गया जहां अन्धकार था। राजन ने सेठ जी को बैठने का संकेत किया, परन्तु वह खड़े ही रहे, कुछ क्रोध से, कुछ भय से भी। राजन ने चारों ओर का भरपूर निरीक्षण किया और निश्चिंत होकर एक गहरी सांस ली। सिगरेट को फेंककर उसने जूते से मसला और बोला, ''हां तो सेठ जी, मैं आपसे एक सौदा करने आया हूं।''

''सौदा ! कैसा सौदा ?'' सेठ जी ने आंखें निकालीं।

''यह सौदा दीपा के लिए है–दीपा के लिए।'' राजन ने भी तेवर बदले, ''दीप की धर्मपत्नी दीपा के लिए। राजन ने मंगेतर न कहकर धर्मपत्नी पर अधिक जोर दिया।

''क्या बकते हो ?'' सेठ जी क्रोध से तिलमिला गए, ''किस दीपा की यह बात कर रहे हो ?''

''उसी दीपा की सेठ, जिसे तुमने अपनी बेटी समान पाल-पोस कर इतना बड़ा किया है और जिसके विवाह की तैयारी में तुमने अपनी शान रखने के लिए यह धरती-आकाश एक कर रखा है।'' राजन ने होंठ चबाए।

सेठ जी कांपकर रह गए। परन्तु फिर संभलकर बोले, ''तो इससे क्या अन्तर पड़ता है ? किसी अनाथ बच्चे को पालना कोई जुर्म है क्या ? उसको अपनी बेटी बनाने के सारे कागजात मेरे पास सुरक्षित हैं। आखिर तुम चाहते क्या हो ?''

''सेठ।'' राजन तुनककर बोला, ''तुम्हारा जुर्म यह नहीं कि तुमने एक अनाथ लड़की को गोद लेकर इतना महान बनाया। तुम्हारा जुर्म यह भी नहीं होगा यदि तुम अपने यश और धन का सहारा लेकर उसके बचपन में हुए ब्याह को झूठा ठहरा दोगे। जुर्म तो तुम्हारा यह होगा कि तुम अपनी मजबूरी दिखाकर दीप्ति जैसी कोमल लड़की को ईंधन की आग में झुलसने पर छोड़ दोगे। जीवन भर वह सदा मखमल पर चलती रही है अब कांटों भरी राह पर दौड़ने पर मजबूर हो जाएगी।'' राजन ने एक पल सांस ली और बात जारी रखी, ''मेरे साथ जो बुड्ढा-बुढ़िया आए हैं वे कोई और नहीं दीपा के पिता ही हैं, परन्तु उन्हें यह ज्ञात नहीं कि उनकी बेटी अब तक जीवित है। वे केवल इतना जानते हैं कि उनका दामाद जीवित है और अपनी पत्नी के गम में तड़प-तड़पकर उसे टी॰ बी॰ हो रही है। दीपा एक भारतीय नारी है। क्या आप समझते हैं जब उसे पता चलेगा कि उसका एक गंवार और रोगी पति जीवित है तो आपकी तमाम इच्छाओं पर पानी नहीं पड़ जाएगा ? गरीबी की छांव में वह दो ही दिन में अपने भूले हुए पति के साथ रहकर जान दे देना ग्रहण कर लेगी, न कि इस कोठी के ऐश व आराम में रहना पसन्द करेगी, जिसके वातावरण की अब वह अभ्यस्त हो चुकी है।''

''जो कुछ तुम कहना चाहते हो, कहकर समाप्त करो।'' सेठ जी ने बहुत दूर की सोचकर कहा।

''यदि आप चाहते हैं कि यह विवाह सही-सलामत हो जाए, बुलाए हुए मेहमानों में आपका मान बाकी रहे। दीपा आपको सगे बाप का प्यार देती रहे तथा आपके लाड़ले दामाद की पत्नी बराबर सुखी रहे तो इसकी मुझे आपको एक कीमत देनी पड़ेगी।'' राजन ने कहा।

''क्या कीमत देनी पड़ेगी ?'' सेठजी उसके घुमाव-फिराव से तंग आ चुके थे।

''पांच लाख रुपये।'' राजन ने भी तीखे स्वर में कहा।

सेठजी को मानो फालिज मार गया। मुखड़े की रंगत उतर गई। दिल बैठ-सा गया। आंखों के सामने कई परिस्थिति आईं–घर में आए मेहमान और भी आने वाले आदरणीय लोग, प्रकाश, दीपा, अपनी धर्मपत्नी, हर बात का परिणाम बुरा ही सूझ रहा था। दीपा को उन्होंने बहुत लाड़-प्यार से पाला है। यूं अचानक ही उसकी जुदाई वह कभी सहन नहीं कर सकेंगे। फिर दीपा का भी क्या बनेगा ? बेचारी का दिल टूट जाएगा। घुट-घुटकर मर जाएगी वह। नहीं-नहीं, ऐसा नहीं होगा–ऐसा कभी नहीं हो सकता। दीपा को झुलसती आग से बचाने के लिए पांच लाख तो क्या वह पांच करोड़ भी देने में नहीं चूकेंगे। उन्होंने राजन को देखा। उसके मुखड़े से ब्लैक-मेलिंग की जीत झलक रही थी।

''ठीक है।'' अपने रोते दिल पर उन्होंने पत्थर रखा और बोले, ''तुम्हें चैक चाहिए तो मैं अभी दे सकता हूं। नकद तुम कल ले सकते हो।''

''घबराओ नहीं सेठ, कल तक मैं प्रतीक्षा कर सकता हूं।'' राजन बोला और मुस्कुराकर झूमता हुआ अपने कमरे की ओर निकल गया। सेठ जी वहीं खड़े रह गए। उनकी मानो जान ही निकल जाने वाली थी।

सहसा समीप ही लॉन में पड़ी सूखी पत्तियां कुछ चरमराईं, एक छाया अन्धकार से आगे बढ़ी और सेठ जी के करीब सरक आई। उन्होंने चौंककर देखा।

''अरे ! दीपा बेटी तुम ?'' घबरा गए वह। आशा का दामन हाथ से छूट गया।

''मैं वहां खिड़की से आपको बहुत देर से किसी से बातें करते देख रही थी।'' दीपा ने उनकी उड़ी-उड़ी रंगत पर गौर किया। ''आपके अन्दाज से अत्यन्त घबराहट झलक रही थी, इसीलिए चली आई। कौन था आपके साथ ?''

''बेटी, तुम्हें इस समय हर्गिज बाहर नहीं निकलना चाहिए था।'' सेठ जी ने उसे अपनी छाती से लगा लिया। ''तुम्हारा विवाह होने वाला है। कोई बाहर का आदमी देख लेगा तो ?''

और शाम ढल गई   160

‘‘नजर लग जाएगी, हूं ?’’ दीपा शोखी से बोली, ‘‘घबराइए नहीं डैडी, कोठी के पिछले भाग से आई हूं। कौन था यहां आपके साथ ?’’

‘‘मेरा एक मित्र है।’’ उन्होंने बात टाली, ‘‘कुछ विशेष बात करने आया था तेरी शादी के प्रबन्ध में ही।’’

‘‘ओ डैडी !’’ दीपा दुलार से बोली, ‘‘मेरे विवाह ने आपको बहुत परेशान कर दिया है न ? सुबह से शाम दौड़ते रहना, भागते रहना, सारा काम आप ही करेंगे तो नौकर-चाकर किसलिए हैं ?’’

‘‘बेटी !’’ सेठ जी मुस्कुराकर बोले, ‘यह सब तेरे लिए नहीं करूंगा तो किसके लिए करूंगा। यह तो भाग्य की बात है कि मेरे जीते जी ही...।’’

और पापा ने झट उसके होंठों पर अपनी उंगली रख दी। उन्होंने प्यार से अपनी लाड़ली के मस्तक को प्यार किया तो आंखें छलक आईं।

***

रात अंगड़ाई लेकर जागी-जागी थी। कोठी का वातावरण डांस हॉल में बजते आर्केस्ट्रा की धुन पर मदहोश था। सारे ही मेहमान आज के प्रोग्राम में विशेष चाव प्रकट करते हुए हॉल में एकत्रित थे। किनारे कुर्सियां लगी थीं और बीच के खाली फर्श पर जवान लड़के-लड़कियां रंग-बिरंगे वस्त्रों में थिरकते हुए इस कुंवारी रात का उन्माद लिए होंठों पर मुस्कान बिखेरे सभी ने इस कुंवारी रात को पश्चिमी सभ्यतानुसार दुल्हन के समान संवार दिया था।

हॉल के अन्दर मेहमानों के साथ एक ओर दीपा की मम्मी भी बैठी हुई थीं। मेहमानों से बातें करते-करते उनकी दृष्टि जब थिरकते हुए जोड़ों पर पड़ती तो उनमें से एक को देखकर वह ठिठक-सी जाती थीं। ऐसा प्रतीत होता मानो एक नवयुवक की बांहों में झूलती इस सुन्दर-सी लड़की की आंखों की चमक उनकी जानी-पहचानी-सी है। उसकी मुस्कुराहट में अपनापन था। वह बहुत निश्चिंतता से इधर-उधर फर्श पर थिरक रही थी और अपने खिले रूप के कारण

अन्त तक उनकी दृष्टिकोण बनी रही। सहसा जब आर्केस्ट्रा की धुन समाप्त हुई और वह लहराकर अपने साथी के साथ मुस्कुराती हुई अपने स्थान की ओर बढ़ी तो उनसे नहीं रहा गया। उठकर वह स्वयं ही उसके पास पहुंचीं तो उन्हें देखते ही वह न जाने क्यों ठिठक गई ?

''शाबाश बेटी।'' उससे बात करने का बहाना निकालकर बोलीं वह, ''तुमने बहुत अच्छा डांस किया।''

''धन्यवाद।'' बोली वह और पश्चिमी रंग में रंगी होने के पश्चात भी भारतीय नारी समान लजा गई।

''क्या नाम है तुम्हारा बेटी ?'' बहुत ममता से उसका हाथ पकड़ती हुई बोलीं वह।

''मिसेज खन्ना।'' उसने उत्तर दिया और अपने साथी की ओर संकेत किया, ''यह मेरे पति है–मिस्टर राकेश खन्ना।''

''ओह !'' वह मुस्कुराई। राकेश ने उन्हें नमस्ते के लिए हाथ जोड़ दिए।

''राकेश बेटा, तुम्हारी पत्नी को मैं अपने साथ बैठा लूं ?''

''ओह ! अवश्य-अवश्य।'' बहुत गर्व से बोला वह और अपनी पत्नी की ओर मुड़ा। ''जाओ-जाओ पूनम, जाओ।''

और पूनम लाजवन्ती की छाया बनी उनके साथ हो ली।

दीपा की मम्मी ने उसे अपने समीप बैठाकर उसका हाथ अपनी हथेलियों के बीच रख लिया। प्यार से मसलती वह इसके नाम पर गौर करने लगीं,

पूनम !

''तुम कहां से आई हो बेटी ?'' उन्होंने पूछा।

''दिल्ली से।'' पूनम ने सिर झुकाए हुए उत्तर दिया।

''तुम्हारे मम्मी-डैडी भी वहां के रहने वाले हैं ?''

''मुझे तो बचपन ही से मेरे अंकल ने पाला है।'' पूनम ने कहा, ''अभी कुछ काम से शहर गए हैं, आ जाएंगे तो भेंट करा दूंगी।''

दीपा की मम्मी को उस पर तरस आया। कुछ न बोली वह। प्यार से उसके तीखे रंग रूप, भूरी-भूरी लटों को देखती ही रह गई। उसकी हथेलियों को वह उसी प्रकार मसलती रहीं। उन्होंने देखा, पूनम की बांह भी बिजली के समान चमकदार है। बाईं कलाई में चूड़ियां तथा दाहिनी कलाई में चौड़े पट्टे के साथ एक कीमती घड़ी और तभी वह चौंक पड़ी। घड़ी के पट्टे के नीचे से अर्ध चांद-सा दाग झांक रहा था। उनका दिल बहुत जोर से धड़का। एक भूली-बिसरी कहानी आंखों के सामने तस्वीर बनकर आ गई। उन्होंने झट पूनम की घड़ी खोलकर अलग कर दी और दाग को गौर से निहारने लगीं।

''यह दाग बचपन में मेरी कलाई पर किसी वस्तु के गिर पड़ने से बना है–पता नहीं किस तरह ?'' पूनम ने उनकी उत्सुकता पढ़कर उत्तर दिया।

अचानक आर्केस्ट्रा फिर गूंज उठा। जोड़े फर्श पर उतरकर थिरकने लगे। राकेश ने भी पूनम की अनुपस्थिति में दूसरे का साथ मांग लिया। ड्रम की आवाज इतनी तेज थी कि दीपा की मम्मी के दिल की धड़कनें और भी तेज हो उठीं। होंठ कांपने लगे और आंखों में आंसू छलक आए। इस भरी सभा में उनका मन पूनम को अपनी छाती से लगा लेने को मचल उठा। अचानक ही वह उठ खड़ी हुई। पूनम का हाथ पकड़ा और तेज पगों से बाहर निकल गई।

कोठी के अन्तिम कमरे में सेठ जुगलेकर अपनी लाड़ली को छाती से लगाए एक अज्ञात भय से कांप रहे थे। दीपा को वह एक पल भी नहीं छोड़ना चाहते थे। कोठी के हर पग पर उन्हें एक खतरा प्रतीत होने लगा था। सहसा हवा के एक तेज झोंके समान उनकी पत्नी दरवाजे को धक्का देती हुई अन्दर पहुंचीं। पूनम को ले जाकर उनके सामने खड़ा कर दिया तो दीपा को छोड़कर वह खड़े हो गए।

''सुनिए।'' तुरन्त ही वह बोलीं, ''यह देखिए, यह पूनम है।''

''हां।'' उन्होंने घृणा से मुंह फेरते हुए उत्तर दिया, ''मैं इन सबसे शाम को ही मिल चुका हूं।''

''मेरा मतलब–'' खुशी के मारे उनकी सांसें फूलने लगी थीं, यह पूनम कहीं अपनी बेटी तो नहीं।''

सेठ जुगलेकर का माथा अचानक ही ठनका। उन्होंने पूनम को बहुत गौर से देखा, बहुत समीप आकर, ऊपर से नीचे तक। उनके दिल की धड़कन अचानक ही तेज हो चली थी। पूनम स्वयं भी उनकी धर्मपत्नी की बात सुनकर चकित थी। फटी-फटी आंखों से वह सबको ही घूरने लगी। आखिर यह सब क्या होने वाला है ? बचपन से ही अपने दिल को उसने एक अज्ञात प्यास से तड़पते पाया था। ऐसा प्रतीत हो रहा था मानो इस प्यास को बुझाने वाला झरना अब उसके समीप आ चुका है। उसका भी दिल धड़कने लगा।

''बिल्कुल वही मुस्कुराहट, वैसी ही आंखों में तेज चमक, उसी समान बातें करने का अन्दाज।'' दीपा की मम्मी कहती गईं, ''और यह देखिए, इसकी कलाई पर यह दाग, जब बचपन में हमारी पूनम घी के कटोरे पर गिर पड़ी थी। याद है न आपको। आप ही ने तो इस पर पट्टी बांधी थी।''

सेठ जुगलेकर ने पूनम का हाथ थामा। गौर से उसे देखा–प्यार से इस पर अंगुलियां फेरीं और फिर चूम लिया। दिल की धड़कनें साक्षी थीं कि यह उनकी बेटी है, अपनी पूनम, जिसके खो जाने के बाद उन्होंने इस कोठी का नाम पूनम विलास रख दिया था। ममता के वेग में आकर उन्होंने एक ही झटके में पूनम को अपनी छाती से लगा लिया। आंसू थे कि मूसलाधार वर्षा के समान गिरने लगे। पूनम का मुखड़ा हाथ में लेकर उन्होंने उसका अंग-अंग चूम लिया।

परन्तु पूनम कुछ भी नहीं कह सकी। ममता का ऐसा असीमित सागर पाकर उसकी आवाज ही गुम हो गई। जीवन में पहली बार उसने एक विचित्र प्यार भरा दर्द अनुभव किया।

‘‘पन्द्रह वर्ष पहले हम काशी गए थे।’’ पूनम को चुप देखकर दीपा की मम्मी बोलीं, ‘‘वहां घाट पर तुम भीड़ में जाने कहां खो गई। बहुत ढूंढा, बहुत छानबीन कराई परन्तु तुम्हारा कहीं पता नहीं चला।’’

‘‘काशी में ?’’ पूनम ने मस्तिष्क पर जोर दिया।

‘‘हां बेटी, तुम काशी में ही हमसे बिछड़ गई थीं। विश्वास करो।’’ सेठ जुगलेकर रुआंसे होकर बोले।

‘‘मुझे इतना तो याद है कि मेरा बचपन काशी में ही बीता है।’’ पूनम ने कहा, ‘‘उसके बाद मेरे चाचा मुझे ले गए। उन्होंने मुझे पाला-पोसा, और फिर...नहीं-नहीं, ऐसा नहीं हो सकता।’’ पूनम अचानक ही रो पड़ी।

‘‘नहीं बेटी।’’ सेठ जुगलेकर उसके सामने गिड़गिड़ाकर बोले, ‘‘ऐसा न कहो। तुम ही हमारी बेटी हो। हमें कभी धोखा नहीं हो सकता।’’

‘‘हां बेटी, मेरी बच्ची हम पहचानते हैं तुम्हें। तुम हमारा रक्त हो। तुम्हारे अतिरिक्त और कोई हमारी बेटी हो ही नहीं सकती।’’ मिसेज जुगलेकर ने भी उसके हाथों को प्यार से पकड़ लिया। ‘‘जब तुम खो गई थीं तो हमारे गम ने हमें बहुत सख्त बीमार कर दिया था। मुझे बच्चे की आवश्यकता पड़ी तो तुम्हारे डैडी मेरे लिए एक प्यारी-सरी गुड़िया ले आए–जिसका नाम दीपि है। उसने मेरी ममता स्वीकार करके मुझे नया जीवन दिया। मेरे घावों को उसने अपने प्यार से भरा, आंसुओं को अपनी सांसों से सुखा डाला।’’

‘‘ओह ! दीपा।’’ सहसा सेठ जुगलेकर को अचानक ही दीपि की उपस्थिति का ज्ञान हुआ। उन्होंने दीपि की ओर बढ़ना चाहा।

परन्तु उनकी धर्मपत्नी ममता के जोश में बढ़ती ही गईं, ‘दीपा हमारी सन्तान नहीं है बेटी, उसे तो हमने पाला है, केवल तुम्हारी कमी पूरी करने के लिए। हमारी सन्तान तो तुम हो–केवल तुम।’’

‘‘मेरा यह मतलब नहीं है मां–।’’ पूनम बिलखकर रोती हुई बोली, ‘‘मुझे आपकी बेटी होने से इन्कार नहीं। मैं वास्तव में आपकी ही बेटी हूं। परन्तु...परन्तु मां मैं अच्छी लड़की नहीं हूं–मैं अच्छी लड़की नहीं मां–मुझे मत स्वीकार करो।’’ पूनम मिसेज जुगलेकर की छाती से लिपटकर सिसकियां लेने लगी।

सेठ जुगलेकर स्तब्ध रह गए। रुककर उन्होंने पूनम के सिर पर हाथ फेरा। आंसू पोंछे। आंखों में झांका।

‘‘बेटी।’’ बोले वह, ‘‘इस राजन से तुम्हारा क्या सम्बन्ध है ?’’

‘‘ओह डैडी।’’ उनकी छाती से भी लिपटकर आंसू पोंछती हुई बोली वह, ‘‘इस डाकू से मुझे बचा लीजिए। यह सब लुटेरे हैं। इनका एक बहुत बड़ा गिरोह है। इन्होंने अधिकांश लड़कियां ही पाली हुई हैं, जिनका यह काम ही है कि बड़े-बड़े सेठों के साथ इज्जत गंवाकर उन्हें ब्लैकमेल करें। जो हाथ न आएं उनके साथ शादी कर लें, फिर धीरे-धीरे पूरे घरवालों का या फिर केवल पति को ही जहर देकर कत्ल कर दें ताकि उनके नाम की सारी दौलत इन्हें हाथ लगती जाए।’’

‘‘बेटी !’’ सेठ जुगलेकर कांपकर रह गए।

‘‘हां डैडी।’’ पूनम कहती ही गई, ‘‘मैं ठीक कह रही हूं। राकेश से भी मेरा विवाह कराने का इनका यही एक मकसद था। परन्तु उससे मुझे वास्तविक प्रेम हो गया है। मैं कभी उसे धोखा नहीं दे सकती। मैं उसे प्यार करती हूं डैडी। मुझे बचा लीजिए, मुझे इस मुसीबत से बचा लीजिए डैडी।’’

‘‘समझा।’’ सेठ जुगलेकर ने एक गहरी सांस ली और वास्तविकता की जड़ पकड़ते हुए दांत पीसे। वह तुरन्त ही टेलीफोन की ओर बढ़े। पुलिस को पूरे दस्ते के साथ तुरन्त ही सादे भेष में आने की राय देकर उन्होंने फिर पूनम को अपनी छाती से लगा लिया। ‘‘आने दो उस बदमाश को, अभी पता चल जाएगा, कम्बख्त, मुझे भी धमकी दे गया है।’’

''धमकी ?'' मिसेज जुगलेकर आगे बढ़ीं, ''कैसी धमकी ?''

''बदमाश ने पांच लाख रुपए की मांग की है। कहता था कि यदि नहीं मिलेगा तो दीपा के आगे राज खोल देगा कि वह मेरी बेटी नहीं है।''

''लेकिन अब तो दीपा को सब कुछ मालूम हो ही गया है।''

''हां, परन्तु फिर भी मैं दीपा को उसके माता-पिता को नहीं लौटाऊंगा। दीपा मेरी बेटी है। मैंने उसे बहुत लाड़-प्यार से पाला है।''

''दीपा के माता-पिता ?'' सहसा पूनम ने पूछा।

''हां।'' सेठ जुगलेकर बोले, ''कहता है कि जो बुड्ढा-बुढ़िया उसके साथ ठहरे हैं वह दीपा के मां-बाप हैं।''

''वह तो राजन के विशेष आदमी हैं डैडी।'' पूनम ने झट धीमे से भेद भरे भाव में कहा, ''आप नहीं जानते, जो बुड्ढा है वह हमारे गैंग का सबसे खतरनाक आदमी है और सरदार का दाहिना हाथ है। वह जो औरत है न, वह तो सरदार की पत्नी है।''

''क्या ?'' सेठ जुगलेकर भय से कांप गए। परन्तु फिर अपनी सफलता पर मुस्कुराकर बोले, ''तो यह बात है।''

''और क्या डैडी–इन्हें तो मैं बहुत वर्षों से जानती हूं।'' पूनम बोली।

''ओह !'' सेठ जी ने सन्तोष की सांस ली। परन्तु तभी वह चौंक पड़े। दीपा का विचार आते ही वह उसकी ओर लपके। दीपा खिड़की के समीप खड़ी, दूर अशोक के वृक्ष के ऊपर चन्द्रमा को निहार रही थी जिसके ऊपर बादल के काले टुकड़े, एक के बाद एक छाते चले जा रहे थे। कितना उदास, कितना गम्भीर था वह ? सामने आकर न मुस्कुरा सकता था और न छिपकर रो ही सकता था। सेठ जी के दिल को एक गहरी चोट लगी। समीप आकर उन्होंने

उसके सिर पर हाथ रखा, चाहा कि उसे प्यार से छाती से लगा लें परन्तु तभी वह अलग हट गई, सेठ जी का दिल तड़प उठा।

‘‘क्या बात है बेटी ?’’ उन्होंने प्यार से पूछा, ‘‘मुझसे कोई अपराध हो गया है ?’’

‘‘डैडी।’’ अपने आंसुओं पर काबू पाकर कांपते होंठों से पूछा उसने, ‘‘आप बता सकते हैं कि मैं कौन हूं ? कहां से आई हूं ? मेरे माता-पिता का कुछ पता...?’’

‘‘नहीं-नहीं बेटी–।’’ सेठ जी का दिल फट गया। उन्होंने जबरदस्ती उसे अपनी छाती से लगा लिया, ‘‘ऐसा न कहो। हमारी ही तुम बेटी हो, हमारे घर की शान, हमारी वास्तविक खुशियां हो।’’

‘‘नहीं डैडी–।’’ दीपा उनसे अलग होती हुई बोली, ‘‘आपको मेरी सौगन्ध, मुझे बताइए मैं कौन हूं कहां की रहने वाली हूं, मेरी वास्तविकता क्या है ?

मैं...मैं...।’’ कहते-कहते वह रो पड़ी।

‘‘बेटी दीपा–।’’ मिसेज जुगलेकर पूनम का हाथ पकड़े हुए उसके समीप आईं। बोलीं, ‘‘कलकत्ता से कुछ दूर एक गांव था, रामगढ़ ! लगभग तेरह-चौदह वर्ष पहले वह गांव एक बाढ़ में डूब गया। कितने ही लोगों की जानें चली गयीं। तुम्हारा घर भी इसी बाढ़ में बर्बाद हो गया। तुम भी पानी में बहती हुई निकाली गई थीं। परन्तु तुममें नन्हीं-सी जान शेष थी इसलिए तुम्हें अस्पताल में भरती कर दिया गया।’’ मिसेज जुगलेकर ने अब भेद खोल देने में ही अच्छाई समझी, ‘‘उन्हीं दिनों पूनम के गुम हो जाने से मुझे भी बहुत बड़ा सदमा पहुंचा। दो साल तक मैं लगातार बीमार पड़ी रही। यहां तक कि डाक्टरों ने जवाब दे दिया तो तुम्हारे डैडी मुझे एक डॉक्टर की राय पर कलकत्ता के अस्पताल ले गए। परन्तु यहां भी कोई लाभ नहीं हुआ। मैं बेहोश रहने लगी। उन्हीं दिनों भाग्यवश तुम भी उसी अस्पताल में पहुंचीं, बहुत बुरी अवस्था में। परन्तु तुम प्यारी इतनी थीं कि तुम्हें देखते ही इन्हें अपनी पूनम याद आ गई। जब बातों ही बातों में डॉक्टर द्वारा हमें यह पता चला कि तुम्हारी चिकित्सा के बाद वह तुम्हें

अनाथालय भेज देंगे तो मेरा जीवन बचाने के लिए इन्हें यह एक उत्तम अवसर प्राप्त हुआ। इन्होंने तुम्हें गोद ले लिया। मेरा विश्वास करो बेटी, हमने तुम्हें अपनी सगी बेटी से भी अधिक प्यार दिया है। तुम्हारे सुख के लिए क्या नहीं किया हमने ?''

दीपि सुनती ही रह गई, सोचती ही रह गई, कलकत्ता के समीप वह गांव, रामगढ़, वह बाढ़। अचानक ही एक उपन्यास ''और चट्टान टल गई।'' की एक-एक पंक्तियां उसके मस्तिष्क में घूम गईं। लेखक की वह सारी कल्पनाएं वास्तविक प्रतीत हुईं, परन्तु—वह लेखक, दीप, उस बूढ़े से उसका क्या सम्बन्ध है ? वह अवश्य ही उसकी सारी जानकारी रखता होगा। उसे उससे मिलना ही पड़ेगा, अवश्य ही। जाने कौन है वह ?

''क्या सोच रही हो बेटी ?'' उसे चिन्तित देखकर सेठ जुगलेकर ने पूछा।

''मैं सोच रही हूं डैडी कि मेरे बारे में एक-एक बात का पता लेखक दीप को किस प्रकार मालूम हुआ जो उसने अपने उपन्यास में मेरा पूरा का पूरा ही रूप खींच दिया ?''

''क्यों नहीं पता होगा ?'' पूनम ने अचानक ही कहा, ''आखिर तुम उसकी मंगेतर थीं।''

सेठ जुगलेकर का दिल धड़का। उनकी पत्नी को चक्कर आ गया।

''मैं...उस बूढ़े की मंगेतर !'' दीपा की आंखों में एक तस्वीर घूमी, ''नहीं-नहीं, ऐसा नहीं हो सकता। मैं उसे बूढ़े खूसट से कदापि विवाह नहीं करूंगी।''

''बूढ़े से ?'' पूनम चौंक पड़ी। परन्तु फिर मुस्कुरा दी। ''ओह ! वह बूढ़ा और कोई नहीं, तुम्हारा दीपक ही है जो दीप नाम से उपन्यास लिखता है। बूढ़े पुरुष की तस्वीर तो उसने तुम्हें इसलिए भेज दी थी ताकि तुम उससे घृणा करने लगो। इसी में उसके मन की शान्ति थी। अपनी दीपि को स्वर्गवासी जानकर वह इसी धोखे से स्वयं को सांत्वना देता रहता है।''

''पूनम !'' दीपा की तो मानो चीख ही निकल गई।

''अभी कुछ ही दिन पहले जब दीपक लखनऊ से मसूरी जा रहा था तो ट्रेन में हमारी उससे भेंट हुई, उसे खून की कै हो रही थी। वह बेहोश-सा भी था, अचानक ही उसकी जेब से राजन को एक पत्र बरामद हुआ तो तुम्हारा यह सारा भेद हमें पता चला, जिसके द्वारा राजन अब डैडी से इतना बड़ा लाभ उठाना चाहता है।'' पूनम ने सारी बातें उगल दीं।

दीपा के दिल की गति काबू से बाहर हो गई। शरीर कांपने लगा। दीपक के साथ बिताया एक-एक पल उसे याद आया। कार में एक साथ अकेले की यात्रा, करौंदों का तोड़ना, उसके बारे में छानबीन करना, उसकी खामोशी, फूट-फूटकर रोना, मुस्कुराकर दिल का दर्द छिपाना, फिर उसे स्टेशन पर किस प्रकार विदा करना। उसकी आंखों में आंसू छलक आए, फिर भी वह मुस्कुरा दी, कुछ इस प्रकार मानो जीवन का सबसे बड़ा खजाना उसे मिल गया है। उसके कानों से सूरज की ट्रंककाल की बातें गूंजी, ''वह बीमार हैं, सख्त बीमार हैं। ठीक ही नहीं होना चाहते शायद।'' वह कांप गई। नहीं-नहीं, ऐसा नहीं हो सकता, ऐसा कभी नहीं हो सकता। वह ऐसा कभी नहीं होने देगी। वह तो उसका सुहाग है, सिन्दूर है, उसका जन्म-जन्म का साथी है। वह उसे कभी यूं मरने नहीं देगी। उसे प्रकाश नहीं दीपक चाहिए–केवल दीपक, वह उसमें स्वयं ही प्रकाश उत्पन्न कर लेगा। उसने कुछ कहना चाहा, अपना निर्णय देना चाहा, परन्तु तभी कमरे में नौकर ने प्रवेश करते हुए कहा कि कुछ अफसर सेठ जी से मिलने आए हैं। सेठ जी को समझते देर न लगी कि पुलिस सादे वेष में आ चुकी है। उन्होंने पूनम का हाथ थामा।

''आओ बेटी !'' बोले वह, ''तुमको हमारी पूरी सहायता करनी पड़ेगी।'' और फिर वह दीपा के सिर पर हाथ फेरते हुए बाहर निकल गए।

मिसेज जुगलेकर ने दीपा को देखा और लपककर उसे अपनी छाती से लगा लिया।

और हॉल के अन्दर से निकलती आर्केस्ट्रा की धुन अब तक उसके कानों में धीमे-धीमे आ रही थी।

राजन के पास आते ही उसे उसके साथियों समेत पुलिस ने हिरासत में ले लिया। बहुत आसानी से सारा काम पूरा हो गया, सेठ जी पूनम को लेकर थाने चले गए। उसका बयान लेना था। मिसेज जुगलेकर मेहमानों को संभाल रही थीं। इस पकड़-धकड़ से कोठी में हलचल उत्पन्न हो गई थी। डांस प्रोग्राम रुक गया था और लोग सहमे-सहमे से एक दूसरे से पूछ-ताछ कर रहे थे। आन की आन में यह सूचना प्रकाश को भी मिली। सेठ जी ने बारात उठाने के लिए उसके ठहरने का प्रबन्ध दूसरे स्थान पर कर रखा था। वह भी वहां से सीधा थाने पहुंच गया।

दीपा ने एक गहरी सांस ली। वापस अपने पलंग पर आई। कुछ देर बैठी रही फिर कुछ सोचकर उसने एक पत्र लिखा–

‘‘पूज्यनीय मम्मी तथा डैडी जी,

जब यह पत्र आपको प्राप्त होगा तो आपकी बेटी इस शहर से दूर, अपने पति की बांहों में समाने के लिए मसूरी पहुंच रही होगी। मुझे इसका जरा भी दुःख नहीं कि मैं आपकी सगी बेटी नहीं हूं। आप दोनों के लाड़-प्यार ने तो मुझे इससे भी अधिक कुछ और बना दिया है। दुःख तो मुझे इस बात का है कि मेरे कारण एक निर्दोष अपना जीवन गंवा रहा है। इसीलिए मुझे आज्ञा दीजिए। मुझ पर पहला अधिकार उन्हीं का है। कितना प्यार करते हैं वह मुझे, कभी सोच भी नहीं सकी। मेरे इस साहस पर मुझे क्षमा कर दीजिएगा। पूनम आपकी बेटी है आपको मिल गई। इससे बड़ी प्रसन्नता आपके लिए क्या हो सकती है ?

आपका आशीर्वाद चाहती हूं।

आपकी अपनी बेटी

दीपा।

दीपा ने पत्र दोहराया तो आंखें छलक आयीं। दिल की अवस्था संभालकर उसने एक नौकर को बुलाया। पत्र थमाकर सख्त आज्ञा दी कि डैडी के आने पर उनके हाथ में ही यह

पत्र दिया जाए। फिर उसने सेफ खोला। कुछ पैसे निकाले। अपनी कार की चाभी उठाई और कंधे पर कार्डिगन डालती हुई बाहर निकल गई।

बिल्कुल सुनसान सड़क–अंधेरी काली रात। स्याही का पर्दा चीरकर केवल दीपा की कार ही चली जा रही थी। उसे कुछ ज्ञात नहीं। होश गंवा बैठी थी वह। केवल एक ही धुन थी, एक ही रास्ता, एक ही मंजिल उसकी धड़कनों में गूंज रही थी और वह जल्द से जल्द पंख लगाकर वहां पहुंच जाना चाहती थी। अन्धकार ने जंगल तथा खेतों के बीच इस ''नेशनल हाई वे'' सड़क को अत्यधिक भयानक बना रखा था। परन्तु वह चली जा रही थी, निश्चिन्त–दीवानी-सी। कार को रोककर इंजन ठंडा करने को उसी स्थान पर बन्द किया जहां केवल रेलवे-क्रॉसिंग ही थी।

आधी रात बीती–दूसरा पहर–चौथा पहर–और फिर प्रातः काल होते-होते सूर्य की पहली किरण के साथ वह देहरादून पार करके मसूरी की चट्टानी गोद में जा रही थी। ठंड अचानक ही बढ़ गई थी। शीशे पर कोहरा जमने लगा था। इसीलिए उसने वाइपर चला दिया। लगातार कार चलाते रहने से उसकी कमर टूट रही थी। गला सूख गया था। खिड़कियों के शीशों से सुरक्षित होने के पश्चात भी उसका मुखड़ा झुलस रहा था। परंतु वह अपनी धुन में बढ़ती चली गई–बढ़ती ही चली गई–यहां तक कि आस-पास की घाटियों से बादल उमड़-घुमड़कर ऊपर आने लगे, यहां तक कि क्षितिज की चमक मद्धिम पड़ने लगी और यहां तक कि बढ़ते हुए उसने देखा कि सड़कें गीली हैं, किनारों पर बर्फ़ एकत्रित है। बर्फ की यह ढेर और भी मोटी होती गई। जैसे-जैसे वह चढ़ाई तय करती जा रही थी ऐसा प्रतीत हो रहा था मानो मसूरी की सीमा में रात भर बर्फ पड़ी है। वातावरण अब तक इससे प्रभावित था।

सहसा एक मोड़ पर पहुंचते ही दीपा का पैर एक्सीलेटर पर हल्का हो गया। कार धीमी हो गई। इस स्थान पर उसकी याद जीवित थी–थोड़ा-सा मैदान, पुलिया, इसके किनारे बरगद का वृक्ष, पत्तों पर बर्फ जमी थी और लहरें भीगी थीं, सहसा एक जोर की हवा का झोंका आया तो पत्तियां कांप गयीं। बर्फ की मोतियों-सी कुछ लड़ियां फिसलकर नीचे पुलिया तथा

जमीन पर लुढ़क आयीं। दीपा की आंखों से भी इन्हीं मोतियों जैसे आंसू निकलकर गालों पर लुढ़क आए।

सहसा वह चौंक पड़ी। बढ़ती गाड़ी के पहिए जाम करके वह झट नीचे उतरी। पुलिया के समीप, बरगद की जड़ में बर्फ का एक ढेर एकत्रित था। दौड़कर वह उसके समीप पहुंची। उसका दिल बहुत जोर से धड़का। ऊपर से नीचे तक मानो किसी ने एक-एक नस से उसके शरीर का सारा रक्त निचोड़ लिया हो। यह एक लाश थी–अर्ध बैठी लाश, बरगद की जड़ के सहारे इसकी पीठ टिकी हुई थी और पैर आगे को फैले हुए थे। केवल कहीं-कहीं ही यह अपने वास्तविक रूप में झांक रही थी वरना पूरे शरीर पर ही बर्फ का लबादा था।

जल्दी-जल्दी कांपते हाथों से उसने इस पर से जमी हुई बर्फ झाड़ी और तभी इसे पहचानते ही तड़पकर चीख पड़ी–

''दीपक, मेरे दीपक !'' इतना ही कह सकी वह और उसकी हिचकियां बंध गईं। लाश से लिपटकर वह फूट-फूटकर रो पड़ी। उसकी आंखों के आंसू बर्फ पर गिरकर मोतियों के समान जमते चले गए।

सहसा अपने गालों को उसकी छाती पर आंसुओं समेत रगड़ते हुए उसने प्रतीत किया कि दीपक के कोट की ऊपरी पॉकेट में कोई वस्तु है। उसने झट उसे बाहर निकाला। एक पत्र था यह, कागज इसका सीलन से मुलायम हो चुका था। धड़कते दिल के साथ उसने इसे खोलकर पढ़ा–बहुत ध्यान से–दीपक की आत्मा उसकी कहानी मानो अपनी ही आवाज में कह रही थी। वह पढ़ती गई। कितनी सारी वास्तविकताएं उसने एक ही बार में उगलकर रख दी थीं। उसकी पंक्तियों के साथ वह रोती ही चली गई।

पत्र पढ़कर वह एक पल के लिए खो गई। सूरज के मन को, सूरज के भविष्य, तथा अपने साथ उसके बंधन को भी उसने परखा। इस पत्र का भेद जानकर सूरज का दिल टूट जाएगा। अभिलाषाएं मर जाएंगी। जीवन से उसे घृणा हो जाएगी। पुरुषों को वह मरते दम तक

धिक्कारती रहेगी। नहीं-नहीं, ऐसा नहीं होना चाहिए। यह गलत है। उसके सम्बन्ध पर भी इसका प्रभाव होगा। फिर तो इस संसार पर से उसका विश्वास ही उठ जाएगा। पत्र को मोड़कर उसने अपने पास सुरक्षित रख लिया। इसका भेद उसी की छाती में दफन रहना चाहिए। इसी में सभी की भलाई है।

तभी सूरज की किरणें बादलों के टुकड़े हटाकर एकाएक ही वातावरण पर छा गईं। हवाओं में हल्की-सी गर्मी उत्पन्न हुई। बर्फ की चमक में वृद्धि हुई फिर एक असफल प्रेम का दुःख महसूस करके यह बर्फ आंसुओं के रूप में पिघल कर बहने लगी। चारों ओर पानी ही पानी फैलकर नीचे ढलवान की ओर बह चला था।

सहसा दो कारें और दो पुलिस जीप आगे-पीछे आकर उसकी कार के समीप रुकीं। एक भीड़-सी उसकी ओर लपकी। उसने देखा—उसके डैडी आए हैं, उसकी मम्मी भी हैं, प्रकाश है, पूनम और राकेश तथा कई नौकर-चाकर पुलिस सुरक्षा में आए हैं। वह झट खड़ी हो गई। सेठ जुगलेकर ने दौड़कर उसे गले लगा लिया। बच्चों के समान फूट-फूटकर रो पड़े वह। उसकी मम्मी भी रो रही थीं। राकेश की आंखों में भी आंसू थे। पूनम सिसक रही थी। और प्रकाश एक किनारे खड़ा गुम-सुम जाने क्या सोच रहा था। दीपा की हिचकियों से जब उसका दिल फटने लगा तो वह उसके समीप आया। बाहें थामकर उसे पुलिस के समीप ले गया— किनारे—बहुत प्यार से उसने उसका मुखड़ा ऊपर किया। उसके आंसू पोंछे। बोला, ''दीपा...''

और दीपा एक सिसकी लेकर घाटी में झांकने लगी। नीचे ऊबड़-खाबड़ तथा कंटीली ढलवान पर करौंदे की पंक्तियां खामोश थीं। वहां धूप न पहुंच सकने के कारण बर्फ अब तक जमा थी फिर भी सुर्ख करौंदे झांक रहे थे दीपा देखती ही रही।

सहसा एक कार और सड़क की ढलवान पर नीचे उतरी और आकर इन्हीं कारों के झुंड में खड़ी हो गई। दीपा ने दृष्टि उठा कर देखा। सूरज ! दो नौकरों के साथ वह गेट से बाहर निकल रही थी। दीपा को देखकर वह उसकी ओर ही भागी—शायद कुछ पूछना चाहती थी।

परन्तु तभी भीड़ के मध्य एक लाश पड़ी देखकर उसके पग लड़खड़ा गये। दिल की गति डूबती-सी महसूस हुई। लाश के ऊपर गिरकर वह दीवानों के समान रो पड़ी। बहुत कठिनाई से उसे मिसेज जुगलेकर ने ऊपर उठाया। अलग ले जाकर उसके आंसू पोंछने लगीं तो वह हिचकियों के मध्य अपने आप ही बोली, ''कल रात को इनकी तबियत बहुत खराब हो गई थी। जब मैं इंजेक्शन लेने दूसरे कमरे में गई तो यह मुझ पर बोझ न बनने के कारण चुपके से आंधी-तूफान में ही जाने कहां गुम हो गए। रात भर इन्हें ढूंढा परन्तु कहीं नहीं मिले। अब मैं देहरादून में ढूंढने के लिए जा रही थी कि...'' और वह फिर फूट-फूटकर रो पड़ी। उसके आंसुओं को देखकर सभी का कलेजा फट गया। कुछ समझ में नहीं आ रहा था कि किसे सांत्वना दें ? सूरज को–या दीपा को ?

दीपा आगे बढ़ने ही वाली थी कि प्रकाश ने उसकी बांह थाम ली। धीरे से बोला, ''दीपा ! सूरज को यह बात कदापि नहीं ज्ञात होनी चाहिए कि दीपक तुम्हें चाहता था। इसी में उसका सन्तोष है।''

दीपा ने कृतज्ञ होकर प्रकाश को देखा, इस प्रकार मानो नारी का मन समझने का उसने पूरा-पूरा प्रयत्न किया है।

''तुम सूरज को संभालो।'' प्रकाश फिर बोला, ''मैं इस भेद को छिपाए रखने के लिए दूसरों से भी कह देता हूं।''

दीपा ने आगे बढ़कर सूरज को गले लगा लिया और स्वयं भी रोने लगी। पता नहीं अपने दुर्भाग्य पर, या सूरज के ? फिर वह उसे लिए अपनी कार की ओर बढ़ गई। सूरज एक कटी हुई शाख के समान उस पर गिरती जा रही थी। बहुत कठिनाई से दीपा ने अपने दिल के साथ उसका दिल भी संभाला। सूरज के मन में किसी भी प्रश्न को उठने का अवसर न देने के कारण वह बोली, ''हम सब मिलकर तुम्हें अपनी शादी के लिए लेने आ रहे थे परन्तु...'' और फिर वह स्वयं ही चुप हो गई। दूसरों की खुशी के लिए भी कैसे-कैसे झूठ बोलने पड़ते हैं ?

और शाम ढले, दीपक का अन्तिम क्रिया-कर्म होने के बाद मसूरी की ढलवान पर कुछेक कारें बहुत धीमे-धीमे देहरादून की ओर उतर रही थीं। अगली कार कैडिलॉक थी–सफेद–लंबी कार। पीछे की सीट पर दाहिनी ओर दीपा बैठी थी और दूसरी ओर पूनम। इनके बीच सूरज डूबते सूर्य के समान उदास थी। प्रकाश ड्राइव कर रहा था और उसकी बगल में राकेश बैठा था। सभी खामोश थे–गुमसुम, मानो मसूरी की शाम उन्हें आंसुओं से बिदा कर रही थी। पीछे की कार में सेठ जुगलेकर और उनकी पत्नी थीं। नौकरों के लिए पीछे-पीछे कुछेक टैक्सियां रेंग रही थीं। इनकी धीमी गति के साथ ही मानो आज की शाम भी ढल रही थी।

सहसा एक मोड़ पर पहुंचते ही प्रकाश ने कार धीमी कर दी। पीछे आती कारें भी लगभग रुक-सी गईं। उसने दाहिनी ओर दृष्टि की। छोटे-से मैदान के किनारे पुलिया पर सुबह की एकत्रित बर्फ पिघलकर समाप्त हो चुकी थी। बरगद की पत्तियां धुलकर हरी-भरी थीं। लताएं झूल रही थीं। ऐसा प्रतीत होता था मानो आज सुबह यहां कोई विशेष घटना घटी ही नहीं हो। हर स्थान सूखा, हर चप्पा स्वच्छ था। हवाओं में एक नया जोश तथा वातावरण में एक नई सुगन्ध थी। इस ओर दीपा ने भी देखा–और सूरज ने भी। पूनम और राकेश की भी दृष्टि इसी ओर थी। सब देख रहे थे, पुलिया के आगे चट्टानों के उस पार, क्षितिज पर शाम की लालिमा दूर तक फैली हुई थी। बरगद के नीचे, बहुत दूर, सूर्य डूब रहा था–बहुत उदास–बहुत ही उदास, मानो उसकी दूसरी सुबह फिर कभी नहीं आएगी–कभी नहीं।

दीपा की आंखें छलक आयीं। सूरज सिसक पड़ी। प्रकाश ने एक आह भरी और एक्सीलेटर दबा दिया। कार रुकते-रुकते आगे बढ़ गई। अन्धकार पग बढ़ा रहा था।

शाम ढल रही थी।

और शाम ढल गई।

|| समाप्त ||

व्यक्तित्व विकास

अच्छा इंसान सफल विजेता कैसे बनें
शशिकांत 'सदैव'

डेल कारनेगी
लोक व्यवहार
प्रभावशाली व्यक्तित्व की कला
HOW TO WIN FRIENDS & INFLUENCE PEOPLE
Hindi Translation of How to Win Friends & Influence People by Dale Carnegie

टॉपर्स के टॉप टिप्स
टॉपर बनना ना तो मुश्किल है, ना ही नामुमकिन
जे.पी.एस. जौली

डेल कारनेगी
चिंता छोड़ो सुख से जियो
HOW TO STOP WORRYING & START LIVING
Hindi Translation of How to Stop Worrying & Start Living by Dale Carnegie

कहानियाँ जो जीना सिखाएं
जे.पी.एस. जौली

जौली अंकल
कहानियाँ जो राह दिखाएं
सुख, समृद्धि और सफलता की पारसमणि
जे.पी.एस. जौली

मैनेजमेंट एवं कॉर्पोरेट गुरु चाणक्य
हिमांशु शेखर

डॉ. उज्जवल पाटनी
सफल वक्ता सफल व्यक्ति

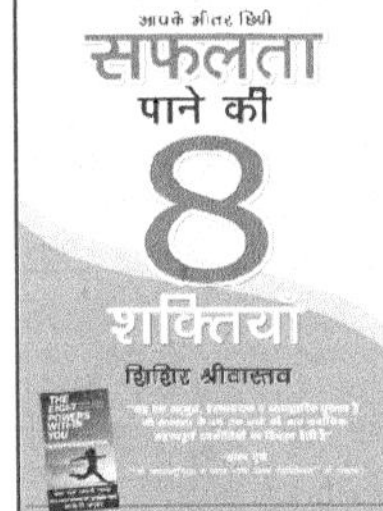

आपके भीतर छिपी
सफलता पाने की 8 शक्तियां
शिशिर श्रीवास्तव
THE EIGHT POWERS WITH YOU

सफलता की नई तकनीक
राजकेश्वर मिश्र

टाइम मैनेजमेंट

आप और आपका व्यवहार
No.1
सूर्या सिन्हा

सोच बदलो सफलता पाओ
जोगिन्दर सिंह

क्या है नेटवर्क मार्केटिंग जानिए
No.1 Bestseller
12 भारतीय भाषाओं में उपलब्ध
सूर्या सिन्हा

जीत लो ख्वाबों को
दृढ़ इच्छाशक्ति, आत्मबल और कठोर परिश्रम से आप हर मुकाम साकार कर सकते हैं
जोगिन्दर सिंह

हार के बाद ही जीत है
जोगिन्दर सिंह